NO FUNDO DO POÇO EM PARIS E LONDRES

GEORGE ORWELL

NO FUNDO DO POÇO EM PARIS E LONDRES

TRADUÇÃO E NOTAS
ANA LÚCIA DA SILVA KFOURI

DOWN AND OUT IN PARIS AND LONDON: MERGULHANDO NO FUNDO DO MUNDO DE ORWELL

Já é fato bem conhecido que George Orwell, nascido Eric Blair, na Índia, em 1903, foi um dos grandes expoentes da literatura inglesa. Famoso por *1984* e *A Fazenda dos bichos*, ambos lançados recentemente pela Editora Martin Claret em excelentes retraduções, Orwell também assina outras tocantes obras de ficção e não ficção. *Down and Out in Paris and London* (nesta edição traduzido como *No fundo do poço em Paris e Londres*) resume um pouco do que o autor produziu em vida em termos de estilo e gênero literário.

O livro é um pouco de tudo: parte ficção, parte memórias expandidas do diário do autor, parte ensaio quase filosófico, e foi reconhecido no mercado editorial como ficção, na publicação de 1940. A linguagem e o estilo também são característicos de quem os assina. Notam-se traços de uma prosa bem trabalhada, contando episódios tanto beirando o dramático quanto o cômico na vida de uma pessoa destituída de dinheiro e bens. Pode-se dizer que *Down and Out in Paris and London* reúne não só alguns dos eventos da vida do próprio escritor, como também de personagens pitorescos que ele elegeu merecerem um ou mais capítulos na obra.

A linguagem em norma culta padrão do texto original em inglês domina a narrativa, principalmente quando a história ainda se passa em Paris. No entanto, quando a história passa a se desenrolar em Londres, Orwell se utiliza de recursos gráficos que desviam a linguagem da norma culta padrão, conferindo-lhe traços dialetais e marcas de oralidade. Tal fato pode ser explicado porque, muito provavelmente, é mais intuitivo e orgânico representar oralidade fora da norma culta padrão no idioma materno do que no estrangeiro, no caso, o francês. Orwell, assim, cria um efeito de sentido muito latente ao representar a fala dos mendigos nas ruas de Londres, com todas as suas incorreções do ponto de vista formal. Com relação a Paris, o autor preferiu manter léxicos em francês.

Quanto à abordagem tradutória, procurei trazer ao leitor do português brasileiro o frescor da criatividade com que o texto foi originalmente concebido. Os termos em francês foram mantidos e traduzidos em notas de rodapé, assim como alguns termos em latim. No que tange às marcas de oralidade, foram mantidas as incorreções em relação à norma culta, para mostrar ao leitor brasileiro como George Orwell trabalhou para representar a linguagem dos mendigos. Portanto, não se trata de erro de português ou tradução malcuidada; pelo contrário, tratei de empregar compensações por perdas ocasionadas pela não correspondência formal entre o idioma de partida e o de chegada.

Por fim, mas não menos importante, gostaria de acrescentar que foi um enorme prazer ter lido e traduzido *Down and Out in Paris and London* e espero ter dado ao leitor esse mesmo presente que recebi do autor. Orwell, que faleceu precocemente aos 46 anos, em outubro de 1950, teria certamente nos encantado ainda mais, se sua vida tivesse sido mais longa.

Boa leitura!

Ana Lúcia da Silva Kfouri

NO FUNDO DO POÇO EM PARIS E LONDRES

"Oh mal sarcástico, condição da miséria!"
CHAUCER

I

Rue du Coq d'Or, Paris, sete horas da manhã. Uma sucessão de gritos furiosos, sufocantes da rua. Madame Monce, que tinha uma pequena pensão no lado oposto à minha, saíra na calçada para falar com uma hóspede do terceiro andar. Seus pés sem meias calçavam tamancos e os cabelos grisalhos caíam como cascata.

Madame Monce: — *Salope! Salope!*[1] Quantas vezes já te falei pra não esmagar besouros no papel de parede? Você acha que comprou a pensão, hein? Por que não joga os besouros pela janela como todo mundo? *Putain!*[2] *Salope!*

A mulher no terceiro andar: — *Vache!*[3]

Então, um grande coro de gritos, conforme janelas eram escancaradas de todos os lados e metade da rua se juntava à briga. Foram abruptamente fechadas dez

---

[1] Puta!
[2] Puta!
[3] Vaca!

minutos depois quando um esquadrão de cavalaria passou e as pessoas pararam de gritar para vê-lo.

Faço um esboço dessa cena apenas para transmitir algo do espírito da Rue du Coq d'Or. Não que brigas fossem a única coisa que acontecesse lá — mas, ainda assim, raramente passávamos a manhã sem pelo menos um repente desse tipo. As brigas, os gritos desolados dos vendedores ambulantes, os berros das crianças correndo atrás de cascas de laranja sobre os paralelepípedos e, à noite, a cantoria alta e o fedor azedo das latas de lixo criavam toda a atmosfera da rua.

Era uma rua muito estreita — uma ladeira de construções altas e decadentes, despencando-se umas sobre as outras em esquisita atitude, como se tivessem todas sido paralisadas em um colapso. Todos os prédios eram pensões, abarrotadas até o teto com hóspedes, a maioria polacos, árabes e italianos. Ao pé das pensões, situavam-se minúsculos *bistros*,[4] onde era possível embebedar-se a uma quantia equivalente a um xelim. Aos sábados à noite, mais ou menos um terço da população masculina na redondeza ficava bêbada. Havia briga por causa de mulher, e os operários árabes que viviam nas pensões mais baratas costumavam comandar contendas obscuras e brigar com cadeiras e, às vezes, com revólveres. À noite, policiais aos pares faziam a ronda na rua. Era um lugar um tanto quanto barulhento. E, em meio ao barulho e à sujeira, ainda viviam os costumeiros e respeitáveis lojistas franceses, padeiros e lavadeiras e outra gente assim, convivendo entre si e discretamente

---

[4] Bistrôs.

acumulando pequenas fortunas. Era bem o expoente de um pardieiro parisiense.

Minha pensão se chamava Hôtel des Trois Moineaux.[5] Era uma espelunca de cinco andares, escura e nada segura, cortada por divisórias de madeira em quarenta cômodos. Os quartos eram pequenos e inveteradamente sujos, pois não havia nenhuma camareira, e Madame F., a *patronne*,[6] não tinha tempo para varrer nada. As paredes eram tão finas quanto madeira de fósforo, e, a fim de esconder as rachaduras, foram cobertas com camadas sobre camadas de papel cor-de-rosa, que havia se soltado, e onde vários insetos se alojavam. Próximo ao teto, longas fileiras de besouros marchavam o dia inteiro como colunas de soldados e, à noite, desciam vorazes e famintos, de forma que precisávamos levantar a cada hora e matá-los em hecatombes. Às vezes, quando muitos insetos apareciam, podia-se queimar enxofre e afugentá-los para o quarto ao lado; dessa forma, o hóspede do quarto ao lado retalharia e queimaria enxofre no quarto *dele* para afugentar os insetos de volta. Era um lugar sujo, mas caseiro, uma vez que Madame F. e o marido eram bons tipos. O valor pago pelos cômodos variava entre trinta e cinquenta francos por semana.

Os hóspedes eram população flutuante, a maioria estrangeiros, que geralmente vinham sem bagagem, ficavam uma semana e desapareciam novamente. Eles exerciam os mais diversos ofícios — sapateiros, pedreiros, peões de obra, operários, estudantes,

---

[5] Hotel dos Três Pardais.
[6] Dona, proprietária.

prostitutas, catadores de lixo. Alguns eram extremamente pobres. Em um dos sótãos, vivia um estudante búlgaro que fabricava sapatos chiques para o mercado norte-americano. Das seis ao meio-dia, ele se sentava na cama, fazendo uma dúzia de pares de sapatos, ganhando trinta e cinco francos; o resto do dia ele assistia às aulas na Sorbonne. Ele estava estudando para a Igreja e livros de teologia jaziam, com as páginas voltadas para baixo, no chão coberto de pedaços de couro espalhados. Em outro quarto viviam uma russa e seu filho, que chamava a si mesmo de artista. A mãe trabalhava dezesseis horas por dia, cerzindo meias a vinte e cinco cêntimos o par, enquanto o filho, vestido decentemente, vagabundeava pelos cafés de Montparnasse. Um quarto era ocupado por dois hóspedes diferentes, um deles trabalhava durante o dia e o outro, à noite. Em outro cômodo, um viúvo dividia a mesma cama com duas filhas crescidas, ambas tuberculosas.

Havia tipos excêntricos na pensão. Os pardieiros em Paris são um ponto de encontro para excêntricos — pessoas que caíram na solidão, meio loucas com a vida rotineira, que desistiram de tentar ser normais ou decentes. A miséria as liberta de padrões comuns de comportamento, da mesma forma como o dinheiro liberta as pessoas do trabalho. Alguns hóspedes em nossa pensão viviam vidas muito curiosas, além da conta.

Havia os que vinham de Rougiers, por exemplo, um casal velho, meio anão e maltrapilho, que vivia de um comércio extraordinário. Eles vendiam cartões postais no Boulevard St. Michel. O curioso era que os cartões postais eram vendidos em pacotes fechados como pornografia, mas, na verdade, eram fotos dos castelos no Loire. As pessoas que compravam nada sabiam até que já era tarde demais, e, claro, nunca reclamavam. Os Rougiers[7] faziam mais ou menos cem francos por semana, e, com muita economia, conseguiam estar sempre meio bêbados e meio famintos. A imundície daquele quarto era tal que se conseguia sentir o cheiro do andar de baixo. De acordo com Madame F., nenhum dos Rougiers havia trocado de roupa em quatro anos.

Lá também vivia Henri, que trabalhava nos esgotos. Era um homem alto e melancólico, com cabelo encaracolado, dono de um ar romântico com as longas botas que usava nos esgotos. A peculiaridade de Henri era que ele não falava, a não ser por razões de trabalho, literalmente por vários dias. Um ano antes, ele havia sido chofer em um bom emprego e guardara dinheiro. Um dia se apaixonou e, quando a moça o rejeitou, ele perdeu a cabeça e a chutou. Ao ser chutada, a moça se apaixonou perdidamente por Henri e, por duas semanas, eles viveram juntos e gastaram mil francos do dinheiro de Henri. Então, a moça foi infiel; Henri enfiou uma faca no braço dela e foi parar na prisão por seis meses. Assim que foi esfaqueada, a moça se apaixonou mais do que nunca por Henri, e os dois resolveram a briga e combinaram que, quando Henri saísse da prisão, ele compraria um táxi e os dois se

---

[7] Aqui Orwell faz referência ao sobrenome do casal usando o local de origem deles. Se é realmente o sobrenome do marido, e consequentemente da mulher, não sabemos.

casariam e se estabeleceriam. Mas, duas semanas depois, a moça foi infiel mais uma vez e, quando Henri foi solto, ela estava grávida. Henri não a esfaqueou novamente. Ele sacou todas as suas economias e foi para uma bebedeira que terminou em mais um mês de cadeia; depois de tudo isso, foi trabalhar nos esgotos. Nada faria Henri falar. Se alguém lhe perguntasse por que ele trabalhava nos esgotos, ele nunca respondia, mas simplesmente segurava os pulsos querendo dizer algemas, e movia a cabeça em direção ao sul, para a prisão. A má sorte, parece, acabou por torná-lo meio estúpido em apenas um dia.

Ou havia R., um inglês, que vivia seis meses por ano em Putney com os pais e seis meses na França. Enquanto estava na França, ele bebia quatro litros de vinho por dia, e seis litros aos sábados. Já havia, certa vez, viajado tão longe quanto os Açores porque o vinho lá é mais barato do que em qualquer lugar na Europa. Era uma criatura gentil, civilizada; nunca encrenqueiro ou briguento, e nunca sóbrio. Ficava na cama até meio-dia, e então, até a meia-noite, ficava no seu canto no *bistro*, bebendo quieto e metódico. Enquanto bebia, ele falava com uma voz refinada, meio feminina, sobre mobília antiga. Fora eu, R. era o único inglês no quarteirão.

Havia muitas outras pessoas que viviam vidas tão excêntricas quanto essas: Monsieur Jules, o romeno, que tinha um olho de vidro e nunca admitiria, Furex, o pedreiro de Limousin, Roucolle, o avarento — embora já tivesse morrido quando fui para lá — o velho Laurent, o vendedor de panos, que costumava copiar sua assinatura de um pedaço de papel que levava no bolso. Seria divertido escrever algumas dessas biografias, se houvesse tempo. Estou tentando descrever as pessoas do quarteirão, não por mera curiosidade, mas porque são todas elas parte da história. É sobre a pobreza que estou escrevendo, e tive meu primeiro contato com ela nesse pardieiro. O pardieiro, em toda sua sujeira e vidas esquisitas, foi primeiro uma lição sobre pobreza e, então, o pano de fundo de minhas próprias experiências. É por essa razão que tento dar uma ideia do que era a vida lá.

II

A vida no quarteirão. Nosso *bistro*, por exemplo, ao pé do Hôtel des Trois Moineaux. Um espaço muito pequeno de chão de tijolos, meio subterrâneo, com mesas encharcadas de vinho, e uma fotografia de um funeral com uma inscrição dizendo "*Crédit est mort*";[8] e trabalhadores, usando um cinturão vermelho, que cortavam linguiças com grandes canivetes; e Madame F., uma notável camponesa de Auvergnat com rosto parecendo o de uma vaca obstinada, bebendo Málaga durante todo o dia "para o estômago"; e jogos de dados para *apéritifs*;[9] e canções sobre "*Les Fraises et Les Framboises*",[10] e sobre Madelon, que dizia "*Comment épouser un soldat, moi qui aime tout le régiment?*";[11] e corte amorosa extraordinariamente pública. Metade da pensão costumava se reunir no *bistro* às noites.

---

[8] Crédito está morto.
[9] Aperitivos.
[10] Morangos e framboesas.
[11] Como me casar com um soldado, eu que amo todo o regimento?

Gostaria que fosse possível encontrar um bar em Londres um pouquinho tão alegre quanto esse.

Ouviam-se conversas esquisitas no *bistro*. Como exemplo, vou contar sobre Charlie, uma das curiosidades locais, conversando.

Charlie era um jovem de família e tinha educação, fugira de casa e vivia de pequenas remessas de dinheiro ocasionais. Imagine-o bem cor-de-rosa e jovem, com bochechas viçosas e o cabelo macio e castanho de um menininho, e lábios extremamente vermelhos e úmidos, como cerejas. Seus pés são minúsculos, os braços pequenos fora do normal, as mãos cheias de dobrinhas como as de um bebê. Ele tem um jeito de dançar e cambalear enquanto fala como se estivesse demasiadamente feliz e muito cheio de vida para se manter quieto por um momento. São três horas da tarde e não há ninguém no *bistro*, exceto Madame F. e um ou dois homens sem trabalho; mas não faz diferença para Charlie com quem ele conversa, contanto que possa falar de si mesmo. Ele declama como um orador numa barricada, enrolando as palavras na boca e gesticulando com os braços curtos. Seus olhos pequenos, parecendo um pouco olhos de porco, brilham de entusiasmo. De certa forma, olhar para ele é demasiadamente repugnante.

Ele fala sobre amor, seu assunto favorito.

"Ah, l'amour, l'amour! Ah, que les femmes m'ont tué![12] Ai, *messieurs et dames*,[13] as mulheres têm sido minha ruína, além de toda a esperança, minha ruína. Aos vinte

---

[12] Ah, o amor, o amor! Ah, que as mulheres me mataram!
[13] Cavalheiros e damas.

e dois anos, estou totalmente esgotado e acabado. Mas que coisas aprendi, quais abismos de sabedoria eu não compreendi! Que nobre condição é esta de ter adquirido a verdadeira sabedoria, ter se tornado, no sentido mais elevado da palavra, um homem civilizado, ter se tornado *raffiné, vicieux*",[14] etc. etc.

"*Messieurs et dames*, noto que vocês estão tristes. *Ah, mais la vie est belle*[15] — não devem se entristecer. Sejam mais alegres, eu imploro!

"Enche az tazaz com vinhu do Samo
Non vamozz penzzzarrrrr em coizazz azzzim!"[16]

"*Ah, que la vie est belle!* Ouçam, *messieurs et dames*, da plenitude da minha experiência, vou discursar a vocês sobre o amor. Vou explicar-lhes qual é o verdadeiro significado do amor — qual é a verdadeira capacidade de sentir, o mais elevado, o mais refinado prazer que é conhecido apenas pelos homens civilizados. Vou lhes contar sobre o dia mais feliz da minha vida. Ai, mas já passou do tempo em que poderia viver uma

---

[14] Refinado, vicioso.
[15] Ah, mas a vida é bela.
[16] Aqui o personagem provavelmente está imitando o sotaque dos franceses. No texto original aparece: "Fill high ze bowl vid Samian vine, Ve vill not sink of semes like zese!", querendo dizer em inglês: "Fill high the bowl with Samian wine, We will not think of themes like these!". Pela dificuldade que os franceses têm de pronunciar o som "th" em inglês, som que sofre influência de "z", George Orwell provavelmente grafou as palavras tentando imitar esse sotaque. A tradução para o português fez uma tentativa no mesmo sentido, com acréscimos de "z" além de "r", para fazer referência à forte pronúncia dessa letra.

felicidade como essa. Foi-se para sempre — a própria possibilidade, até mesmo o desejo por ela, já se foram.

"No entanto, prestem atenção. Foi há dois anos. Meu irmão estava em Paris — ele é advogado — e meus pais haviam pedido a ele que me encontrasse e me levasse para jantar. Nós dois nos odiamos, meu irmão e eu, mas preferimos não desobedecer a meus pais. Jantamos e, durante o jantar, ele ficou muito bêbado com três garrafas de Bordeaux. Eu o trouxe de volta a esta pensão e, no caminho, comprei uma garrafa de conhaque e, quando chegamos, fiz meu irmão beber um monte dele — eu disse a ele que era algo que faria com que ficasse sóbrio. Ele bebeu, e imediatamente caiu como se estivesse tendo um ataque, completamente bêbado. Eu o levantei e apoiei suas costas na cama; então, fui procurar em seus bolsos. Achei mil e cem francos e, com o dinheiro, corri escadas abaixo, rapidamente tomei um táxi e fugi. Meu irmão não sabia meu endereço — eu estava seguro.

"Aonde vai um homem quando tem dinheiro? Aos *bordels*,[17] naturalmente. Mas vocês não estão achando que eu perderia meu tempo com alguma devassidão vulgar que serve só para operários, não é? Surpreendam-se, sou um homem civilizado! Estava entediado, exigente, vocês compreendem, com mil francos no bolso. Já era quase meia-noite quando encontrei o que procurava. Havia me apaixonado por uma jovem muito esperta de dezoito anos, *en smoking*

---

[17] Bordéis.

e com o cabelo cortado *à l'américaine*,[18] e conversávamos em um *bistro* calmo longe dos bulevares. Nos entendíamos bem, aquela jovem e eu. Falamos sobre isso e aquilo, e discutimos modos de se divertir. Logo tomamos um táxi e fomos embora.

"O táxi parou em uma rua estreita e solitária, onde havia um único poste de iluminação a gás cintilando no fim da rua. Havia poças escuras por entre as pedras. Em um dos lados de toda a rua, havia o muro alto e branco de um convento. Meu guia me levou a uma casa alta, em ruínas, de janelas com venezianas, e bateu à porta muitas vezes. Logo surgiu o barulho de passos e um abrir de ferrolhos, e a porta se abriu um pouco. Uma mão apareceu na borda; era uma mão grande e torta, que estava com a palma para cima debaixo dos nossos narizes, exigindo dinheiro.

"Meu guia colocou o pé entre a porta e o degrau. 'Quanto você quer?', ele disse.

"'Mil francos', respondeu uma voz feminina. 'Pague tudo de uma vez, ou não entra.'

"Coloquei mil francos naquela mão e dei os cem restantes ao meu guia: ele me desejou boa noite e partiu. Podia ouvir a voz lá dentro contando as notas, e, então, uma mulher assustadora, velha e magra, parecendo um corvo vestida de preto, pôs o nariz para fora e me olhou com desconfiança antes de me deixar entrar. Estava muito escuro lá dentro: não conseguia ver nada, a não ser uma pequena chama de um bico de gás cintilando e que iluminava um pedaço de parede

---

[18] À americana.

de gesso, deixando todo o resto na mais profunda escuridão. Havia um cheiro de rato e sujeira. Sem falar nada, a velha acendeu uma vela no bico de gás e saiu mancando na minha frente por uma passagem até o topo de um lance de escadas de pedra.

"'*Voilà*!',[19] ela exclamou. 'Desça até o porão e faça o que quiser. Não vou ver nada, ouvir nada, saber nada. Vocês são livres, sabem, né — perfeitamente livres.'

"Ah, *messieurs*, preciso descrever a vocês — *forcément*,[20] vocês mesmos já sabem — aquele arrepio, meio de terror e meio de alegria, que nos percorre nesses momentos? Rastejei até lá embaixo, sentindo o caminho; conseguia ouvir minha respiração e o raspar dos meus sapatos nas pedras, fora isso, tudo era silêncio. Na parte inferior da escada, minha mão encontrou um interruptor. Liguei e um grande lustre de doze lâmpadas vermelhas inundou o porão com uma luz avermelhada. E, vejam, não estava em um porão, mas em um quarto, um fantástico, rico e extravagante quarto, todo em vermelho-sangue, do chão ao teto. Imaginem vocês mesmos, *messieurs et dames*! Tapete vermelho no chão, papel vermelho nas paredes, pano vermelho nas cadeiras, até o teto era vermelho; todos os cantos vermelhos, queimando aos olhos. Era um vermelho denso, sufocante, como se a luz brilhasse através de tigelas de sangue. No canto do quarto, ficava uma cama enorme e quadrada, com colcha vermelha como todo o resto, e, sobre a cama, estava deitada uma garota, em um vestido de veludo

---

[19] Aqui está!
[20] Necessariamente.

vermelho. Ao me ver, ele se encolheu e tentou esconder os joelhos sob o vestido curto.

"Eu havia parado perto da porta. 'Venha até aqui, minha franguinha', chamei-a.

"Ela respondeu com um choramingo de medo. Num salto, eu estava ao lado da cama; ela tentou me iludir, mas eu a agarrei pela garganta — assim, vocês veem? — forte! Ela lutou, começou a gritar por clemência, mas eu a segurei rápido, forçando sua cabeça para trás e olhando-a fixamente no rosto. Talvez tivesse vinte anos de idade; seu rosto era largo, sem graça como o de uma criança burra, mas estava coberto com maquiagem e pó, e seus olhos azuis, olhos idiotas, brilhavam na luz vermelha e tinham aquele ar de choque, o olhar distorcido que não se vê em lugar nenhum, exceto nos olhos dessas mulheres. Era uma camponesa qualquer, sem dúvida, cujos pais a haviam vendido para escravizar.

"Sem mais nenhuma palavra, puxei-a da cama e a atirei no chão. E, então, pulei sobre ela como um tigre! Ah, a alegria, o incomparável ataque daquele momento! Isso, *messieurs et dames*, é o que eu queria lhes contar; *voilà l'amour!* Isso é o verdadeiro amor, isso é a única coisa no mundo pela qual vale a pena lutar; isso é a coisa além da qual todas as nossas artes e ideias, toda nossa filosofia e crença, todas as nossas belas palavras e louváveis atitudes, são tão inexpressivas e inúteis como cinzas. Quando já se experimentou o amor — o verdadeiro amor —, o que há no mundo que pareça mais do que uma mera sombra de alegria?

"Cada vez mais selvagem eu voltava a atacar. De novo e de novo a garota tentava escapar; ela gritava por misericórdia novamente, mas eu ria dela.

"'Misericórdia', repetia eu, 'você acha que vim aqui para mostrar misericórdia? Acha que paguei mil francos para isso?' Eu juro a vocês, *messieurs et dames*, que, se não fosse por aquela maldita lei que nos rouba a liberdade, eu a teria matado naquela hora.

"Ah, como ela gritava, com lágrimas amargas de agonia. Mas não havia ninguém para ouvir; lá sob as ruas de Paris, estávamos seguros como no centro de uma pirâmide. Lágrimas rolavam pelo rosto da garota, fazendo escorrer o pó, manchando e sujando seu rosto. Ah, aquela hora irrecuperável! Vocês, *messieurs et dames*, vocês não cultivaram as mais refinadas sensações do amor, para vocês tal prazer é quase além de concebível. E eu também, agora que minha juventude se foi — ah! a juventude! — nunca mais ver a vida tão bela como a juventude. Está acabada.

"Ah, sim, acabou-se — foi-se para sempre. Ah, a pobreza, a escassez, o desapontamento da alegria humana! Pois, na verdade — *car en réalité*,[21] quanto dura o supremo momento do amor? Não dura nada, um instante, um segundo talvez. Um segundo de êxtase, e logo após — poeira, cinzas, vazio.

"E assim, apenas por um instante, capturei a suprema felicidade, a mais elevada e refinada emoção que o ser humano pode alcançar. E no mesmo momento, ela acabou e me sobrou — o quê? Toda minha selvageria, minha paixão, estavam espalhadas como pétalas de rosas. Fui largado frio e lânguido, cheio de remorsos vãos; em minha repulsa, até mesmo senti certa pena da

---

[21] Porque, na realidade...

garota chorando no chão. Não é de causar náuseas que devemos ser presas de tão cruéis emoções? Não olhei para a garota novamente; meu único pensamento era ir embora. Subi os degraus com pressa e alcancei a rua. Estava escuro e fazia um frio congelante, as ruas estavam vazias, as pedras ecoavam sob meus calcanhares com um som oco e solitário. Todo meu dinheiro se fora, não tinha nem o suficiente para tomar um táxi. Voltei sozinho para o meu quarto frio e ermo.

"Mas isso, *messieurs et dames*, é o que prometi contar-lhes. Isso é o Amor. Aquele foi o dia mais feliz da minha vida".

Era um tipo curioso, Charlie. Eu o descrevi apenas para mostrar quantos personagens diversos podiam ser vistos florescer no quarteirão da Coq d'Or.

III

Morei no quarteirão da Coq d'Or por aproximadamente um ano e meio. Certo dia, no verão, descobri que me restavam apenas quatrocentos e cinquenta francos e, além disso, nada, a não ser trinta e seis francos por semana, que fazia dando aulas de inglês. Até agora não havia pensado no futuro, mas então percebi que precisaria fazer algo imediatamente. Decidi procurar um emprego, e — com muita sorte, como acabou acontecendo — tomei o cuidado de pagar duzentos francos por um mês de hospedagem adiantado. Com os outros duzentos e cinquenta francos, além das aulas de inglês, conseguiria viver um mês, e, em um mês, provavelmente encontraria trabalho. Eu queria ser guia em uma das empresas de turismo, ou talvez um intérprete. No entanto, uma má sorte não permitiu.

Um dia apareceu na pensão um jovem italiano, que se dizia tipógrafo. Ele era um tanto ambíguo porque usava costeletas, típicas de um gângster ou um intelectual, e ninguém sabia ao certo como classificá-lo. Madame F. não gostava da aparência dele e o fez pagar uma semana de hospedagem adiantado. O italiano pagou e ficou seis noites na pensão. Durante esse período, ele conseguiu fazer cópia das chaves e, na última noite, roubou uma dúzia de quartos, inclusive o meu. Felizmente ele não encontrou o dinheiro que estava no meu bolso, então não fiquei na penúria. Restavam-me apenas quarenta e sete francos — ou seja, setenta *pence*.[22]

Isso colocou um fim nos meus planos de procurar trabalho. Então tive de viver com uma quantia de mais ou menos seis francos por dia, e, logo de início, já foi muito difícil ter cabeça para pensar em qualquer outra coisa. Foi então que minha experiência com a miséria começou — com seis francos por dia, se não exatamente miséria, está quase. Seis francos é um xelim, e pode-se viver em Paris com um xelim por dia somente sabendo como fazer. Mas é uma empreitada complexa.

É tudo junto muito curioso, seu primeiro contato com a pobreza. Pensamos muito sobre a miséria — é

---

[22] O *pence* é uma divisão do dinheiro britânico, a libra, que só se tornou decimal em fevereiro de 1971. Antes disso, o *pence* era um doze avos do xelim, que, por sua vez era um vigésimo da libra esterlina.

tudo o que temíamos a vida toda, aquela coisa que já sabíamos que ia acontecer conosco mais cedo ou mais tarde; e tudo isso é completa e prosaicamente diferente. Pensávamos que seria até simples; é extremamente complicado. Pensávamos que seria terrível; é simplesmente sórdido e miserável. É a peculiar condição *vil* da miséria que se descobre primeiro; as mudanças que ela nos impõe, a maldade complicada, o raspar o fundo do tacho.

Descobre-se, por exemplo, o sigilo vinculado à pobreza. Em um baque somos reduzidos a uma renda de seis francos por dia. Mas, obviamente, ousamos não admitir — temos de fingir que continuamos vivendo normalmente. De início, já somos emaranhados em uma rede de mentiras, e até em mentiras que dificilmente conseguimos administrar. Paramos de mandar roupa à lavanderia, e a lavadeira nos vê na rua e pergunta por quê; murmuramos alguma coisa, e ela, acreditando que estamos mandando lavar nossa roupa em outro lugar, torna-se inimiga para o resto da vida. O dono da tabacaria sempre pergunta por que começamos a fumar menos. Há cartas que queremos responder, e não podemos, porque os selos são muito caros. E, finalmente, as refeições — as refeições são a pior coisa de todas. Todos os dias, na hora de comer, saímos ostensivamente a caminho de um restaurante, e vadiamos por uma hora nos Jardins do Luxemburgo, observando os pombos. Mais tarde, contrabandeamos a comida no bolso. A refeição é pão e margarina, ou pão e vinho, e até o tipo da comida é administrado na mentira. Temos de comprar pão de centeio em vez de pão caseiro porque os pães de centeio, apesar de mais caros, são redondos e podem ser escondidos no bolso. Isso custa um franco por dia. Às vezes, para manter as aparências, temos de gastar seis cêntimos em uma bebida e, consequentemente, ficar sem comida. Os lençóis ficam imundos, acaba o sabão e já não há mais lâminas de barbear. Precisamos cortar o cabelo, e tentamos cortar nós mesmos, em casa, mas o resultado é tão desastroso que acabamos no barbeiro de qualquer forma e gastando o equivalente à comida do dia. O dia inteiro contamos mentiras, e mentiras caras.

Descobrimos a extrema precariedade dos seis francos por dia. Infortúnios acontecem e nos roubam a comida. Gastamos os últimos oito cêntimos em meio litro de leite e o colocamos para ferver na chama da lamparina a álcool. Enquanto ferve o leite, um inseto percorre o braço; espantamos o inseto com um piparote, e ele cai, pluft! direto no leite. Não há nada que se possa fazer a não ser jogar o leite fora e ficar sem comida.

Vamos à padaria para comprar meio quilo de pão e temos de esperar enquanto a moça serve meio quilo para outro freguês. Ela é desastrada e pesa mais de meio quilo de pão. — "*Pardon, monsieur*",[23] ela diz, — "acredito que o senhor não se importe em pagar dois *sous*[24] a mais?" O pão custa um franco cada meio quilo e temos exatamente um franco. Ao pensarmos que também ouviremos a pergunta sobre pagar dois *sous* a mais e termos de confessar que não podemos,

---

[23] Perdão, senhor.
[24] Um tipo de divisão do franco francês, como o centavo.

saímos correndo em pânico. Passam-se horas até que tenhamos novamente coragem de nos aventurar na padaria.

Vamos à quitanda para gastar um franco em um quilo de batatas. Mas uma das moedas que temos para somar um franco é uma moeda belga e o vendedor se recusa a aceitar. Saímos furtivamente do local para nunca mais voltar lá.

Vagando por um bairro respeitável, vemos um amigo próspero andando na nossa direção. A fim de evitá-lo, entramos no café mais próximo para nos esconder. Uma vez dentro do café, devemos comprar algo, então gastamos os últimos cinquenta cêntimos em um copo de café preto com uma mosca morta dentro. É possível multiplicar esses infortúnios por cem. São parte do processo de estar na penúria.

Descobrimos o que é estar com fome. Com pão e margarina na barriga, saímos e olhamos vitrines. Em todos os lugares vemos comida a nos insultar violentamente, pilhas de desperdício; porcos mortos e inteiros, cestos de pães quentes, grandes barras amarelas de manteiga, cordões de linguiças, montanhas de batatas, muito queijo Gruyère parecendo rebolos. Uma autopiedade vem choramingando ao ver tanta comida. O plano é agarrar um pão e correr, engolindo-o antes de sermos pegos; e não fazemos, por puro medo.

Descobrimos o tédio, inseparável da pobreza; as vezes em que não temos nada para fazer e, estando mal alimentados, não nos interessamos por nada. A cada vez, durante metade do dia, ficamos deitados na cama, nos sentindo como um *jeune squelette*[25] em um poema de Baudelaire. Somente comida poderia nos levantar. Descobrimos que um homem que passou até mesmo uma semana a pão com margarina não é mais um homem, somente uma barriga com alguns órgãos acessórios.

Esta — seria possível descrevê-la melhor, mas são todas do mesmo jeito — é a vida a seis francos por dia. Milhares de pessoas em Paris a vivem — artistas e estudantes que vivem lutando, prostitutas, quando ficam sem sorte, pessoas desempregadas de todos os tipos. É o bairro residencial, por assim dizer, da pobreza.

Continuei dessa forma por mais ou menos três semanas. Os quarenta e sete francos logo se foram, e eu tinha de fazer o que podia com trinta e seis francos por semana das aulas de inglês. Sendo inexperiente, administrava mal o dinheiro, e por vezes ficava um dia inteiro sem comer. Quando isso acontecia, eu vendia algumas de minhas roupas, retirando-as da pensão como se fosse contrabando em pequenos pacotes e levando-as a uma loja de roupas usadas na Rue de la Montagne St. Geneviève. O vendedor era um judeu de cabelo vermelho, um homem extremamente desagradável, que costumava ter ataques de raiva ao ver um freguês. Por causa do seu jeito, era de se pensar que havíamos ofendido o homem ao ir até a loja. — *Merde!*",[26] ele gritava, — *você* aqui de novo? Acha que isso aqui é o quê? Um desses restaurantes

---

[25] Jovem esqueleto.
[26] Merda.

populares?[27] — E pagava um preço miseravelmente baixo. Por um chapéu, que eu comprara por vinte e cinco xelins e mal havia usado, ele ofereceu cinco francos; por um bom par de sapatos, cinco francos; por camisas, um franco cada. Ele sempre preferia trocar em vez de comprar, e tinha um truque de ir empurrando alguns itens inúteis para a mão do freguês e então fingia que a pessoa havia aceitado. Uma vez eu o vi pegar um sobretudo em bom estado de uma velha, colocar duas bolinhas de bilhar brancas na mão dela e, então, empurrá-la rapidamente para fora da loja antes que a velha pudesse falar algo contra. Teria sido um prazer amassar o nariz do judeu, se pelo menos alguém conseguisse.

Essas três semanas foram miseráveis e desagradáveis, e, evidentemente, ainda ia piorar, pois o valor da minha estadia logo venceria. No entanto, as coisas não foram nem um pouco tão ruins quanto eu imaginara, pois, quando estamos perto da pobreza, descobrimos uma coisa que supera algumas outras. Descobrimos o tédio e complicações mesquinhas e os primórdios da fome, mas também descobrimos o caráter redentor da pobreza: o fato de que ela aniquila o futuro. Com certos limites, é, de fato, verdadeiro que quanto menos dinheiro temos, menos nos preocupamos. Quando nos resta no mundo somente cem francos, estamos sujeitos aos mais covardes medos. Quando temos somente três francos, ficamos indiferentes; pois três francos vão nos alimentar até o dia seguinte, e não

---

[27] No original *soup kitchen*, restaurantes comunitários onde são oferecidas refeições gratuitas ou a preços populares.

podemos pensar muito além do amanhã. Estamos entediados, mas não amedrontados. Vagamente pensamos "já vou estar morrendo de fome em um ou dois dias — revoltante, não é?" E, então, a mente passeia por outras veredas. Uma dieta a pão e margarina, até certo ponto, proporciona seu próprio analgésico.

E ainda há outro sentimento que é um grande consolo na pobreza. Acredito que todo mundo que tenha passado pela penúria já experimentou. É um sentimento de alívio, quase de prazer, de se reconhecer, finalmente, genuinamente no fundo do poço. Tanto já se conversou sobre estar degringolando — e, bem, aqui está o fundo do tacho, chegamos lá, e não é possível suportar. Esse sentimento alivia muita ansiedade.

IV

Um dia, minhas aulas de inglês de repente cessaram. Os dias estavam ficando mais quentes e um dos meus alunos, com muita preguiça de continuar com as aulas, me dispensou. O outro desapareceu da pensão onde morava sem avisar, devendo-me doze francos. Restavam-me apenas trinta cêntimos e nenhum tabaco. Por um dia e meio eu não tinha nada para comer nem fumar e, então, morto de fome para adiar ainda mais a situação, arrumei o que me restavam de roupas em uma mala e as levei à loja de penhores. Isso pôs um fim a todas as pretensões de ter algum dinheiro, porque não podia tirar minhas roupas da pensão sem pedir licença a Madame F. Lembro-me, no entanto, de quão surpresa ela ficou quando lhe pedi permissão, em vez de remover as roupas às escondidas, o que era um truque comum na redondeza, como se fosse um jogo de cartas.

Era a primeira vez que eu tinha ido a uma casa de penhores francesa. Entra-se por um grandioso portal de pedras (onde, obviamente, lê-se "*Liberté, Égalité, Fraternité*"[28] — as pessoas escrevem isso até mesmo na entrada da delegacia de polícia na França) que dá para um cômodo grande e quase sem mobílias como uma sala de aula, com um balcão e fileiras de assentos. Quarenta ou cinquenta pessoas esperavam. Uma dela entregou o pedido no balcão e sentou-se. Logo depois, ao já haver avaliado o valor, o funcionário chama: — *Numéro*[29] tal e tal, o senhor aceita cinquenta francos? — Às vezes somente quinze francos ou dez ou cinco — o que quer que fosse, a sala toda sabia. Conforme entrei, o funcionário chamou com um ar de ofensa: — *Numéro* 83, aqui! — e deu um pequeno assobio e um aceno, como se chamasse um cão. *Numéro* 83 aproximou-se do balcão; era um velho barbado com um sobretudo abotoado até o pescoço e as barras das calças puídas. Sem uma palavra, o funcionário jogou a trouxa sobre o balcão — evidentemente não valia nada. A trouxa caiu no chão e abriu, mostrando quatro calças masculinas feitas de lã. Ninguém conseguiu se conter e todos riram. O coitado do *Numéro* 83 juntou as calças e, cambaleando, foi embora, murmurando consigo mesmo.

As roupas que eu estava penhorando, junto com a mala, haviam custado mais de vinte libras e estavam

---

[28] Liberdade, Igualdade, Fraternidade.
[29] Número.

em boas condições. Imaginei que pudessem valer dez libras, e um quarto disso (espera-se um quarto do valor em casas de penhor) eram duzentos e cinquenta ou trezentos francos. Esperava sem ansiedade, imaginando duzentos e cinquenta francos na pior das hipóteses.

Finalmente o funcionário chamou meu número:
— *Numéro* 97!
— Sim — respondi me levantando.
— Setenta francos?

Setenta francos por roupas que valem dez libras! Mas de nada adiantaria reclamar; havia visto outra pessoa tentar brigar e, na mesma hora, o funcionário recusou o pedido de penhor. Peguei o dinheiro e o recibo da penhora e saí. Agora não tinha mais nenhuma roupa exceto a que vestia — o casaco gasto no cotovelo — um sobretudo, que vale alguma coisa em penhora, e uma camisa. Depois de tudo, quando já era tarde demais, percebi que o melhor horário para ir a uma casa de penhores é à tarde. Os funcionários são franceses e, como a maioria dos franceses, ficam de mau humor até que tenham almoçado.

Quando cheguei em casa, Madame F. estava varrendo o chão do *bistro*. Ela subiu as escadas para me encontrar. Podia ver nos olhos dela que estava inquieta a respeito do meu pagamento.

— Bem — disse ela —, quanto você conseguiu pelas suas roupas? Não muito, né?
— Duzentos francos — respondi prontamente.
— *Tiens!*[30] — ela comentou surpresa; — Bem, *não* é mau! Essas roupas inglesas podem ser bem caras!

---

[30] Olha!

A mentira evitou muitos problemas e, por incrível que pareça, acabou virando verdade. Alguns dias depois, eu, de fato, recebi duzentos francos que me eram devidos por um artigo de jornal e, embora muito doído, paguei cada *penny* da minha estadia com ele de uma vez. Assim, embora quase tenha ficado à beira de morrer de fome nas semanas seguintes, não fiquei sem teto.

Agora era absolutamente necessário encontrar trabalho e me lembrei de um amigo, um garçom russo chamado Boris, que talvez pudesse me ajudar. Eu o conheci na enfermaria pública de um hospital onde ele fazia um tratamento para artrite na perna esquerda. Ele havia me dito que o procurasse, se algum dia estivesse em dificuldades.

Devo contar um pouco sobre Boris, pois ele era uma figura curiosa e foi um amigo próximo por um longo tempo. Era um homem grande, com ar de soldado, de mais ou menos trinta e cinco anos e tinha sido bonito, mas desde que ficou doente, engordou demais de ficar deitado na cama. Como a maioria dos refugiados russos, havia levado uma vida agitada e perigosa. Os pais, mortos da Revolução, foram ricos, e ele havia servido durante a guerra na Segunda Divisão de Fuzileiros da Sibéria, que, de acordo com ele, era o melhor regimento no exército russo. Depois da guerra, havia primeiro trabalhado em uma fábrica de pincéis, então, foi porteiro no Les Halles, depois foi lavador de pratos e, finalmente, conseguiu ser garçom. Quando caiu doente, estava no Hôtel Scribe e ganhando cem francos por dia de gorjetas. Sua ambição era se tornar um *maître d'hôtel*,[31] guardar cinquenta mil francos e abrir um pequeno e seleto restaurante no Right Bank.

Boris sempre falava da guerra como a época mais feliz da sua vida. Guerra e ser soldado eram suas paixões; ele havia lido inúmeros livros sobre estratégia e história militar, e poderia enumerar todas as teorias de Napoleão, Kutuzof, Clausewitz, Moltke e Foch. Qualquer assunto relacionado a soldados o agradava. Seu café favorito era o Closerie des Lilas em Montparnasse, simplesmente porque a estátua do Marechal Ney ficava do lado de fora. Mais tarde, Boris e eu às vezes íamos até a Rue du Commerce juntos. Se fôssemos de metrô, Boris sempre descia na estação Cambronne em vez da estação Commerce, embora a Commerce fosse mais próxima; ele gostava da associação com General Cambronne, que fora chamado para se entregar na batalha de Waterloo e simplesmente respondeu "*Merde*"!

A única coisa que restou a Boris da Revolução eram suas medalhas e algumas fotografias do seu antigo regimento; ele conservara essas coisas quando todo o resto havia ido para a casa de penhores. Quase todos os dias ele espalhava as fotografias sobre a cama e falava sobre elas:

— *Voilà, mon ami!*[32] Lá você me vê à frente da minha companhia. Homenzões, hein? Nada parecidos com esses ratinhos franceses. Um capitão aos vinte anos — nada mau, hein? Sim, um capitão na Segunda Divisão de Fuzileiros da Sibéria; e meu pai era coronel.

---

[31] Chefes dos garçons.
[32] Aqui está, meu amigo!

"*Ah, mais, mon ami*,³³ os altos e baixos da vida! Um capitão no Exército Russo, e, então, puff! a Revolução — cada *penny* ralo abaixo. Em 1916, fiquei uma semana no Hôtel Edouard Sept; em 1920, tentava um emprego como vigia noturno lá mesmo. Já fui vigia noturno, trabalhei em adega, esfreguei chão, lavei pratos, fui porteiro, atendente em banheiro. Dei gorjetas a garçons e recebi gorjeta de garçons.

"Ah, mas soube o que é viver como um cavalheiro, *mon ami*. Não digo isso para me gabar, mas dia desses estava tentando calcular quantas amantes tive na vida, e cheguei à conclusão de que foram duzentas. Sim, pelo menos duzentas... Ah, bem, *ça reviendra*.³⁴ A vitória é daquele que luta por mais tempo. Coragem!" etc. etc.

Boris tinha uma natureza estranha, mutável. Ele sempre se imaginava de volta ao exército, mas também já havia sido garçom por muito tempo e adquirido um aspecto de garçom. Embora nunca tivesse economizado mais do que alguns milhares de francos, ele assumiu que no fim conseguiria abrir seu próprio restaurante e ficar rico. Todos os garçons, depois acabei descobrindo, falavam sobre isso e pensavam assim; era o que os conformava em ser garçons. Boris costumava se referir à vida no hotel de forma interessante:

— Ser garçom é como jogo — ele dizia —; você pode morrer pobre, você pode fazer sua fortuna em um ano. Não recebemos salário, dependemos de gorjetas — dez por cento da conta, e uma comissão das

---

³³ Ah, mas, meu amigo.
³⁴ Vai voltar.

vinícolas sobre as rolhas de champanhe. Às vezes a gorjeta é enorme. O *barman* no Maxim's, por exemplo, faz quinhentos francos por dia. Mais de quinhentos, na alta temporada... Eu mesmo já fiz duzentos francos por dia. Foi em um hotel em Biarritz, na alta temporada. Toda a equipe, do gerente aos meros *plongeurs*,[35] trabalhava vinte e uma horas por dia. Vinte e uma horas de serviço e duas horas e meia deitado, por um mês a fio. Mesmo assim, valia a pena, por duzentos francos por dia.

"Nunca se sabe quando um golpe de sorte vai chegar. Uma vez, quando estava no Hôtel Royal, um cliente americano mandou me chamar antes do jantar e pediu vinte e quatro coquetéis de conhaque. Trouxe todos de uma vez em uma bandeja, em vinte e quatro copos. 'Agora, *garçon*', disse o cliente (ele estava bêbado), 'vou beber doze e você vai beber doze, e depois, se você conseguir andar até a porta, você ganha cem francos'. Caminhei até a porta e ele me deu cem francos. E toda noite por seis dias ele fazia a mesma coisa; doze coquetéis de conhaque e, então, cem francos. Alguns meses depois, ouvi que ele tinha sido extraditado pelo governo americano — desfalque. Há algo de bom, você não acha, nesses americanos?"

Eu gostava de Boris, e tivemos momentos interessantes juntos, jogando xadrez e conversando sobre hotéis e guerra. Frequentemente Boris me sugeria que fosse garçom. "O tipo de vida combinaria com você",

---

[35] Funcionário de baixo escalão de cozinha de restaurante, responsável por lavar a louça.

ele costumava dizer; "quando você está trabalhando, com cem francos por dia e uma boa amante, não é mau. Você diz que vai escrever. Escrever é tolice. Há somente um jeito de fazer dinheiro escrevendo, e é se casando com a filha de um editor. Mas você daria um bom garçom se raspasse esse bigode. Você é alto e fala inglês — são coisas importantíssimas de que um garçom precisa. Espera só até eu poder dobrar essa perna maldita, *mon ami*. E, então, quando você estiver sem trabalho, me procura".

Agora que estava sem dinheiro para a pensão e ficando com fome, lembrei-me da promessa de Boris e decidi ir vê-lo imediatamente. Não esperava me tornar garçom tão facilmente como ele prometera, mas, é claro, sabia como esfregar pratos, e, sem dúvida, ele podia me arrumar trabalho na cozinha. Ele já havia me dito que lavar pratos era trabalho bem fácil de arrumar durante o verão. Era um grande alívio lembrar que eu tinha afinal um amigo influente a quem recorrer.

V

Pouco tempo antes, Boris me deu um endereço na Rue du Marché des Blanc Manteaux. Tudo que ele dissera na carta era que "as coisas não estavam marchando de forma tão ruim", e entendi que ele estava de volta ao Hôtel Scribe, novamente fazendo seus cem francos por dia. Eu estava cheio de esperança e pensava por que havia sido tão tolo em não recorrer a Boris antes. Eu me vi em um restaurante aconchegante, com alegres cozinheiros cantarolando canções de amor enquanto quebravam ovos na panela, e cinco fartas refeições por dia. Até esbanjava dois francos e cinquenta em um maço de Gaulois Bleu, antecipando meu salário.

De manhã caminhei pela Rue du Marché des Blanc Manteaux; em choque, encontrei uma rua tão cheia de pardieiros quanto a minha. A pensão de Boris era a mais suja da rua. Da entrada escura, podia-se sentir um odor ruim e azedo, uma mistura de água servida e sopa de pacote — era Bouillon Zip, vinte e cinco cêntimos o pacote. Bateu-me um pressentimento. Gente que toma Bouillon Zip está esfomeada, ou quase. Será que Boris estava ganhando mesmo cem francos por dia? Um *patron*[36] grosseiro, sentando em um escritório, me disse, Sim, o russo estava em casa — no sótão. Subi seis lances de uma escada estreita e em espiral, o cheiro da Bouillon Zip ficando cada vez mais forte, conforme eu subia. Boris não respondeu quando bati à porta, então abri e entrei.

O cômodo era um sótão, de nove metros quadrados, iluminado apenas por uma claraboia, a única mobília era um estreito estrado de cama, uma cadeira, e uma pia para lavar as mãos que mal ficava em pé. Uma longa fila em forma de S de vários insetos marchava lentamente na parede sobre a cama. Boris estava deitado, dormindo, nu, a enorme barriga formando uma montanha sob os lençóis encardidos. Seu peito estava marcado de picadas de inseto. Conforme entrei, ele acordou, esfregou os olhos, e gemeu fundo.

---

[36] Chefe, patrão.

— Em nome de Jesus Cristo! — ele exclamou —, ah, em nome de Jesus Cristo, minhas costas! Maldição, acho que arrebentei as costas!

— Qual é o problema? — perguntei.

— Minhas costas estão quebradas, é isso. Passei a noite no chão. Ah, em nome de Jesus Cristo! Se você soubesse como estão minhas costas!

— Meu caro, Boris, você está doente?

— Não doente, só morto de fome — sim, vou morrer de fome se isso ainda durar muito tempo. Além de dormir no chão, tenho vivido com dois francos por dia há semanas. É temerário. Você chegou em um mau momento, *mon ami*.

Não adiantaria muito perguntar se Boris ainda tinha o emprego no Hôtel Scribe. Corri escadas abaixo e trouxe um filão de pão. Boris se atirou no pão e comeu metade, e depois se sentiu melhor, sentou-se na cama e contou qual era o problema. Ele não tinha conseguido arranjar um emprego ao sair do hospital, porque ainda mancava muito e havia gastado todo seu dinheiro e penhorado tudo o que tinha e, então, passou fome por muitos dias. Havia dormido por uma semana no cais sob a Pont d'Austerlitz, em meio a alguns barris de vinho vazios. Nas últimas duas semanas, ele vivia naquele cômodo, junto com um judeu, um mecânico. Parecia que (havia alguma explicação complicada) o judeu devia a Boris trezentos francos e estava pagando ao deixá-lo dormir no chão e lhe permitindo dois francos por dia em comida. Dois francos compravam uma jarra de café e três pães doces. O judeu saía para trabalhar às sete todas as manhãs e, depois que ele saía, Boris deixava seu lugar de dormir (era bem abaixo da claraboia, o que permitia que a chuva entrasse) e ia para a cama. Ele não conseguia dormir muito bem lá por causa dos insetos, mas descansava as costas depois de dormir no chão.

Foi um grande desapontamento, quando fui procurar a ajuda do Boris, encontrá-lo ainda em situação pior do que a minha. Contei-lhe que tinha mais ou menos só sessenta francos e precisava de um emprego logo. Até então, Boris já havia comido o resto do pão e sentia-se animado e disposto a conversar. Ele disse casualmente:

— Meu Deus, com o que você se preocupa? Sessenta francos — caramba, é uma fortuna! Por favor, me passa aquele sapato, *mon ami*. Vou esmagar alguns desses insetos se chegarem perto.

— Mas você acha que existe qualquer chance de eu arranjar um emprego?

— Chance? É uma certeza! De fato, eu já tenho algo. Há um novo restaurante russo que vai abrir em poucos dias na Rue du Commerce. É *une chose entendue*[37] que vou ser o *maître d'hôtel*. Vai ser fácil arrumar um trabalho para você na cozinha. Quinhentos francos por mês mais a comida — gorjetas também, se você tiver sorte.

— Mas e por enquanto? Vou ter que pagar minha hospedagem antes disso.

— Ah, vamos achar alguma coisa. Tenho algumas cartadas na manga. Há algumas pessoas que me devem dinheiro, por exemplo, Paris está cheia delas.

---

[37] Uma coisa já sabida.

Alguém vai pagar logo. Então pense em todas as mulheres que foram minhas amantes! Uma mulher nunca esquece, você sabe — tenho só de pedir e elas vão ajudar. Além do mais, o judeu me diz que ele vai pegar alguns ímãs da oficina onde trabalha, e vai nos pagar cinco francos por dia para limpá-los antes de ele ir vender. Só isso já vai nos manter. Nunca se preocupe, *mon ami*. Nada é mais fácil de conseguir do que dinheiro.

— Bem, vamos sair agora e procurar um emprego.

— Agora mesmo, *mon ami*. Não devemos passar fome, não tenha medo. Esta é a única fortuna de guerra — já estive em um buraco pior dezenas de vezes. É somente uma questão de persistir. Lembre-se da máxima de Foch: *Attaquez! Attaquez! Attaquez!*[38]

Já era meio-dia quando Boris decidiu se levantar. Todas as roupas que agora tinha eram um terno, com uma camisa, colarinho e gravata, um par de sapatos quase gasto e um par de meias que era só buraco. Ele também tinha um sobretudo que seria penhorado em último caso. Tinha uma mala, uma coisa miserável de papelão duro que valia vinte francos, mas muito importante porque o *patron* do hotel acreditava que estava cheia de roupas — sem essa mala, ele já teria provavelmente expulsado Boris de lá. O que exatamente havia na mala eram medalhas e fotografias, várias bugigangas e calhamaços enormes de cartas de amor. Apesar de tudo isso, Boris conseguia manter uma aparência razoavelmente boa. Ele se barbeava sem sabão e com uma navalha de dois meses atrás,

---

[38] Ataque! Ataque! Ataque!

dava o nó em sua gravata de forma que os buracos não apareciam e cuidadosamente enchia a sola do sapato com jornal. Finalmente, quando já estava vestido, ele pegava um frasco de tinta e pintava o calcanhar onde aparecia pelos buracos da meia. Nunca ninguém imaginaria, quando Boris estivesse pronto, que ele havia dormido sob as pontes do Sena.

Fomos a um pequeno café na Rue de Rivoli, um ponto de encontro bem conhecido de gerentes e funcionários de hotéis. Nos fundos havia uma sala escura que parecia uma caverna, onde todos os tipos de funcionários de hotel estavam sentados; garçons jovens e elegantes, outros não tão elegantes e claramente com fome, cozinheiros gordos e de pele cor de rosa, lavadores de pratos ensebados, mulheres velhas e maltratadas que esfregavam o chão. Cada um deles tinha na frente um copo de café no qual não haviam tocado. Na realidade, o lugar era um escritório de emprego e o dinheiro gasto com bebidas era a comissão do *patron*. Às vezes, um homem corpulento, de aparência importante, obviamente um dono de restaurante, entrava e conversava com o *barman*, e o *barman* chamava uma das pessoas no fundo do café. Mas nunca chamou Boris ou eu, e fomos embora depois de duas horas, pois a etiqueta mandava ficar por somente duas horas por uma bebida. Depois descobrimos, quando já era tarde demais, que o plano era subornar o *barman*; se lhe déssemos vinte francos, ele gentilmente arranjaria um emprego.

Fomos ao Hôtel Scribe e esperamos uma hora na calçada, na esperança de que o gerente saísse, mas não aconteceu. Então, nos arrastamos pela Rue du Commerce abaixo só para descobrir que o novo restaurante, sendo redecorado, foi fechado e o *patron*, expulso. Já era noite. Havíamos andado catorze quilômetros pelas calçadas e estávamos tão cansados que fomos obrigados a desperdiçar um franco e cinquenta para voltar de metrô. Andar era uma agonia para Boris com a perna manca, e seu otimismo foi diminuindo conforme o passar do dia. Quando saiu do metrô na Place d'Italie, ele estava em desespero. Começou a dizer que era inútil procurar emprego; não havia nada a fazer a não ser entrar para o crime.

— Antes roubar do que morrer de fome, *mon ami*. Já planejei várias vezes. Um americano rico e gordo, em uma esquina escura qualquer no caminho para Montparnasse, um paralelepípedo embrulhado em uma meia — bang! E então procurar nos bolsos e sair voando. É possível, não acha? Eu não ia vacilar; já fui soldado, lembra?

Ele desistiu do plano no fim porque éramos ambos estrangeiros e facilmente reconhecíveis.

Quando já havíamos chegado ao meu quarto, gastamos outro franco e cinquenta com pão e chocolate. Boris devorou sua parte, e imediatamente se animou como mágica; comida parecia agir no seu sistema tão rapidamente quanto um coquetel. Ele pegou um lápis e começou a fazer uma lista de pessoas que provavelmente nos daria um emprego. Havia dúzias delas, ele disse.

— Amanhã vamos achar alguma coisa, *mon ami*, tenho certeza, sinto nos ossos! A sorte sempre muda. Além do mais, nós dois somos inteligentes, um homem inteligente não passa fome.

— Que coisas um homem faz com inteligência! A inteligência faz dinheiro do nada. Tinha um amigo, um polaco, um gênio de verdade, e o que você acha que ele fazia? Ele comprava um anel dourado e penhorava por quinze francos. Então, você sabe como os funcionários dos penhores preenchem as fichas de qualquer jeito, onde o funcionário tinha escrito *"en or"*[39] ele adicionava *"et diamants"*[40] e mudava "quinze francos" para "quinze mil". Hábil, não? Então, você vê, ele conseguia pegar mil francos emprestados com a certeza da ficha. Isso é o que eu falo sobre gênio...

Pelo resto da noite Boris manteve um humor esperançoso, falando sobre o tempo que passaríamos juntos, quando fôssemos garçons juntos em Nice ou Biarritz, com quartos elegantes e dinheiro suficiente para amantes. Ele estava muito cansado para caminhar três quilômetros de volta à sua hospedagem, e passou a noite dormindo no chão do meu quarto e fez um travesseiro com o casaco enrolado nos sapatos.

VI

Novamente não conseguimos arranjar trabalho no dia seguinte, e foram três semanas antes que a sorte mudasse. Meus duzentos francos me salvaram de problemas com a pensão, mas tudo o mais estava tão desgraçado quanto possível. Dia após dia Boris e eu andávamos Paris de cima a baixo, perambulando a três quilômetros por hora por entre as multidões, cansados

---

[39] De ouro.
[40] De diamantes.

e famintos, sem encontrar nada. Um dia, lembro-me, cruzamos o Sena onze vezes. Íamos lentamente por horas, batendo de porta em porta procurando serviço, e, quando o gerente vinha nos ver, chegávamos até ele insinuantemente com chapéu na mão. Sempre ouvíamos a mesma resposta: não queriam um manco nem ninguém sem experiência. Certa vez quase conseguimos. Enquanto conversávamos com o gerente, Boris se manteve firme em pé, sem se apoiar na bengala, então o gerente não percebeu que ele mancava. "Sim", respondeu ele, "precisamos de dois homens na adega. Talvez vocês sirvam. Entrem". Então Boris se moveu, e a perna manca apareceu. "Ah", disse o gerente, "você manca. *Malheureusement...*"[41]

Registramos nossos nomes em agências e respondemos a anúncios, mas andar para todos os lugares nos deixou cansados, e parecia que sempre chegávamos atrasados para a vaga por meia hora. Uma vez quase conseguimos um emprego para limpar vagões de trem, mas no último minuto nos mandaram embora e ficaram com um francês. Uma vez respondemos a um anúncio para trabalhar em um circo. Teríamos de arrumar os bancos e limpar as lixeiras e, durante o espetáculo, subir em dois tubos e deixar o leão pular entre as pernas. Quando chegamos ao local, uma hora antes da hora marcada no anúncio, encontramos uma fila de cinquenta homens já esperando. Há algo de atraente em leões, evidentemente.

---

[41] Infelizmente.

Uma vez uma agência, para a qual havia me candidatado meses antes, me enviou um *petit bleu*,[42] informando sobre um cavalheiro italiano que gostaria de aulas de inglês. O *petit bleu* dizia: "Venha imediatamente" e prometia vinte francos a hora. Boris e eu estávamos desesperados. Aqui estava uma oportunidade esplêndida, e eu não podia aceitá-la porque era impossível ir até a agência com meu casaco furado no cotovelo. Então nos ocorreu que eu poderia usar o casaco de Boris — não combinava com as minhas calças, mas eram cinza e poderiam passar por calças de flanela olhando de perto. O casaco era muito grande para mim e eu deveria usá-lo desabotoado e deixar uma mão dentro do bolso. Saí correndo e gastei setenta e cinco cêntimos em passagem de ônibus para chegar à agência. Quando cheguei lá, descobri que o italiano havia mudado de ideia e deixado Paris.

Uma vez Boris sugeriu que eu fosse para Les Halles e tentasse um emprego como porteiro. Cheguei às quatro e meia da manhã, quando o trabalho já estava entrando nos eixos. Ao ver um homem baixo e gordo, usando chapéu coco, dando instruções a alguns porteiros, dirigi-me até ele e pedi emprego. Antes de responder, ele agarrou minha mão direita e sentiu a palma.

— Você é forte, hein? — ele disse.
— Muito forte — menti.
— *Bien*.[43] Deixe-me vê-lo levantar aquele cesto.

---

[42] Telegrama.
[43] Bom.

Era um enorme cesto de vime cheio de batatas. Segurei-o e percebi que, bem longe de levantar o cesto, eu não conseguia nem o mover. O homem do chapéu coco me observava, então deu de ombros e se virou. Fui embora. Quando já estava um pouco distante, olhei para trás e vi *quatro* homens levantando o cesto para colocá-lo em uma carroça. Pesava, possivelmente, cento e trinta quilos. O homem havia percebido que eu era inútil e decidiu se livrar de mim dessa maneira.

Às vezes, em momentos de otimismo, Boris gastava cinquenta cêntimos em um selo e escrevia para uma de suas ex-amantes, pedindo dinheiro. Apenas uma delas respondeu. Era uma mulher que, além de ter sido sua amante, devia a ele duzentos francos. Quando Boris viu a carta e reconheceu a caligrafia, ficou louco de entusiasmo. Agarramos a carta e voamos ao quarto de Boris para ler, como uma criança com doces roubados. Boris leu a carta, então, entregou-a a mim em silêncio:

Meu amado Lobinho,
Com que alegria abri tua encantadora carta, que me lembrou dos dias do nosso perfeito amor e dos beijos tão queridos que recebi dos teus lábios. Tais memórias se perpetuam no meu coração como o perfume de uma flor que já secou.
Quanto ao teu pedido de duzentos francos, ai de mim! é impossível. Não sabes, meu amado, quão desolada estou de saber dos teus embaraços? Mas o que tu queres? Nesta vida, que é tão triste, os problemas aparecem para todo mundo. Eu também tive minha parte.

Minha irmãzinha esteve doente (ah, pobrezinha, como sofreu!) e estamos obrigadas a pagar nem sei quanto ao médico. Todo nosso dinheiro se foi e estamos passando, asseguro-te, momentos muitos difíceis.

Coragem, meu lobinho, sempre a coragem! Lembra-te de que dias ruins não são para sempre, e o aborrecimento que parece tão terrível desaparecerá finalmente.

Tenhas certeza, meu querido, que sempre me lembrarei de ti. E receba os mais sinceros abraços daquela que nunca deixou de amá-lo, tua

Yvonne.

Essa carta desapontou Boris a tal ponto que ele foi direto para a cama e não mais procurou emprego naquele dia.

Meus sessenta francos duraram aproximadamente duas semanas. Já havia desistido da pretensão de ir a restaurantes e costumávamos comer em meu quarto, um sentado na cama e o outro na cadeira. Boris contribuía com dois francos e eu com três ou quatro, e comprávamos pão, batatas, leite e queijo, e fazíamos sopa usando a chama do meu bico de gás. Tínhamos uma panela, e um bule de café e uma colher; todos os dias havia uma disputa educada em torno de quem deveria comer na panela e quem comeria no bule de café (na panela cabia mais), e todos os dias, para minha raiva secreta, Boris se entregava primeiro e ficava com a panela. Às vezes comíamos mais pão à noite, às vezes não. Nossa roupa de cama estava ficando imunda, e já fazia três semanas desde que eu tomara um banho; Boris, assim ele dizia, não tomava banho havia meses. Era o fumo que tornava tudo mais tolerável. Tínhamos bastante fumo, porque um tempo antes Boris havia encontrado um soldado (os soldados recebem fumo de graça) e comprado vinte ou trinta maços a cinquenta cêntimos cada.

Tudo isso era muito pior para Boris do que para mim. Andar e dormir no chão deixavam suas costas e sua perna em constante dor, e com seu grande apetite russo, ele sofria tormentos com a fome, embora nunca parecesse que emagrecia. No geral, era surpreendentemente alegre e tinha ampla disposição para o otimismo. Ele costumava dizer com propriedade que tinha um santo padroeiro que zelava por ele e, quando as coisas estavam muito ruins, ele procurava dinheiro na sarjeta, dizendo que o santo com frequência jogava um troquinho lá. Um dia, estávamos aguardando na Rue Royale; havia um restaurante russo por perto, e íamos procurar emprego lá. De repente, Boris decidiu ir até a Igreja de la Madeleine e acender uma vela de cinquenta cêntimos para o seu santo padroeiro. Então, ao sair, ele disse que gostaria de ficar bem seguro, e solenemente colocou fogo em um selo de cinquenta cêntimos como sacrifício aos deuses imortais. Talvez os deuses e os santos não se dessem muito bem; de qualquer forma, não conseguimos o emprego.

Em algumas manhãs, Boris caía no mais puro desespero. Ele se deitava na cama quase em prantos, amaldiçoando o judeu com quem ele morava. Recentemente o judeu estava se rebelando por ter de pagar os dois francos por dia e, o que era pior, começara a colocar uns ares insuportáveis de patronagem. Boris dizia que eu, por ser inglês, não conseguia imaginar que tortura era para um russo de família estar à mercê de um judeu.

— Um judeu, *mon ami*, um autêntico judeu! E ele nem tinha a decência de se envergonhar disso. E pensar que eu, um capitão no Exército Russo — já lhe contei, *mon ami*, que eu era capitão na Segunda Divisão de Fuzileiros da Sibéria? Sim, um capitão, e meu pai era coronel. E cá estou, comendo o pão de um judeu. Um judeu...

— Vou lhe contar como são os judeus. Uma vez, nos meses iniciais da guerra, estávamos em marcha, e havíamos parado em uma vila para dormir. Um judeu velho e horrível, com uma barba ruiva como Judas Iscariotes, veio furtivamente até meu alojamento. Perguntei a ele o que desejava. "Meu senhor", ele disse, "trouxe uma menina para o senhor, uma linda e jovem garota de dezessete anos. Vai custar somente cinquenta francos". "Obrigado", respondi, "pode levá-la embora novamente. Não quero pegar nenhuma doença". "Doença!", gritou o judeu, "*mais, monsieur le capitaine*,[44] não há o que temer quanto a isso. É só minha própria filha!" Esse é o caráter nacional de um judeu.

— Já lhe contei, *mon ami*, que no velho Exército Russo, cuspir em um judeu era considerado errado? Sim, considerávamos que a saliva de um oficial russo era muito preciosa para ser desperdiçada com judeus... etc. etc.

Naqueles dias Boris geralmente dizia que estava muito doente para sair e procurar trabalho. Ele ficava

---

[44] Mas, senhor capitão.

deitado até à noite nos lençóis encardidos e cheio de vermes, fumando e lendo velhos jornais. Às vezes, jogávamos xadrez. Não tínhamos tabuleiro, mas anotávamos os movimentos em um pedaço de papel, e, depois, montávamos um tabuleiro com a lateral de uma caixa de embalagem, e um conjunto de peças de botões, moedas belgas e coisas parecidas. Boris, assim como muitos russos, era apaixonado por xadrez. Ele costumava repetir que as regras do xadrez são as mesmas regras da guerra ou do amor e, se você consegue ganhar uma, consegue ganhar todas. Mas ele também dizia que, se temos um tabuleiro de xadrez, nem nos importamos em estar com fome, o que certamente não era verdade no meu caso.

VII

Meu dinheiro esvaiu-se — para oito francos, para quatro francos, para um franco, para vinte e cinco cêntimos; e vinte e cinco cêntimos são inúteis, pois não comprará nada além de um jornal. Sobrevivemos vários dias a pão seco e, então, fiquei dois dias e meio sem absolutamente nada para comer. Foi uma experiência desagradável. Há pessoas que fazem jejum de cura por três semanas ou mais, e dizem que o jejum é bem prazeroso depois do quarto dia. Não sei, pois nunca passei do terceiro dia. Provavelmente deve ser diferente quando se faz jejum por vontade própria e não estamos mal alimentados desde o início.

No primeiro dia, muito inerte para procurar emprego, peguei emprestada uma vara e fui pescar no Sena, usando mosca varejeira como isca. Tinha a esperança de pescar o suficiente para uma refeição, mas, obviamente, não consegui. O Sena está repleto de peixe de água doce, mas ficaram espertos durante o cerco de Paris e nenhum deles se deixou fisgar desde então, exceto por redes. No segundo dia pensei em penhorar meu sobretudo, mas me pareceu muito longa a caminhada até a casa de penhores, e passei o dia na cama, lendo *As memórias de Sherlock Holmes*. Era tudo de que me sentia capaz sem comida. A fome reduz uma pessoa a um ser totalmente covarde, insensato, mais se parecendo com os efeitos pós gripe forte do que qualquer outra coisa. É como se a pessoa tivesse sido reduzida a uma medusa, ou como se o sangue tivesse sido totalmente retirado do corpo e substituído por água morna. A inércia completa é a minha mais forte memória da fome; isso e ter de cuspir a todo momento, e o cuspe ser curiosamente branco e meio encatarrado, parecido com aquela espuma branca que a cigarra solta nos caules das plantas. Não sei o porquê disso, mas todos que já passaram fome por dias perceberam esse efeito.

Na terceira manhã me senti bem melhor. Percebi que precisava fazer algo imediatamente e decidi falar com Boris e pedir-lhe que dividisse seus dois francos comigo, a qualquer custo, por um dia ou dois. Assim que cheguei, encontrei Boris na cama e furioso. Mal entrei e ele explodiu, quase se engasgando:

— Ele pegou de volta, o maldito ladrão! Ele pegou de volta!

— Quem pegou o que de volta? — perguntei.

— O judeu! Pegou meus dois francos, o cachorro, ladrão! Ele me roubou enquanto eu estava dormindo!

Parece que o judeu, na noite anterior, havia categoricamente se recusado a pagar os dois francos diários. Eles haviam brigado e brigado e, por fim, o judeu consentira em entregar o dinheiro. E assim tinha feito, Boris contou, da forma mais ofensiva, fazendo um pequeno discurso sobre como ele era bom, extorquindo gratidão abjeta. E, então, pela manhã, pegou o dinheiro de volta antes que Boris acordasse.

Isso foi um golpe. Eu estava terrivelmente desapontado, pois já havia consentido ao meu estômago alguma coisa para comer, o que é um enorme erro quando se está com fome. No entanto, muito para minha surpresa, Boris estava longe de se desesperar. Ele sentou-se na cama, acendeu seu cachimbo e analisou a situação.

— Agora escute, *mon ami*, estamos quase num beco sem saída. Temos somente vinte e cinco cêntimos e não acho que o judeu vá algum dia me devolver os dois francos. De qualquer forma, essa atitude está ficando insuportável. Você não vai acreditar, mas uma noite ele teve a petulância de trazer uma mulher aqui, enquanto eu estava lá embaixo. O animal! E ainda tem algo pior. O judeu quer se mandar daqui. Ele deve uma semana de diária e sua ideia é escapulir sem pagar e, ao mesmo tempo, me largar na mão. Se o judeu mandar ver isso mesmo, vou ficar sem teto, e o *patron* vai pegar minha mala no lugar do pagamento do mês, maldito! Temos que fazer algo radical e urgente.

— Tudo bem. Mas o que podemos fazer agora? Me parece que a única coisa é penhorar os nossos sobretudos e comprar algo para comer.

— Vamos fazer isso, claro, mas primeiro preciso tirar minhas coisas deste quarto. Só de pensar nas minhas fotografias sendo levadas. Bom, meu plano está feito. Vou comunicar o judeu e mandar ver eu mesmo. F — *le camp*[45] — bater em retirada, você sabe. Acho que é a atitude correta, não?

— Mas, meu caro Boris, como você vai fazer isso em plena luz do dia? Você vai ser pego.

— Ah, sim, vou precisar de uma estratégia, é claro. Nosso *patron* está de vigia para pegar as pessoas que saem de fininho sem pagar o aluguel; ele já fez isso antes. Ele e a mulher se revezam o dia todo no escritório — que miseráveis esses franceses! Mas pensei em um jeito de fazer, se você ajudar.

Não me sentia nem um pouco com ânimo de ajudar, mas perguntei a Boris qual era seu plano. Ele me explicou com muito cuidado.

— Ouça. Devemos começar penhorando nossos sobretudos. Primeiro volte ao seu quarto e pegue seu sobretudo, então, volte aqui e pegue o meu, e saia discretamente escondendo o meu embaixo do seu. Leve os dois à casa de penhores na Rue des Francs Bourgeois. Você deve conseguir vinte francos pelos dois, com sorte. Então, vá até às margens do Sena e encha os bolsos com pedras, traga-as aqui e coloque-as na mala. Pegou a ideia? Eu vou empacotar todas as coisas que conseguir em um jornal e descer e perguntar ao *patron* onde é a lavanderia mais próxima. Vou ter que parecer bem natural e casual, entende? E, é claro, o *patron* vai pensar que o embrulho não é nada além de lençóis

---

[45] *Foutre le camp*, ou dar no pé.

sujos. Ou, se ele suspeitar, vai fazer o que sempre faz, o avarento. Ele vai subir até meu quarto e verificar o peso da minha mala. E se ele sentir o peso das pedras, vai achar que minha mala ainda está cheia. Estratégia, hein? Daí posso voltar e levar todas as coisas que não levei antes dentro dos bolsos.

— Mas e a mala?

— Ah, a mala? Vamos ter que largar. Aquela porcaria só vale uns vinte francos. Além disso, sempre abandonamos coisas quando batemos em retirada. Veja Napoleão em Beresina! Ele abandonou todo o exército.

Boris estava tão entusiasmado com seu esquema (ele chamava de *une ruse de guerre*)[46] que quase se esqueceu de estar com fome. O maior ponto vulnerável — era que ele não teria onde dormir após executar o plano — ele ignorou.

A princípio o *ruse de guerre* funcionou bem. Fui até meu aposento e peguei meu sobretudo (esse trajeto foi quase nove quilômetros sem nada na barriga) e levei o sobretudo de Boris, como se fosse um contrabando, com sucesso. Então, um imprevisto ocorreu. O funcionário na casa de penhores, um homenzinho desagradável, intrometido, de cara azeda — um típico oficial francês — recusou os casacos alegando que eles não estavam devidamente empacotados. Ele disse que os casacos deveriam estar ou dentro de uma valise ou uma caixa de papelão. Isso estragou tudo, pois não tínhamos caixa de nenhum tipo, e com somente

---

[46] Um ardil de guerra.

vinte e cinco cêntimos não conseguiríamos comprar nenhuma.

Voltei e dei a Boris as más notícias.

— *Merde!* — gritou ele —, assim fica difícil. Bom, não importa, sempre há um jeito. Vamos colocar os sobretudos na minha mala.

— Mas como vamos passar pelo *patron* com a mala? Ele está sentado quase na porta do escritório. É impossível!

— Você se desespera com muita facilidade, *mon ami*! Onde está aquela tenacidade inglesa da qual ouvi dizer? Coragem! Vamos dar um jeito!

Boris pensou por alguns instantes, então veio com outra artimanha. A maior dificuldade era chamar a atenção do *patron* por talvez cinco segundos, enquanto passávamos rapidinho com a mala. Mas, como de fato aconteceu, o *patron* tinha só uma fraqueza — estava interessado em *Le Sport*,[47] e estava pronto para conversar se puxássemos assunto. Boris tinha lido um artigo sobre corrida de bicicletas em uma edição velha do *Petit Parisien*, e então, ao chegar nas escadas, desceria e distrairia o *patron* com o assunto. Enquanto isso, eu esperaria no pé da escada, com o sobretudo debaixo de um braço e a mala do outro. Boris daria uma tossida quando achasse o momento certo. Eu estava esperando e tremendo, pois a qualquer momento a mulher do *patron* poderia sair pela porta em frente ao escritório e, então, o jogo estaria acabado. Porém, logo Boris tossiu. Saí rapidamente, de fininho, passei pelo escritório e ganhei a rua, feliz

---

[47] Esportes.

porque meus sapatos não fizeram barulho. O plano poderia ter falhado se Boris fosse mais magro, pois seus ombros bloqueavam a vista da porta do escritório. Sua ousadia também era esplêndida. Ele estava rindo e conversando da maneira mais casual, e tão alto que quase abafou qualquer ruído que eu fizesse. Quando eu já estava bem longe, ele veio e me encontrou na esquina, e saímos correndo.

E assim, depois de todas essas dificuldades, o funcionário na casa de penhores, novamente, se recusou a receber os sobretudos. Ele me disse (podia-se perceber sua alma francesa revelando toda a arrogância que lhe é peculiar) que não havia documentos de identificação suficientes; minha *carte d'identité*[48] não bastava e eu deveria apresentar passaporte ou envelopes como comprovação de endereço. Boris tinha envelopes com endereços, o que valia, mas a *carte d'identité* dele estava vencida (ele nunca renovou, para não pagar imposto), então não podíamos penhorar os sobretudos no nome dele. Tudo o que podíamos fazer era voltarmos ao meu quarto, reunir os documentos necessários, e levar os sobretudos à casa de penhores na Boulevard Port Royal.

Deixei Boris no meu quarto e fui até a casa de penhores. Quando cheguei lá, vi que estava fechada e não reabriria até às quatro da tarde. Era uma e meia e eu havia andado doze quilômetros sem comer nada por sessenta horas. O destino parecia estar fazendo uma série de brincadeiras de muito mau gosto.

---

[48] Carteira de identidade.

Então, a sorte mudou como que por milagre. Estava andando de volta pela Rue Broca quando de repente, brilhando nos paralelepípedos, avistei uma moeda de cinco *sou*. Pulei sobre ela, corri para casa, peguei outra moeda igual e comprei meio quilo de batatas. Havia álcool no fogão apenas o suficiente para cozê-las levemente e não tínhamos sal, mas nós as devoramos com casca e tudo. Depois nos sentimos renovados e nos sentamos para jogar xadrez até que a casa de penhores abrisse.

Às quatro horas, voltei à casa de penhores. Não tinha muitas esperanças, pois havia conseguido antes somente setenta francos, o que poderia esperar por dois sobretudos puídos dentro de uma mala de papelão? Boris havia dito vinte francos, mas imaginei que seriam dez ou até cinco. Pior ainda, poderia ter sido totalmente recusado, como o coitado do *Numéro 83* naquela outra ocasião. Sentei-me no banco da frente para não ver as pessoas rirem quando o oficial dissesse cinco francos.

Finalmente, o oficial chamou meu número:
— *Numéro 117*!
— Sim — respondi, levantando-me.
— Cinquenta francos?

Foi quase o mesmo susto tremendo dos setenta francos anteriores. Estava acreditando que o oficial tivesse trocado meu número com o de outra pessoa, porque não era possível vender os casacos simplesmente por cinquenta francos. Voei para casa e subi ao meu quarto com as mãos nas costas, não falando nada. Boris estava brincando com o tabuleiro de xadrez. Ele me olhou ansioso.

— Quanto você conseguiu? — ele exclamou. — O quê, não foi vinte francos? Mas com certeza, de qualquer forma você conseguiu dez francos. *Nom de Dieu*,⁴⁹ cinco francos — fica muito apertado. *Mon ami*, não me diga que foram cinco francos. Se você disser que foram cinco francos, vou começar a pensar seriamente em suicídio.

Atirei a nota de cinquenta francos sobre a mesa. Boris ficou branco como giz e, então, dando um pulo, agarrou minha mão e deu um aperto tão forte que quase quebrou os ossos. Saímos correndo, compramos pão e vinho, um pedaço de carne e álcool para o fogão e nos empanturramos.

Depois de comer, Boris voltou a ser ainda mais otimista do que eu já vira antes.

— O que eu te disse? — ele começou. — A fortuna da guerra! Esta manhã com cinco *sous*,⁵⁰ e agora, olhe para nós. Sempre disse isso, não há nada mais fácil de se conseguir do que dinheiro. E isso me lembra que tenho um amigo na Rue Fondary a quem podemos fazer uma visita. Ele já me enganou com quatro mil francos, o ladrão. Ele é o maior ladrão vivo quando está sóbrio, mas uma coisa é curiosa, ele é bem honesto quando está bêbado. Acho que ele já fica bêbado lá pelas seis da tarde. Vamos encontrá-lo. É bem provável

---

⁴⁹ Nome de Deus (literalmente). Uma possível tradução seria "Por Deus"; "Em Nome de Deus".

⁵⁰ Complementando a explicação da nota 25, o sol, mais tarde chamado de *sou*, é o nome de várias moedas diferentes, para contabilidade ou pagamento, que datam da Antiguidade até hoje. O nome é derivado do *solidus*. Sua longevidade de uso o ancorou em muitas expressões da língua francesa.

que ele pague cem por conta. *Merde!* Ele pode pagar duzentos. *Allons-y!*[51]

Fomos à Rue Fondary e encontramos o homem, e ele estava bêbado, mas não conseguimos os duzentos francos. Tão logo ele e Boris se viram, houve uma grande briga na calçada. O outro homem afirmou que não devia nem um centavo a Boris, mas, ao contrário, Boris devia a *ele* quatrocentos francos, e ambos apelavam a mim, para que eu desse a minha opinião. Nunca entendi quem tinha razão nesse assunto. Os dois brigavam e discutiam, primeiro na rua, então no *bistro*, então em um restaurante *prix fixe*[52] aonde fomos jantar, então em outro *bistro*. Finalmente, após chamarem um ao outro de ladrão, foram juntos a uma bebedeira que acabou com o último *sou* do dinheiro de Boris.

Boris passou a noite na casa de um sapateiro, outro refugiado russo, no bairro do Comércio. Enquanto isso, restavam-me oito francos, e muito cigarro, e estava empanturrado até os olhos de tanta comida e bebida. Foi uma virada maravilhosa para melhor depois de dois dias ruins.

VIII

Então tínhamos em mãos vinte e oito francos e poderíamos novamente começar a procurar um emprego. Boris ainda dormia, em circunstâncias misteriosas, na casa do sapateiro, e ele havia arranjado um jeito de pegar emprestado mais vinte francos de um

---

[51] Vamos lá!
[52] Preço fixo.

amigo russo. Ele tinha amigos, a maioria ex-oficiais como ele, aqui e acolá, por toda Paris. Alguns eram garçons ou lavavam pratos, alguns dirigiam táxis, poucos viviam às custas de mulheres, alguns haviam dado um jeito de trazer dinheiro da Rússia e tinham oficinas de carro ou salões de dança. Em geral, os refugiados russos em Paris são pessoas que trabalham muito duro e aguentam a má sorte muito melhor do que se possa imaginar qualquer inglês da mesma classe social. Há exceções, obviamente. Boris me contou sobre um duque russo exilado que conhecera, que frequentava restaurantes caros. O duque descobria se havia algum oficial russo entre os garçons e, após ter jantado, chamava o garçom gentilmente até sua mesa.

— Ah — o duque dizia —, então você é um velho soldado como eu? Que dias ruins, não? Bem, bem, o soldado russo nada teme. E qual era seu regimento?

— O de fulano de tal, senhor — o garçom respondia.

— Um regimento muito nobre! Eu o inspecionei em 1912. A propósito, infelizmente deixei minha caderneta em casa. Um oficial russo vai, você sabe, me ajudar com trezentos francos.

Se o garçom tivesse trezentos francos, ele os emprestaria para nunca mais vê-los de volta, é claro. O duque conseguia bastante desse jeito. Provavelmente os garçons não se importavam em ser enganados. Um duque é um duque, mesmo em exílio.

Foi por meio de um desses refugiados russos que Boris ouviu algo que parecia prometer dinheiro. Dois dias depois de termos penhorado nossos sobretudos, Boris me disse num tom bem misterioso:

— Me diga, *mon ami*, você tem alguma opinião política?

— Não — respondi.

— Nem eu. Claro, uma pessoa é sempre patriota, mas mesmo assim... Moisés não disse alguma coisa sobre prejudicar os egípcios? Sendo inglês, você leu a Bíblia. O que quero dizer é, você se oporia a ganhar dinheiro de Comunistas?

— Não, claro que não.

— Bom, aparentemente há uma sociedade secreta russa em Paris que pode fazer algo por nós. São Comunistas. Na verdade, são agentes para os Bolcheviques. Eles atuam como uma sociedade amiga, entram em contato com exilados russos e tentam transformá-los em um Bolcheviques. Meu amigo se juntou à sociedade e acha que ela nos ajudaria se fôssemos até lá.

— Mas o que podem fazer por nós? De qualquer forma, eles não vão me ajudar, não sou russo.

— Aí é que está. Parece que eles são correspondentes em um jornal de Moscou e querem alguns artigos sobre política inglesa. Se formos até eles agora, eles podem te delegar escrever os artigos.

— Eu? Mas eu não sei nada sobre política.

— *Merde*! Nem eles. Quem *de fato* sabe alguma coisa sobre política? É fácil. Tudo o que você precisa fazer é copiar dos jornais ingleses. Não existe um *Daily Mail* parisiense? Copia de lá.

— Mas o *Daily Mail* é um jornal Conservador. Eles odeiam os Comunistas.

— Bom, diga o oposto do que o *Daily Mail* diz, então *não* tem como você errar. Você não deve jogar essa chance fora, *mon ami*. Pode significar centenas de francos.

Eu não gostava da ideia, pois a polícia de Paris é muito dura com Comunistas, especialmente se forem estrangeiros, e eu já estava sob suspeita. Alguns meses antes, um detetive havia me visto sair de um escritório de um jornal semanal Comunista, e tive muitos problemas com a polícia. Se eles me pegassem indo a essa sociedade secreta, poderia ser deportado. Por outro lado, a oportunidade parecia muito boa para ser dispensada.

Naquela tarde, o amigo de Boris, outro garçom, veio nos buscar para nos levar ao encontro. Não consigo me lembrar do nome da rua — era uma rua pobre que ia em direção ao sul pela margem do Sena, em algum lugar perto da Câmara dos Deputados. O amigo de Boris insistia para que tomássemos muito cuidado. Caminhávamos devagar e casualmente pela rua e marcamos a porta pela qual deveríamos entrar — era uma lavanderia — e, então, caminhamos de volta, de olho em todas as janelas e cafés. Se o lugar fosse conhecido como um antro de Comunistas, era provável que estivesse sendo observado, e pretendíamos ir para casa se víssemos de fato qualquer pessoa que se parecesse com um detetive. Eu estava com medo, mas Boris gostava desses procedimentos de conspiração e, de verdade, esqueceu que estava prestes a barganhar com os assassinos de seus antepassados.

Quando tivemos certeza de que a área estava limpa, entramos rapidamente pela porta. Na lavanderia, estava uma francesa passando roupas, que nos informou que "o cavalheiro russo" vivia no andar de cima, do outro lado do pátio. Subimos vários degraus de uma escadaria escura e demos em um patamar. Um homem jovem, forte, de aspecto mal-humorado, com o cabelo crescendo baixo na cabeça, estava em pé no topo da escada. Conforme eu apareci, ele me olhou de forma suspeita, barrou o caminho com o braço e disse algo em russo.

— *Mot d'ordre*![53] — ele disse rispidamente quando não respondi.

Parei, assustado. Não esperava senhas.

— *Mot d'ordre*! — repetiu o russo.

O amigo de Boris, que vinha atrás de mim, se aproximou e disse algo em russo, ou a própria senha ou uma explicação. Então, o jovem ranzinza pareceu satisfeito e nos levou a uma sala pequena e desorganizada, com janelas foscas. A sala parecia um escritório pobre, com pôsteres de propaganda em alfabeto russo e um gigante e tosco quadro de Lenin pregado na parede. À mesa, sentava-se um russo com barba por fazer e vestindo camisa de manga curta, endereçando embalagens de jornais de uma pilha à sua frente. Assim que entrei, ele falou comigo em francês, com um sotaque ruim.

— Isso é muito descuido! — ele exclamou efusivamente. — Por que veio até aqui sem uma peça para mandar lavar?

— Lavar?

— Todo mundo que vem aqui traz alguma coisa para lavar. Assim parece que vão à lavanderia lá embaixo.

---

[53] *Mot d'ordre*, cuja etimologia é *mot et de ordre*, é um tipo de slogan usado para angariar apoio para uma causa, por exemplo, convocação às armas etc. Literalmente, quer dizer palavra e ordem. Aqui tem o significado de senha.

Traga algo bom e grande da próxima vez. Não queremos a polícia na nossa cola.

Isso era ainda mais conspiratório do que imaginara. Boris se sentou na única cadeira vazia e havia muito falatório em russo. Somente o homem de barba por fazer falava. Aquele com cara de mal-humorado se recostava na parede com os olhos em mim, como se ainda suspeitasse de mim. Era esquisito estar em pé em uma salinha secreta, com pôsteres revolucionários, ouvindo uma conversa da qual não entendia uma palavra. Os russos falavam rápida e ansiosamente, rindo e dando de ombros. Imaginava sobre o que era aquilo tudo. Eles se chamavam de "paizinho", pensei, e "pombinho" e "Ivan Alexandrovitch"[54] como os personagens de um romance russo. E a conversa era sobre revoluções. O homem com a barba por fazer dizia com firmeza: "nós nunca brigamos. Controvérsia é um passatempo da burguesia. Os feitos são nossas brigas". Então percebi que não era isso exatamente. Vinte francos eram cobrados por uma entrada aparentemente, e Boris estava prometendo pagar (nós tínhamos apenas dezessete francos no mundo). Finalmente Boris mostrou nosso precioso estoque de dinheiro e pagou cinco francos por conta disso.

Com isso o jovem ranzinza mostrou-se menos suspeito e sentou-se na borda da mesa. O outro de barba por fazer começou a me questionar em francês, tomando nota em um pedaço de papel. Era eu um

---

[54] Provável referência a Ivan Alexandrovitch Gontcharov (1812-1891), romancista russo, cuja principal obra foi o romance *Oblomov* (1859).

Comunista? ele perguntou. Por solidariedade, respondi; eu nunca me juntara a nenhuma organização. Eu entendia a situação política na Inglaterra? Ah, claro, claro. Mencionei os nomes de vários Ministros, e fiz alguns comentários desdenhosos sobre o Partido Trabalhista. E sobre o *Le Sport*? Poderia eu fazer artigos no *Le Sport*? (Futebol e Socialismo têm alguma relação misteriosa no Continente). Ah, claro, novamente. Ambos os homens assentiram seriamente com a cabeça. O com barba por fazer disse:

— *Evidemment,*[55] você tem completo conhecimento da situação na Inglaterra. Você poderia assumir uma série de artigos para um jornal semanal de Moscou? Lhe daremos os detalhes.

— Com certeza.

— Então, camarada, entraremos em contato no primeiro correio amanhã. Ou possivelmente no segundo. Nossa taxa de pagamento é cento e cinquenta francos por artigo. Lembre-se de trazer alguma coisa para lavar da próxima vez que vier. *Au revoir*, camarada.

Descemos, olhamos com cuidado no lado de fora da lavanderia para ver se havia alguém na rua e escapamos. Boris estava louco de alegria. Em um tipo de êxtase sacrificial, ele correu à tabacaria mais próxima e gastou cinquenta cêntimos em um charuto. Ele saiu batendo a bengala no chão e sorrindo de orelha a orelha.

— Finalmente! Finalmente! Agora, *mon ami*, nossa fortuna realmente *está* feita. Você os enganou

---

[55] Evidentemente.

direitinho. Ouviu-o chamando você de camarada? Cento e cinquenta francos por artigo — *nom de Dieu*, que sorte!

Na manhã seguinte, quando ouvi o carteiro, desci correndo para o *bistro* para pegar minha carta; para meu desapontamento, não havia chegado. Quando três dias se passaram e eu nada recebera da sociedade secreta, perdemos as esperanças, achando que eles deveriam ter encontrado outra pessoa para escrever os artigos.

Dez dias depois, fizemos outra visita ao escritório da sociedade secreta, tomando o cuidado de levar algo que se parecesse com coisa para lavar. E a sociedade secreta havia desaparecido! A mulher na lavanderia de nada sabia — ela simplesmente disse que *"ces messieurs"*[56] haviam ido embora alguns dias antes, depois de terem problemas com o aluguel. Como parecíamos tolos, lá em pé com o que trouxemos! Mas era um consolo que havíamos pagado somente cinco francos e não vinte.

E isso foi a última coisa que soubemos da sociedade secreta. Quem e o que eles realmente eram, ninguém soube. Pessoalmente não acredito que eles tivessem alguma coisa a ver com o Partido Comunista; eu acho que eles eram simplesmente uns vigaristas, que pegavam como presas refugiados russos e os extorquiam, cobrando taxa para entrar em uma sociedade secreta imaginária. Era bem seguro e, sem dúvidas, ainda estão fazendo a mesma coisa em alguma outra cidade.

---

[56] Aqueles senhores.

Eram caras espertos e desempenhavam o papel de forma admirável. O escritório parecia exatamente como um escritório Comunista secreto deveria se parecer e, quanto àquela dica de trazer alguma coisa para lavar, foi genial.

IX

Por mais três dias continuamos perambulando para encontrar trabalho, voltando para casa para modestas refeições à base de sopa e pão no quarto. Havia, então, dois raios de esperança. Em primeiro lugar, Boris ouvira algo sobre um possível emprego no Hôtel X. próximo à Place de la Concorde, e em segundo, o *patron* do novo restaurante na Rue du Commerce havia, finalmente, retornado. Saímos à tarde para vê-lo. No caminho, Boris falava sobre vastas fortunas que faríamos se conseguíssemos o emprego e sobre a importância de se causar uma boa impressão ao *patron*.

— Aparência... aparência é tudo, *mon ami*. Dê-me um terno novo e vou pegar emprestado mil francos até a hora do jantar. Pena que não comprei uma camisa de colarinho quando tínhamos dinheiro. Virei meu colarinho do avesso esta manhã, mas de que adianta, um lado está tão sujo quanto o outro. Você acha que pareço estar com fome, *mon ami*?

— Você está pálido.

— Maldição, o que se consegue a pão e batatas? É fatal aparentarmos fome. Faz as pessoas quererem chutar você. Espera.

Ele parou em frente à vitrine de uma joalheria, deu tapinhas nas bochechas com força para dar cor a elas.

Então, antes que a vermelhidão acabasse, corremos até o restaurante e nos apresentamos ao *patron*.

O *patron* era um homem baixo, gordinho, muito distinto, com cabelos ondulados grisalhos, vestindo um elegante terno de flanela trespassado, cheirando a perfume. Boris me contou que ele também era um ex-coronel do exército russo. A esposa também estava lá, uma francesa gorda e horrível, de cara branca como a morte e lábios escarlate, que me lembravam vitela fria e tomates. O *patron* cumprimentou Boris jovialmente, e conversaram em russo por alguns minutos. Fiquei esperando, preparando-me para contar algumas mentiras sobre minha experiência como lavador de pratos.

Então o *patron* se dirigiu a mim. Eu me mexi desconfortavelmente, tentando parecer servil. Boris havia deixado bem claro como o *plongeur*[57] era um escravo de escravo, e eu já estava esperando o *patron* me tratar como lixo. Para minha surpresa, ele me pegou calorosamente pela mão.

— Ah, o senhor é um inglês! — exclamou ele. — Mas que encantador! Preciso perguntar-lhe, então, se o senhor joga golfe.

— *Mais certainment*[58] — respondi, percebendo que era isso que ele esperava.

— Toda minha vida quis jogar golfe. Será que, meu caro *monsieur*, o senhor faria a gentileza de me mostrar algumas das principais tacadas?

---

[57] Funcionário de um restaurante responsável por lavar partos. Do francês, *plongeur* é literalmente mergulhador.
[58] Mas com certeza.

Aparentemente esse era o jeito russo de fazer negócio. O *patron* ouvia atentamente enquanto eu explicava a diferença entre taco de madeira e de ferro e, de repente, me disse que estava tudo *entendu*.[59] Boris seria o *maître d'hôtel* quando o restaurante abrisse e eu o *plongeur*, com chances de ser promovido a atendente de toalete se fosse bom no ofício. — Quando o restaurante abriria? — Perguntei. — Exatamente daqui a duas semanas — o *patron* respondeu efusivamente (ele tinha um jeito de abanar as mãos e ao mesmo tempo bater as cinzas do cigarro que parecia bem imponente) — exatamente daqui a duas semanas, na hora do almoço. — Então, cheio de óbvio orgulho, ele nos mostrou o restaurante.

Era um lugar pequeno, com um bar, uma saleta de jantar e uma cozinha não muito maior do que um banheiro normal. O *patron* estava decorando o lugar em um estilo "pitoresco" entulhado (ele o chamava "*le Normand*";[60] eram de vigas falsas presas no gesso e coisas do tipo) e propunha chamá-lo de Auberge de Jehan Cottard para dar um efeito medieval. Ele tinha um folheto impresso, repleto de mentiras sobre associações históricas do bairro e tal folheto, na verdade, afirmava, entre outras coisas, que uma vez houve uma hospedaria no lugar do restaurante que era frequentada por Carlos Magno. O *patron* estava muito satisfeito com esse toque especial. Ele também estava decorando o bar com gravuras de um artista

---

[59] Entendido.
[60] O normando.

do Salão.⁶¹ Por fim, ele deu a cada um de nós um caro cigarro e depois de conversarmos mais um pouco, voltamos para casa.

Eu sentia fortemente que nunca tiraríamos tirar nada de bom daquele restaurante. O *patron* havia olhado para mim como um impostor e, o que era pior, um impostor incompetente; e eu vira dois inconfundíveis credores rodeando a porta dos fundos. Mas Boris, vendo a si mesmo como *maître d'hôtel* novamente, não desanimaria.

— Conseguimos, só duas semanas de espera. O que são duas semanas? Comida? *Je m'en f* —.⁶² E pensar que em só três semanas terei minha amante! Será que ela vai ter cabelo escuro ou claro, fico imaginando. Não me importo, contanto que não seja muito magra.

Dois dias ruins se seguiram. Tínhamos somente sessenta cêntimos e gastamos em alguns pãezinhos e um pedaço de alho para esfregar no pão. O motivo de esfregar alho no pão é que o sabor dura e dá a sensação de termos comido há pouco. Ficamos a maior parte daquele dia sentados no Jardin des Plantes.⁶³ Boris atirava pedras nos pombos mansos, mas sempre errava, e depois escrevíamos menus de jantar nos versos de envelopes. Estávamos muito famintos, até mesmo para tentar pensar em alguma coisa que não fosse

---

⁶¹ Exibição anual e oficial de arte organizada pela Académie des Beaux-Arts (Academia de Belas Artes) em Paris. Um convite para expor nesse evento significava que um artista era considerado eminente.
⁶² Não ligo, que se foda.
⁶³ Jardim Botânico de Paris, que data do século XVII e é dedicado à história natural, zoologia e botânica.

comida. Lembro-me do jantar que Boris havia, finalmente, escolhido para si. Era: uma dúzia de ostras, sopa *borscht* (beterraba bem vermelha e doce com creme de leite), lagostins, galeto *en casserole*,[64] bife com ameixa cozida, batatinhas frescas, uma salada, torta de carne[65] e queijo Roquefort, com um litro de Vinho de Borgonha e outro conhaque velho qualquer. Boris tinha um gosto internacional para comida. Mais tarde, quando estávamos mais abonados, ocasionalmente eu o via saborear refeições tão fartas sem dificuldades.

Quando nosso dinheiro terminou, parei de procurar trabalho e houve outro dia sem comida. Eu não acreditava que o Auberge de Jehan Cottard realmente abriria, e não conseguia enxergar outra oportunidade, mas estava muito letárgico para fazer qualquer coisa a não ser ficar deitado na cama. Então, a sorte mudou repentinamente. À noite, por volta das dez horas, ouvi um grito ávido na rua. Levantei e fui até a janela. Boris estava lá, agitando sua bengala e sorrindo de orelha a orelha. Antes de falar, ele tirou de seu bolso um pedaço de pão amassado e atirou para mim.

— *Mon, ami, mon cher ami*, estamos salvos! O que você acha?

— Com certeza você não conseguiu um emprego!

---

[64] Na panela.
[65] Na verdade, trata-se de *suet pudding* no original. Um "pudim de sebo" é um pudim fervido, cozido no vapor ou assado, feito com farinha de trigo e sebo (gordura crua e dura de carne de vaca ou carneiro encontrada ao redor dos rins), muitas vezes com pão ralado, frutas secas, como passas, outras frutas em conserva e especiarias.

— No Hôtel X., perto da Place de la Concorde — quinhentos francos por mês e comida. Já estou trabalhando lá há três dias. Em nome de Jesus Cristo, como comi!

Depois de dez ou doze horas de trabalho e com a perna manca, sua primeira ideia foi caminhar três quilômetros até minha pensão para me dar a boa notícia! E ainda havia mais, me pediu que o encontrasse no Tuileries no dia seguinte, durante o intervalo da tarde, caso ele conseguisse pegar mais comida para mim. Na hora marcada, encontrei Boris em um banco de jardim público. Ele desabotoou o colete e tirou um embrulho de jornal grande e amassado. No pacote havia carne de vitela moída, uma fatia de queijo Camembert, pão e um éclair, tudo embrulhado junto.

— *Voilà!* — Exclamou Boris. — Isso é tudo que consegui pegar às escondidas. O porteiro é um porco ardiloso.

É desagradável comer direto de um pacote de jornal em um lugar público, especialmente Tuileries, que frequentemente está cheio de garotas bem bonitas, mas eu estava muito faminto para me importar. Enquanto eu comia, Boris contou que ele estava trabalhando na cafeteria do hotel, que, em inglês, é uma destilaria ou adega do hotel. Parecia que a adega era o ponto mais baixo do hotel, e um lugar horrível para um garçom descer, mas serviria, até que o Auberge de Jehan Cottard abrisse. Enquanto isso, eu deveria encontrar Boris todos os dias no Tuileries, e ele roubaria tanta comida quanto ousasse conseguir. Por três dias, continuamos com esse esquema, e eu conseguia viver de comida roubada. Então todos os nossos problemas acabaram, porque um dos *plongeurs* saiu do Hôtel X. e, por recomendação de Boris, o emprego foi oferecido a mim.

X

O Hôtel X. era um lugar amplo, grandioso, com uma fachada clássica, e tinha, em um dos lados, uma entrada escura como um buraco de rato, que era a entrada de serviço. Cheguei às quinze para as sete da manhã. Um fluxo de homens com calças engorduradas corria para dentro do hotel, não antes de serem verificados por um porteiro sentado em um escritório minúsculo. Esperei, e logo o *chef du personnel*,[66] um tipo de assistente de gerente, chegou e começou a me fazer perguntas. Era um italiano, de rosto redondo e pálido, abatido de tanto trabalho. Ele me perguntou se tinha alguma experiência como lavador de pratos, e respondi que sim. Ele olhou para as minhas mãos e percebeu que eu estava mentindo, mas ao ouvir que eu era inglês, mudou de tom e me acolheu.

— Estamos procurando alguém para praticar nosso inglês — afirmou. — Nossos clientes são todos americanos e a única coisa que sei de inglês é _____.
— Ele falava repetidamente algo que menininhos escrevem nos muros de Londres. — Você pode ser útil. Venha, desça.

Ele me levou por uma escada em caracol até uma passagem estreita, bem abaixo do nível da rua, e a

---

[66] Chefe de gabinete. Aqui o funcionário responsável pelos outros.

passagem era tão baixa que precisava me abaixar em alguns lugares. Estava bem quente e muito escuro, com apenas lâmpadas amarelas e fracas, com vários metros de distância umas das outras. Parecia haver metros de um labirinto escuro; na verdade, eu suponho, algumas centenas de metros ao todo, que me lembravam de um estranho compartimento debaixo de um grande navio de passageiros. Havia o mesmo calor e espaço apertado e um cheiro forte e quente de comida, e um barulho repetitivo, como um zumbido (vinha das caldeiras da cozinha), exatamente como o zumbido de máquinas. Passamos por umas portas que nos permitiam às vezes ouvir alguns gritos de ódio, às vezes avistar um brilho vermelho de fogo, outrora uma trêmula corrente de ar de uma câmara de gelo. Conforme andávamos, alguma coisa me atingiu com muita força nas costas. Era um bloco de gelo de quarenta e cinco quilos sendo levado por um carregador vestindo um avental azul. Depois dele, veio um garoto com um grande pedaço de vitela nos ombros, com o rosto firmemente apertado contra a carne úmida e mole. Eles me empurraram para o lado gritando "*Sauve-toi, idiot!*"[67] e continuaram depressa. Na parede, embaixo de uma das lâmpadas, alguém havia escrito com letra bem caprichada: "Você encontrará um céu sem nuvens em pleno inverno antes de encontrar uma mulher no Hotel X. que ainda seja virgem". Parecia um lugar bem esquisito.

---

[67] Se cuida, idiota!

Uma das passagens se ramificava até uma lavanderia, onde uma velha com cara de caveira me deu um avental azul e uma pilha de panos de prato. Então o *chef du personnel* me levou a uma toca subterrânea minúscula — um porão abaixo de um porão, por assim dizer — onde havia uma pia e um fogão a gás. Era muito baixo para que eu ficasse totalmente em pé e a temperatura era de talvez quarenta graus. O *chef du personnel* me explicou que meu trabalho era buscar as refeições para os altos funcionários do hotel, que comiam em uma pequena sala de refeições logo acima, limpar a sala deles e lavar toda a louça. Assim que ele saiu, um garçom, outro italiano, enfiou a cabeça feroz e os cabelos crespos pela porta e olhou para mim.

— Inglês, hein? — disse ele. — Bom, sou encarregado aqui. Se você trabalhar bem — ele fez o movimento de terminar uma garrafa e sugou com muito barulho. — Se não... — ele deu vários chutes fortes no batente da porta. — Pra mim, torcer seu pescoço seria mais do que cuspir no chão. E se tiver qualquer problema, eles vão acreditar em mim, não em você. Então, toma cuidado.

Depois disso, comecei a trabalhar bem rapidamente. Exceto por mais ou menos uma hora, estava no trabalho das sete da manhã até às nove e quinze da noite; primeiro lavando a louça, então esfregando as mesas e o chão da sala de refeições dos funcionários, então polindo copos e facas, então buscando refeições, então novamente lavando louça, então buscando mais refeições e lavando mais louça. Era um trabalho fácil e me dava bem com as tarefas, exceto quando ia até a cozinha buscar refeições. A cozinha era diferente de tudo que eu já imaginara ou vira — um porão infernal de teto baixo e sufocante, iluminado de vermelho devido ao fogo, e ensurdecedor por causa das blasfêmias e do barulho de panelas e frigideiras. Era tão quente que todas as peças de metal, a não ser os fogões, tinham de estar cobertos com um pano. No meio estavam as fornalhas, nas quais doze cozinheiros saltavam de lá para cá, com o rosto pingando de suor a despeito do chapéu branco. Redondos eram os balcões onde uma multidão de garçons e *plongeurs* clamavam por bandejas. Copeiros, nus até a cintura, alimentavam o fogo e esfregavam enormes caçarolas de cobre com areia. Todos pareciam com muita pressa e raiva. O cozinheiro chefe, um homem bom, vermelho com grandes bigodes, permanecia em pé, no meio, gritando sem parar, "*Ça marche deux oeufs brouillés! Ça marche un Chateaubriand aux pommes sautées!*",[68] exceto quando explodia para xingar um *plongeur*. Havia três balcões e, na primeira vez em que fui até a cozinha, levei a bandeja sem querer para o balcão errado. O cozinheiro chefe veio até mim, torceu os bigodes e me olhou de cima a baixo. Então acenou para o cozinheiro do café da manhã e apontou para mim.

— Você vê *aquilo*? Aquele é o tipo de *plongeur* que nos mandam hoje em dia. De onde você vem, idiota? De Charenton, suponho. (Há um grande asilo de loucos em Charenton.)

— Inglaterra — respondi.

---

[68] Saem dois ovos mexidos. Sai um bife à Chateaubriand com batatas *sautées*!

— Eu devia saber. Bom, *mon cher monsieur l'Anglais*,[69] devo informá-lo que você é um filho da puta. E agora cai fora, vá para o outro balcão, onde deveria estar.

Era recebido dessa forma toda vez que eu ia até a cozinha, porque sempre fazia alguma coisa errada. Eu deveria saber o que fazer e era xingado de acordo. Por curiosidade, contei o número de vezes em que fui chamado de *maquereau*[70] durante o dia, e foram trinta e nove.

Às quatro e meia o italiano me disse que poderia parar de trabalhar, mas não valia a pena ir embora, já que recomeçaríamos às cinco. Fui até o banheiro para fumar. Fumar era estritamente proibido e Boris já havia me alertado que o banheiro era o único lugar seguro. Depois disso, recomecei o trabalho e fui até às nove e quarenta e cinco, quando o garçom enfiou a cabeça pela porta e me disse para deixar o resto da louça. Para meu espanto, depois de me chamar de porco, cafetão etc. durante o dia todo, ele de repente ficou bastante amigável. Percebi que os xingamentos antes dirigidos a mim eram apenas um tipo de teste.

— Já basta, *mon p'tit*[71] — disse o garçom. — *Tu n'es pas débrouillard*,[72] mas você trabalha direito. Suba

---

[69] Meu caro inglês.
[70] Como xingamento, cafetão. O significado primeiro é cavalinha, que são peixes marinhos comestíveis, com dorso verde e azul, e que vivem em cardumes nos mares temperados.
[71] *Mon petit*, que literalmente significa "meu pequeno". Aqui pode ser entendido como "meu caro".
[72] Você não é muito habilidoso...

e coma seu jantar. O hotel nos permite dois litros de vinho para cada um, e eu roubei outra garrafa. Vamos nos embriagar.

Tivemos um excelente jantar com as sobras dos altos funcionários. O garçom, mais relaxado, contou-me histórias sobre seus casos de amor e sobre dois homens que ele esfaqueara na Itália e sobre como havia se esquivado do serviço militar. Ele era um bom colega, uma vez que o conhecêssemos melhor; ele me lembrava Benvenuto Cellini,[73] de alguma forma. Eu estava cansado e encharcado de suor, mas me senti um novo homem depois de um dia com comida sólida. O trabalho não parecia difícil e senti que o emprego seria adequado para mim. Não tinha certeza, no entanto, de que fosse continuar, pois eu fora admitido como um "extra" somente para o dia, a vinte francos. O porteiro de cara azeda contou o dinheiro, menos cinquenta cêntimos que disse ser para o seguro (uma mentira, depois eu viria a descobrir). Então ele saiu para a passagem, fez com que pegasse meu casaco e revistou-me inteiro procurando comida roubada. Depois disso, o *chef du personnel* apareceu e conversou comigo. Assim como o garçom, ele estava mais amável ao ver que eu estava disposto a trabalhar.

— Vamos lhe oferecer trabalho permanente, se desejar — disse ele. — O garçom chefe diz que gostaria de xingar um inglês. Você aceita por um mês?

---

[73] Benvenuto Cellini foi um artista da Renascença, escultor, ourives e escritor italiano.

Aqui tinha finalmente um emprego, e estava pronto para me atirar de cabeça. Então me lembrei do restaurante russo que abriria em duas semanas. Não parecia bastante justo prometer trabalhar por um mês e então abandonar no meio. Disse que tinha outro possível trabalho, poderia me comprometer por duas semanas? Mas com isso, o *chef du personnel* deu de ombros e disse que o hotel somente aceitaria homens por um mês. Evidentemente havia perdido a chance de trabalhar.

Boris, como combinado, estava esperando por mim na Galeria da Rue de Rivoli. Quando lhe contei o que havia acontecido, ele ficou furioso. Pela primeira vez desde que o conhecera, ele deixou de lado os bons modos e me chamou de tolo.

— Idiota! Espécie de idiota! De que adiantou eu achar um emprego para você e quando você vai lá, joga fora no momento seguinte? Como você pode ter sido tão estúpido de mencionar o outro restaurante? Você só tinha de prometer trabalhar por um mês.

— Parece mais honesto dizer que eu posso sair — objetei.

— Honesto! Honesto! Quem já ouviu falar de um *plongeur* sendo honesto? *Mon ami* — de repente ele agarrou minha lapela e falou muito sinceramente —, *mon ami*, você trabalhou aqui o dia inteiro. Você sabe como é o trabalho em um hotel. Você acha que um *plongeur* pode se dar ao luxo de um senso de honra?

— Não, talvez não.

— Bem, então, volte rapidamente e diga ao *chef du personnel* que você está pronto para trabalhar por um mês. Diga que você vai jogar o outro trabalho fora.

Então, quando nosso restaurante abrir, nós simplesmente vamos embora.

— Mas e meu ganho semanal se eu quebrar o contrato?

Boris bateu sua bengala com força na calçada e gritou ao ouvir tamanha estupidez.

— Peça para receber diariamente, então você não vai perder nem um *sou*.[74] Você acha que eles processariam um *plongeur* por descumprir o contrato? Um *plongeur* é muito pouco para ser processado.

Voltei correndo, encontrei o *chef du personnel* e disse a ele que trabalharia por um mês, e assim, ele me contratou. Essa foi minha primeira lição de moralidade *plongeur*. Mais tarde, percebi quão tolo fui em manter meus escrúpulos, porque os grandes hotéis são bastante impiedosos com seus funcionários. Eles contratam e dispensam homens conforme a demanda de trabalho, e todos eles demitem dez por cento ou mais do pessoal quando a temporada acaba. Tampouco têm nenhuma dificuldade em substituir um empregado que vai embora sem aviso prévio, pois Paris está apinhada de homens desempregados para trabalhar em hotel.

XI

Como então aconteceu, eu não descumpri o contrato, pois foram seis semanas antes que Auberge de Jehan Cottard sequer desse algum sinal de abrir.

---

[74] No original *sou*, que é uma antiga moeda francesa de baixo valor. Pode ser traduzida por sol, mas optamos por manter o original.

Enquanto isso, eu trabalhava no Hôtel X., quatro dias por semana no refeitório, um dia ajudando o garçom no quarto andar, e um dia substituindo a mulher que lavava a louça na sala de refeições. Meu dia de folga, por sorte, era domingo, mas às vezes algum outro homem ficava doente e eu tinha de trabalhar naquele dia também. O horário era das sete da manhã às duas da tarde, e das cinco da tarde às nove da noite — onze horas; no entanto, era um dia de catorze horas de trabalho quando eu lavava a louça na sala de refeições. Segundo o padrão comum para um *plongeur* de Paris, essas são excepcionalmente poucas horas. A única dificuldade da vida era o calor terrível e o abafamento daqueles porões labirínticos. Fora isso, o hotel, que era grande e bem organizado, era considerado confortável.

Nosso refeitório era uma adega escura medindo seis metros por dois e com dois metros e meio de altura; e tão abarrotado de cafeteiras, cortadores para pão e utensílios do tipo que ninguém conseguia se mover sem esbarrar e bater em algo. Era iluminado por uma lâmpada fraca e quatro ou cinco bocas de fogo a gás que emitiam um forte bafo vermelho. Havia um termômetro lá, e as temperaturas nunca chegavam a menos de quarenta e três graus — em determinadas horas do dia, chegava perto de cinquenta e quatro. Em um canto estavam cinco elevadores de serviço e em outro canto uma câmara para gelados onde eram guardados leite e manteiga. Quando entrávamos na câmara, sentíamos no primeiro passo a temperatura cair em trinta e sete graus. Esse fato costumava me lembrar do canto sobre "as montanhas de gelo da Groenlândia e de uma vertente de coral da Índia".⁷⁵ Dois homens trabalhavam no refeitório além de Boris e eu. Um era Mario, um italiano enorme e emotivo — ele parecia um policial com gestos extravagantes e largos — e outro, um animal rude e peludo a quem chamávamos de Magyar.⁷⁶ Eu acho que ele era da Transilvânia ou algum lugar ainda mais remoto. Exceto por Magyar, éramos todos homens grandes, e nas horas de pico trombávamos uns nos outros sem parar.

O trabalho no refeitório era intermitente. Nunca estávamos à toa, mas o trabalho de verdade acontecia só em repentes de duas horas por vez — chamávamos esses repentes de *"un coup de feu"*.⁷⁷ O primeiro *coup de feu* chegava às oito, quando os hóspedes nos andares de cima começavam a acordar e solicitar café da manhã. Às oito, uma repentina batida e um grito ecoavam por todo o porão; campainhas tocavam por todos os lados, homens com aventais azuis corriam por todos os cantos, nossos elevadores de serviço desciam simultaneamente e os garçons em todos os cinco andares começavam a praguejar em italiano andares abaixo. Eu não me lembro de todas as nossas obrigações, mas incluíam preparar chá, café e chocolate, buscar refeições da cozinha, vinhos das adegas

---

⁷⁵ "From Greenland's icy mountains, from India's coral strand" é um canto ou hino imperial. Os hinos eram populares e combinavam sentimentos populares com melodias, típicos do século XIX. Os hinos tornaram-se a principal forma de verso popular, muitas vezes inspirando-se e reformulando passagens da versão da Bíblia do Rei Tiago (King's James Bible).
⁷⁶ Um magiar é outra forma de se referir a um húngaro.
⁷⁷ Uma saraivada de tiros.

e frutas e assim por diante da sala de refeições, fatiar pão, preparar torrada, fazer bolinhas de manteiga, separar geleia, abrir garrafas de leite, contar torrões de açúcar, cozinhar ovos, preparar creme, pesar gelo, moer café — tudo isso para clientes que variavam de cem a duzentos. A cozinha ficava a vinte e sete metros de distância e a sala de refeições a cinquenta e cinco ou sessenta e cinco metros. Tudo o que mandávamos lá para cima nos elevadores de serviço tinha de ser confirmado com um comprovante e tais comprovantes deveriam ser cuidadosamente preenchidos, e havia problemas se até mesmo um torrão de açúcar fosse perdido. Além disso, deveríamos fornecer ao pessoal pão e café e levar as refeições para os garçons lá em cima. Resumindo, era um serviço complexo.

Eu calculei que era necessário caminhar e correr mais ou menos vinte e cinco quilômetros durante o dia, e ainda assim a tensão do trabalho era mais mental do que física. Nada poderia ser mais fácil, em vista disso, do que esse estúpido trabalho de copeiro, mas se torna surpreendentemente mais difícil quando se tem pressa. Deve-se correr de um lado para o outro entre muitos serviços — é como separar cartas de um baralho correndo contra o tempo. Estamos, por exemplo, preparando torradas quando *bang*! lá vem o elevador de serviço com outro pedido de chá, pãezinhos doces e três tipos diferentes de geleia, e, ao mesmo tempo *bang*!, desce outro pedido de ovos mexidos, café e toranja; corremos até a cozinha para preparar os ovos e para a sala de refeições para pegar a toranja, indo como um raio para estarmos de volta antes que a torrada queime, e ainda tendo de nos lembrar do chá e do café, além de outros pedidos que ainda estejam pendentes. E ao mesmo tempo algum garçom está nos seguindo e arrumando encrenca por causa de alguma garrafa de água com gás perdida e ainda discutimos com ele. É necessário mais inteligência do que se imagina. Mario disse, sem dúvida verdadeiramente, que leva um ano para treinar um copeiro confiável.

O horário entre oito e dez e meia era uma espécie de delírio. Às vezes trabalhávamos como se tivéssemos apenas cinco minutos de vida; às vezes havia calmarias repentinas quando os pedidos cessavam e tudo parecia quieto por um momento. Então varríamos o lixo do chão, jogávamos serragem seca, engolíamos potes de vinho ou café ou água — qualquer coisa, contanto que fosse líquido. Costumávamos quebrar pedaços de gelo para chupar enquanto trabalhávamos. O calor em meio aos fogareiros era nauseante; engolíamos litros de bebida durante o dia, e após algumas horas até mesmo nossos aventais estavam encharcados de suor. Às vezes, estávamos desesperadamente atrasados com o serviço, e alguns dos clientes saíam sem café da manhã, mas Mario sempre nos encorajava. Ela havia trabalhado por catorze anos na cafeteria e adquiriu a habilidade de nunca perder um segundo entre os serviços. Magyar era muito burro, e eu, inexperiente, e Boris tinha tendência a escapar, em parte por causa da perna manca, em parte porque tinha vergonha de trabalhar na copa depois de já ter sido garçom, mas Mario era maravilhoso. O modo como ele costumava esticar os enormes braços bem no meio da copa para encher uma cafeteira com uma mão e pôr um ovo para cozinhar com a outra, ao mesmo tempo que olhava uma torrada e dava instruções aos gritos para Magyar, e nesse meio-tempo, cantarolando trechos de *Rigoletto*, ia além de todo elogio. O *patron* sabia do valor de Mario, e Mario recebia mil francos por mês, em vez de quinhentos, como o restante de nós.

O pandemônio do café da manhã parava às dez e meia. Então esfregávamos as mesas da copa, varríamos o chão e políamos os metais e, em boas manhãs, íamos, um de cada vez, ao lavatório para fumar. Esse era nosso horário de folga — só que relativamente de folga, no entanto, porque tínhamos apenas dez minutos para almoço e nunca almoçávamos sem interrupção. O horário de almoço dos clientes, entre meio-dia e duas horas da tarde, era outro período de reboliço como o café da manhã. Grande parte do nosso serviço era buscar refeições da cozinha, o que significava constante *engueulades*[78] dos cozinheiros. A essa hora, os cozinheiros já tinham suado em frente ao fogo por quatro ou cinco horas, e os humores estavam todos aquecidos.

Às duas, éramos, de repente, homens livres. Atirávamos longe os aventais e vestíamos os casacos, corríamos porta afora e, quando tínhamos dinheiro, mergulhávamos no *bistro* mais próximo. Era estranho, sair às ruas depois daqueles porões iluminados a fogo. O ar parecia tão frio e claro a ponto de cegar, como verão ártico; e quão doce era o cheiro de gasolina, depois do fedor de suor e comida! Às vezes encontrávamos outros cozinheiros e garçons nos *bistros*, e eles eram amáveis e nos pagavam bebidas. Lá dentro

---

[78] Reprimenda.

éramos seus escravos, mas é etiqueta em vida hoteleira que, nos intervalos, todos sejam iguais e as *engueulades* não contam.

Às quinze para as cinco voltávamos ao hotel. Até às seis e meia, não havia nenhum pedido, e usávamos esse tempo para polir a prataria, limpar as cafeteiras e fazer outros serviços. Então, o grande reboliço do dia começava — a hora do jantar. Gostaria de ser Zola por um tempinho só para descrever o horário do jantar. O cerne da questão era que cem ou duzentas pessoas individualmente faziam diferentes pedidos de cinco ou seis pratos e que cinquenta ou sessenta pessoas tinham de preparar e servir os pedidos, além de limpar a bagunça que ficava depois. Qualquer um com experiência em serviço de bufê entende o que isso significa. E nessa hora quando o serviço era dobrado, todo o pessoal estava exausto e alguns, bêbados. Eu poderia escrever páginas sobre a situação sem dar uma ideia verdadeira de tudo isso. O serviço a ser feito de um lado para o outro pelas estreitas passagens, os encontrões, os gritos, as lutas com caixas e bandejas e blocos de gelo, o calor, a escuridão, as furiosas e intensas brigas para as quais não havia tempo para brigar — tudo isso estava além de uma descrição. Qualquer um entrando no porão pela primeira vez pensaria que estivesse em um antro de maníacos. Foi somente mais tarde, quando entendi o trabalho em um hotel, que vislumbrei ordem em meio a todo esse caos.

Às oito e meia o trabalho parava muito de repente. Não estávamos livres até às nove, mas nos jogávamos deitados no chão e lá ficávamos descansando as pernas, com muita preguiça até de ir à câmara de gelo para uma bebida. Às vezes o *chef du personnel* vinha com garrafas de cerveja, pois o hotel nos concedia uma cerveja extra nos dias em que o trabalho era muito duro. A comida reservada para nós não era mais do que comível, mas o *patron* não era sovina com bebida; ele permitia a cada um de nós dois litros de vinho por dia, sabendo que se um *plongeur* não receber dois litros, ele vai roubar três. Também ganhávamos os fundos de garrafa, e assim sempre bebíamos muito — uma boa coisa, pois parece que se trabalha mais rápido quando um pouco embriagado.

Quatro dias da semana eram assim; dos outros dois dias de trabalho, um era melhor e outro pior. Depois de uma semana nessa vida, sentia que precisava de férias. Era sábado à noite, então as pessoas no nosso *bistro* estavam ocupadas se embebedando, e, com um dia livre pela frente, estava pronto para me juntar a elas. Fomos todos para a cama, bêbados, às duas da manhã, pretendendo dormir até meio-dia. Às cinco e meia, fui repentinamente acordado. Um vigia noturno, enviado pelo hotel, estava parado em pé ao lado da minha cama. Ele me arrancou as roupas de cama e me chacoalhou com força.

— Levanta! — gritou ele. — *Tu t'es bien saoulé la guele, eh?*[79] Bom, não importa, o hotel está com um homem a menos. Você tem que trabalhar hoje.

— Por que eu deveria ir trabalhar? — protestei.
— É meu dia de folga.

---

[79] Você ficou bêbado, hein?

— Dia de folga nada! O trabalho precisa ser feito. Levanta!

Levantei e saí, sentindo-me como se minhas costas estivessem quebradas e meu crânio estivesse cheio de cinzas quentes. Eu não imaginei que pudesse trabalhar naquele dia. E ainda assim, depois de uma hora naquele porão, percebi que estava perfeitamente bem. Parecia que no calor daquelas adegas, como se fossem banho turco, poderíamos suar quase qualquer quantidade de bebida. *Plongeurs* sabem disso, e contam com isso. O poder de engolir litros de vinho e, então, suar tudo antes que a bebida faça qualquer mal, é uma das compensações na vida deles.

XII

De longe, meu melhor momento no hotel aconteceu quando fui ajudar o garçom no quarto andar. Trabalhávamos em uma pequena despensa que se comunicava com a copa pelos elevadores de serviço. Estava deliciosamente fresco depois do porão, e o trabalho era principalmente polir prata e copos, o que é um serviço humano. Valenti, o garçom, era um tipo decente e me tratava quase como um igual quando estávamos sozinhos, embora tivesse de falar grosseiramente quando havia qualquer pessoa presente, porque não fica bem para um garçom ser simpático com *plongeurs*. Ele, às vezes, me dava gorjetas de cinco francos se tivesse tido um bom dia. Era um jovem agradável, de vinte e quatro anos, mas que parecia ter dezoito e, assim como a maioria dos garçons, se portava bem e sabia como usar suas roupas. Com casaco de cauda preto e gravata branca, rosto jovem e cabelos castanhos lisos, ele parecia um menino de Eton, embora ganhasse a vida desde os doze anos, e literalmente tivesse progredido da sarjeta. Cruzar a fronteira italiana sem um passaporte e vender castanhas em um barril nos bulevares do norte, e receber uma sentença de quinze dias na prisão em Londres por trabalhar sem permissão, e flertar com uma mulher rica em um hotel, que lhe deu um anel de diamantes e depois o acusou de roubá-lo eram algumas de suas experiências. Eu gostava de conversar com ele, nas horas de folga, quando nos sentávamos para fumar no poço do elevador.

Meu dia ruim era quando tinha de lavar a louça para a sala de refeições. Eu não tinha de lavar os pratos, isso era feito na cozinha, mas toda a louça de barro, prataria, facas e copos, embora, ainda assim, tudo isso significasse treze horas de trabalho e eu usasse entre trinta e quarenta panos de prato durante o dia. Os métodos antiquados usados na França dobram o trabalho de lavar a louça. Escorredores de louça são inéditos e não há sabão em flocos, somente o sabão líquido meloso, que se recusa a fazer espuma nas mãos na água calcárea de Paris. Eu trabalhava em um antro sujo, pequeno e abarrotado, uma despensa e uma copa combinada, que dava diretamente para a sala de refeições. Além de lavar a louça, eu tinha de buscar a comida dos garçons e servi-los à mesa; muitos deles eram insuportavelmente insolentes e eu tinha de usar meus punhos mais de uma vez para obter certa civilidade. A pessoa que normalmente lavava a louça era uma mulher e eles faziam a vida dela um inferno.

Era divertido observar a copa pequena e imunda e pensar que apenas uma porta dupla estava entre nós e a sala de refeições. Lá se sentavam clientes em todo seu esplendor — toalhas de mesa imaculadas, jarros com flores, espelhos e cornijas douradas e querubins pintados; e aqui, a apenas alguns metros de distância, nós e nossa imundície nojenta. Porque era, de fato, uma imundície nojenta. Não havia tempo para varrer o chão até o anoitecer, e deslizávamos para lá e para cá em uma mistura de água com sabão, folhas de alface, papel rasgado e comida pisoteada. Uma dúzia de garçons sem paletó, com axilas suadas à mostra, sentava-se à mesa misturando salada e enfiando o dedo nos potes de nata. O lugar tinha um cheiro ruim, uma mistura de comida e suor. Em todos os lugares nos armários, atrás da pilha de louças, havia imundo estoque de comida que os garçons roubavam. Havia somente duas pias e nenhuma bacia para lavar louça e não era nada incomum os garçons lavarem o rosto na água com que a louça limpa era enxaguada. Mas os hóspedes não viam nada disso. Havia uma esteira de coco e um espelho do lado de fora da sala de jantar e os garçons costumavam se enfeitar e passar uma imagem de limpeza.

É muito instrutivo observar um garçom se dirigindo à sala de refeições de um hotel. À medida que ele atravessa a porta, uma mudança repentina o acomete. A postura dos ombros muda, toda a sujeira, pressa e irritação se esvaem em um instante. Ele desliza pelo tapete com o ar solene de um padre. Lembro-me do nosso *maître d'hôtel* assistente, um italiano impetuoso, parando na porta da sala de refeições para se dirigir a um aprendiz que havia quebrado uma garrafa de vinho. Chacoalhando os punhos por cima da cabeça ele gritava (por sorte a porta era mais ou menos à prova de som):

— *Tu me fais...*[80] Você acha que é garçom, seu idiotinha? Você, um garçom! Você não serve nem para esfregar chão no bordel da qual a sua mãe veio. *Maquereau!*[81]

Sem ter mais palavras, ele se virou para a porta e, ao abri-la, ele jogou um último insulto na mesma forma que Squire Western em *Tom Jones*.[82]

Então ele entrou na sala de jantar e deslizou pelo ambiente com o prato na mão, tão gracioso quanto um cisne. Dez segundos depois, fazia uma reverência a um hóspede. E não se pode deixar de pensar que, conforme os víssemos fazendo uma reverência e sorrindo, com aquele sorriso afável, o hóspede ficasse envergonhado por ter tamanho aristocrata o servindo.

Lavar louça era um serviço totalmente odioso — não difícil, mas entediante e idiota além de palavras. É medonho pensar que algumas pessoas passam décadas fazendo tal serviço. A mulher a quem eu substituía tinha quase sessenta anos, e ela ficava em pé à pia treze horas por dia, seis dias por semana, o ano todo; além disso, era terrivelmente intimidada pelos garçons. Ela relatou que já havia sido atriz — na verdade, eu imagino, uma prostituta; muitas prostitutas acabam

---

[80] Você me faz...
[81] Literalmente significa cafetão. Aqui podemos entender como qualquer xingamento ofensivo.
[82] Referência à obra *The History of Tom Jones* (Henry Fielding), na qual há um evento de flatulência.

como faxineiras. Era estranho ver que, apesar da idade e da vida que levava, ela ainda usava peruca loira clara e escurecia os olhos e pintava o rosto como uma garota de vinte anos. Então aparentemente até mesmo uma semana de setenta e oito horas pode proporcionar alguma vitalidade.

XIII

Em meu terceiro dia no hotel, o *chef du personnel*, que geralmente falava comigo em um tom bem agradável, me chamou e disse rispidamente:

— Aqui, você, raspe esse bigode agora mesmo! *Nom de Dieu*, que já alguma vez ouviu falar de um *plongeur* com bigode?

Comecei a retrucar, mas ele me interrompeu.

— Um *plongeur* com bigode, absurdo! Cuidado pra eu não te ver com isso amanhã.

A caminho de casa perguntei a Boris o que aquilo significava. Ele deu de ombros.

— Você deve fazer o que ele diz, *mon ami*. Ninguém no hotel usa bigode, exceto os cozinheiros. Imaginei que você perceberia. Por quê? Não *tem* por quê. É costume.

Percebi que era etiqueta, como não usar gravata branca com paletó, e raspei meu bigode. Mais tarde descobri a explicação para o costume, que é: garçons em bons hotéis não usam bigodes e, para mostrar superioridade, eles decretam que *plongeurs* não devem usar também; e cozinheiros usam bigodes para mostrar desprezo aos garçons.

Isso dá alguma ideia do complexo sistema de casta que existe em um hotel. Nossa equipe, chegando a quase cento e dez, aumentou o prestígio a quase aquele de soldados, e um cozinheiro ou garçom estavam tão acima de um *plongeur* quanto um capitão acima de um soldado. Acima de todos vinha o gerente, que podia demitir qualquer um, até mesmo os cozinheiros. Nunca víamos o *patron* e tudo o que sabíamos sobre ele era que suas refeições tinham de ser preparadas com mais cuidado do que as refeições para os hóspedes; toda a disciplina do hotel dependia do gerente. Ele era um homem consciencioso e sempre à espreita de negligência, mas éramos muito espertos para ele. Havia um sistema de campainha de serviço operando em todo o hotel, e toda a equipe o usava para alertar a todos. Um toque longo e um toque curto, seguidos de dois toques longos, significava que o gerente estava vindo e, quando isso acontecia, cuidávamos de parecer ocupados.

Abaixo do gerente vinha o *maître d'hôtel*. Ele não servia à mesa, a não ser um lorde ou alguém do tipo, mas dava ordens aos outros garçons e ajudava com as refeições. Suas gorjetas, e bônus das fábricas de champanhe (eram dois francos para cada rolha que voltasse a elas), chagavam a duzentos francos por dia. Ele estava em uma posição bem distinta do resto da equipe, e fazia suas refeições em uma sala particular, com prataria na mesa e dois aprendizes de paletó branco para servi-lo. Um pouco abaixo do garçom chefe vinha o cozinheiro chefe, tirando mais ou menos cinco mil francos por mês. Ele jantava na cozinha, mas em uma mesa separada, e um dos aprendizes de cozinheiro o servia. Então vinha o *chef du personnel*. Ele tirava somente mil e quinhentos francos por mês, mas usava paletó preto e não fazia nenhum serviço manual e podia demitir *plongeurs* e punir garçons. Então vinham os outros cozinheiros, tirando qualquer coisa entre três mil e mil setecentos e cinquenta francos por mês; então os garçons, fazendo mais ou menos setenta francos por dia com gorjetas, além de uma pequena taxa de retenção;[83] então, as lavadeiras e costureiras; então, os aprendizes de garçons, que não recebiam gorjetas, mas tinham um salário de setecentos e cinquenta francos por mês; então, os *plongeurs*, também a setecentos e cinquenta francos; então, as camareiras, a quinhentos ou seiscentos francos por mês; e, finalmente, os empregados da copa, a quinhentos por mês. Nós da copa éramos a escória do hotel, menosprezados e *tutoied*[84] por todos.

---

[83] O termo original é *retaining fee*, que é paga em um contrato de retenção, que por sua vez é um contrato de trabalho por aluguel, muito comum nos contratos assinados na Inglaterra. Ele fica entre um contrato único e um emprego permanente, que pode ser em tempo integral ou parcial. Seu diferencial é que o cliente paga antecipadamente por trabalhos a serem especificados posteriormente. O objetivo de uma taxa de retenção é garantir que o empregado reserve tempo para o cliente no futuro, quando seus serviços forem necessários. Um contrato de retenção pode incorporar outras disposições contratuais relativas à execução de serviços, ou as partes podem, potencialmente, celebrar contratos adicionais que definem os outros termos de sua relação de trabalho. A taxa de retenção pode ser paga em uma taxa fixa pré-negociada ou em uma taxa horária variável, dependendo da natureza da retenção e também da prática do profissional que está sendo contratado.

[84] *Tutoyer* significa ser chamado por "tu", em português, o equivalente a "você". Entre pessoas que não se conhecem muito bem, existe a necessidade de se pedir permissão para tratar por "tu", que pode ou não ser concedida. O "tu" pode indicar familiaridade, carinho, amizade ou, no caso descrito por Orwell, desprezo, falta de consideração. Em um ambiente de trabalho, as regras da língua francesa exigem que o tratamento seja *vous*, equivalente a "senhor/a" em português. Um empregado tratado por "tu/você" não é merecedor do respeito dos colegas.

Havia vários outros — os encarregados de escritório, chamados geralmente de portadores, o almoxarife, o encarregado da adega, alguns carregadores e mensageiros, o encarregado do gelo, os padeiros, o vigia noturno, o porteiro. Serviços diferentes eram feitos por raças diferentes. Os encarregados de escritório e os cozinheiros e as costureiras eram franceses, os garçons, italianos e alemães (raramente há algo como um garçom francês em Paris), os *plongeurs* de cada nacionalidade da Europa, além dos árabes e negros. O francês era a língua franca, até os italianos falavam francês entre si.

Todos os setores tinham os seus funcionários especiais. Em todos os hotéis de Paris, é costume vender o pão partido aos padeiros a dezesseis *sous* o quilo,[85] e as sobras da cozinha aos criadores de porcos por uma bagatela, e dividir o valor obtido entre os *plongeurs*. Havia bastantes pequenos furtos também. Todos os garçons roubavam comida — de fato, eu raramente via um garçom se dar ao trabalho de comer as porções oferecidas pelo hotel — e os cozinheiros faziam muito isso na cozinha, e nós na copa tomávamos muito café e chá ilicitamente. O encarregado da adega roubava conhaque. Por uma regra do hotel, os garçons não podiam manter estoque de bebida alcoólica, mas tinham de ir até o encarregado da adega para cada bebida conforme era pedida. Ao servir as bebidas,

---

[85] Neste trecho ocorre uma perda na tradução. O original, em inglês, diz *to sell the broken bread to bakers for eight sous a pound*, literalmente: "vender o pão partido para os padeiros a oito *sous* a libra". Orwell citou a venda do pão em uma libra (*a pound*), que corresponde a mais ou menos 450 g.

o encarregado da adega separava talvez uma colher de chá de cada copo e, dessa forma, ele acumulava quantias. Ele vendia o conhaque roubado por cinco *sous* o gole, se considerasse que poderia confiar em quem comprava.

Havia ladrões entre a equipe de funcionários e, se por acaso algum dinheiro fosse deixado dentro do bolso dos casacos, geralmente era roubado. O porteiro, que pagava os nossos salários e nos revistava para procurar comida roubada, era o maior ladrão do hotel. Dos meus quinhentos francos por mês, esse homem, na verdade, conseguiu me enganar em cento e catorze francos em seis semanas. Eu pedi para receber diariamente, então o porteiro me pagava dezesseis francos a cada noite e, não pagando aos domingos (que obviamente deveriam ser pagos), ele embolsava sessenta e quatro francos. Além disso, eu às vezes trabalhava aos domingos, pelos quais, embora não soubesse, tinha direito a um extra de vinte francos. O porteiro nunca me pagava esse extra também, e assim roubava esses outros setenta e cinco francos. Eu somente percebi que estava sendo enganado na última semana e, como não podia provar nada, somente vinte e cinco francos foram reembolsados. O porteiro usava truques semelhantes com qualquer funcionário que era tonto o suficiente para cair. Ele dizia que era grego, mas, na realidade, era armênio. Depois de conhecê-lo, vi a força do provérbio "Confie em uma cobra antes de um judeu e em um judeu antes de um grego, mas não confie em um armênio".

Havia personagens esquisitos entre os garçons. Um era um cavalheiro — um jovem que fora educado em universidade e já havia tido um emprego com boa remuneração em um escritório comercial. Ele havia contraído uma doença venérea, perdido o emprego, perambulado por aí e agora se considerava sortudo em ser garçom. Muitos dos garçons haviam escapulido para a França sem passaportes, e um ou dois eram espiões — é uma ocupação comum para um espião adotar. Um dia houve uma briga ferrenha na sala de refeições dos garçons entre Morandi, um homem com aparência perigosa, de olhos muito separados, e outro italiano. Aparentemente Morandi havia roubado a amante do outro. O outro, um fracote e obviamente com medo de Morandi, apenas ameaçava vagamente.

Morandi zombava dele:

— Bom, o que você vai fazer sobre isso? Dormi com sua namorada, dormi com ela três vezes. Foi ótimo. O que você pode fazer, hein?

— Eu posso denunciar você à polícia secreta. Você é um espião italiano.

Morandi não negou. Ele simplesmente sacou uma navalha do seu bolso traseiro e deu dois golpes rápidos no ar, como se estivesse cortando o rosto de alguém, quando o outro garçom retirou o que disse.

O tipo mais esquisito que jamais vi no hotel era um "extra". Ele fora contratado a vinte e cinco francos por dia para substituir o Magyar, que estava doente. Ele era um sérvio, um sujeito atarracado e ágil de mais ou menos vinte e cinco anos, que falava seis línguas, inclusive inglês. Ele parecia saber tudo sobre o hotel e desde cedo até o meio-dia trabalhava como um escravo. Então, tão logo desse meio-dia, ele ficava carrancudo, fugia do trabalho, roubava vinho e, finalmente, coroava tudo claramente vadiando com o cachimbo na boca. Fumar, é claro, era proibido sob severas penalidades. O próprio gerente ouviu falar de tudo isso e veio conversar com o sérvio, espumando de raiva.

— Que diabos você quer fumando aqui? — ele gritava.

— Que diabos você quer com uma cara dessas? — retrucou o sérvio calmamente.

Não consigo transmitir a blasfêmia de tal comentário. O cozinheiro chefe, se um *plongeur* falasse assim com ele, teria lhe atirado uma panela de sopa quente na cara. O gerente insistiu:

— Você cai fora daqui! — E às duas horas da tarde o sérvio recebeu seus vinte e cinco francos e foi devidamente mandado embora. Antes de sair, Boris perguntou a ele em russo o que eles estavam tramando. Boris disse que o sérvio respondeu:

— Olha aqui, *mon vieux*,[86] eles têm que me pagar um dia de trabalho se eu trabalhar até o meio-dia, não têm? É a lei. E qual o sentido de trabalhar depois de receber meu pagamento? Então, vou te dizer o que eu faço. Vou a um hotel, consigo um trabalho como extra, e até o meio-dia eu trabalho muito. Então, assim que dá meio-dia, começo a fazer o diabo e eles não têm outra escolha senão me mandar embora. Lógico, não? Muitas vezes sou mandado embora mais ou menos meio-dia e meia; hoje foi às duas da tarde, mas não me importo, economizei quatro horas de serviço. O

---

[86] Meu amigo.

único problema é que ninguém consegue fazer isso no mesmo hotel duas vezes.

Aparentemente ele já fizera esse jogo em metade dos hotéis e restaurantes de Paris. É provavelmente uma jogada fácil durante o verão, embora os hotéis se protejam contra isso tanto quanto podem, mantendo uma lista negra.

XIV

Em poucos dias eu havia dominado os mais importantes princípios da administração do hotel. A coisa que mais surpreenderia qualquer um chegando pela primeira vez ao local de serviço do hotel seria o barulho terrível e a desordem durante o horário de pico. É algo tão diferente do trabalho regular em uma loja ou fábrica que parece, à primeira vista, má administração genuína. Mas é, de fato, inevitável, e por essa razão. Serviço de hotel não é particularmente difícil, mas, por natureza, é feito às pressas e não se pode evitar. Não se pode, por exemplo, grelhar um bife duas horas antes que seja pedido; deve-se esperar até o último minuto, e até lá uma avalanche de outros serviços já se acumulou, e, então, é preciso fazer tudo junto, com uma pressa frenética. O resultado é que no horário das refeições todo mundo está fazendo o serviço de dois homens, o que é impossível sem barulho e discussões. De fato, as brigas são uma parte necessária do processo, porque o ritmo nunca seria mantido se cada um não acusasse o outro de ficar à toa. Era por essa razão que, durante o horário de pico, a equipe toda se enfurecia e se amaldiçoava como demônios.

Nessas horas mal havia uma palavra no hotel, a não ser *foutre*.[87] Uma moça da confeitaria, de dezesseis anos, usava palavrões que venceriam um cocheiro. (Hamlet não disse "amaldiçoando como um ajudante de cozinha"? Sem dúvida, Shakespeare tinha visto ajudantes de cozinha trabalhar.) Mas não estamos perdendo a cabeça ou tempo; estamos apenas nos encorajando no esforço de encaixar quatro horas de trabalho em duas.

O que mantém um hotel andando é o fato de os funcionários terem um orgulho genuíno do trabalho, por mais enfadonho e idiota que seja. Se um homem fica à toa, os outros logo descobrem e conspiram contra ele e fazem com que seja mandado embora. Cozinheiros, garçons e *plongeurs* diferem imensamente em perspectivas, mas são todos igualmente orgulhosos da sua eficiência.

Indubitavelmente a classe mais trabalhadora, e a menos servil, são os cozinheiros. Eles não ganham tanto quanto os garçons, mas o seu prestígio é maior e o emprego, mais estável. O cozinheiro não se considera um empregado, mas um trabalhador habilidoso; ele é geralmente chamado de *"un ouvrier"*,[88] o que um garçom nunca é. Ele sabe do seu poder — sabe que, sozinho, faz ou estraga um restaurante e que, se ele estiver cinco minutos atrasado, tudo sai fora da engrenagem. Ele despreza toda a equipe que não é da cozinha, e torna um ponto de honra insultar todos abaixo do garçom chefe. Ele genuinamente tem um

---

[87] Porra.
[88] Um trabalhador.

orgulho artístico do seu trabalho, que demanda muita habilidade. Não é cozinhar que é tão difícil, mas fazer tudo em tempo. Entre o café da manhã e o almoço, o cozinheiro chefe no Hôtel X. recebe pedidos de centenas de pratos, todos a serem servidos em horários diferentes; alguns desses pratos ele mesmo preparava, mas dava instruções para todos eles e os inspecionava antes de serem enviados. Sua memória era maravilhosa. Os pedidos eram pendurados em um quadro, mas o cozinheiro chefe raramente olhava; tudo era guardado na cabeça e, exatamente no minuto certo, cada prato estava pronto e ele, então, gritava "*Faites marcher une côtelette de veau*"[89] (ou o que quer que fosse) infalivelmente. Ele era um tirano insuportável, mas também era um artista. É pela pontualidade, não por qualquer superioridade técnica, que cozinheiros são preferidos a cozinheiras.

A perspectiva de um garçom é bem diferente. Ele também é, de certa forma, orgulhoso da sua habilidade, mas sua habilidade se dá principalmente em ser servil. Seu trabalho faz sua mentalidade ser não de um trabalhador, mas de um esnobe. Ele vive sempre à vista de gente rica, serve à mesa delas, ouve as conversas, bajula os ricos com sorrisos e piadinhas discretas. Ele tem o prazer de gastar dinheiro por procuração. Além disso, sempre há a chance de ele mesmo ficar rico, porque, muito embora a maioria dos garçons morra pobre, eles têm, ocasionalmente, longos períodos de sorte. E em alguns cafés no Grand Boulevard corre tanto dinheiro para ser ganho que

---

[89] Sai uma costeleta de vitela.

os garçons, de fato, pagam o *patron* pelo emprego. O resultado é que entre constantemente ver dinheiro e esperar obtê-lo, o garçom vem a se identificar, até certo ponto, com seus empregadores. Ele vai se dar ao trabalho de servir refeições com estilo por sentir que está participando, ele mesmo, da refeição.

Lembro-me de Valenti contando de um banquete em Nice no qual ele estava trabalhando e de como custou duzentos francos e durante meses depois ainda era lembrado.

— Foi esplêndido, *mon p'tit, mais magnifique!*[90] Jesus Cristo! O champanhe, a prataria, as orquídeas — nunca havia visto nada daquilo antes, e já vi bastante coisa. Ah, foi glorioso!

— Mas — retruquei — você só estava lá para servir?

— Ah, claro. Mas, mesmo assim, foi esplêndido.

A moral é: nunca se sinta mal por causa de um garçom. Às vezes, quando vamos a um restaurante, ainda nos entupindo após já ter fechado há meia hora, sentimos que o garçom cansado ao lado deve estar com certeza nos desprezando. Mas ele não está. Enquanto nos olha, ele não está pensando "Que idiota glutão"; ele está pensando "Um dia, quando tiver guardado bastante dinheiro, eu vou conseguir imitar esse homem". Ele está servindo a um tipo de prazer que ele entende completamente e admira. Então é por isso que garçons raramente são Socialistas, não pertencem de verdade a nenhum sindicato, e vão

---

[90] Literalmente: meu pequeno, mais magnífico. No entanto, o personagem quis dizer "meu amigo, meu querido, magnífico".

trabalhar doze horas por dia — eles trabalham quinze horas, sete dias por semana, em vários cafés. Eles são esnobes e acham a natureza servil do seu trabalho um tanto agradável.

Os *plongeurs*, novamente, têm uma perspectiva diferente. O trabalho deles não oferece nenhum futuro, é extremamente exaustivo e, ao mesmo tempo, não envolve nada de habilidade ou interesse; o tipo de serviço que sempre seria feito por mulheres, se as mulheres fossem fortes o suficiente. Tudo que é preciso dos *plongeurs* é estarem constantemente correndo e suportar longas horas e uma atmosfera sufocante. Eles não têm como escapar dessa vida, pois não conseguem economizar um centavo do salário, e trabalhar de sessenta a cem horas por semana os deixa sem tempo para aprender qualquer outra coisa. O melhor que têm a esperar é encontrar um trabalho mais leve, como guarda noturno ou assistente de toalete.

E ainda os *plongeurs*, inferiores como são, têm também um tipo de orgulho. É o orgulho do trabalho pesado — o homem que está à altura de não importa a quantidade de trabalho. Nesse nível, o simples poder de continuar a trabalhar como um burro é mais ou menos a única virtude alcançável. *Débrouillard*[91] é como cada *plongeur* deseja ser chamado. Um *débrouillard* é um homem que, até mesmo quando recebe ordens de fazer o impossível, vai se *débrouiller*[92] — arranjar um jeito de fazer. Um dos *plongeurs* da cozinha no Hôtel X., um alemão, era

---

[91] Engenhoso, habilidoso.
[92] Se virar, lidar com isso.

bem conhecido como um *débrouillard*. Certa noite um lorde inglês veio ao hotel e os garçons entraram em desespero porque o lorde havia pedido pêssegos e não havia nenhum na despensa. Era tarde da noite e as lojas estariam fechadas.

— Deixa comigo — disse o alemão. Ele saiu e dez minutos depois estava de volta com quatro pêssegos. Ele fora a um restaurante vizinho e os roubou. Isso que quer dizer ser um *débrouillard*. O lorde inglês pagou vinte francos por cada pêssego.

Mario, o responsável pela copa, tinha a típica mentalidade de burro de carga. Tudo em que ele pensava era acabar o "*boulot*"[93] e ele desafiava todos a darem bastante trabalho a ele. Catorze anos enterrado o tinham deixado com quase tanta preguiça natural quanto uma haste de pistão. "*Faut être dur*",[94] ele costumava dizer quando alguém reclamava. Frequentemente ouvem-se *plongeurs* se vangloriarem, "*Je suis dur*"[95] — como se fossem soldados, não faxineiros.

Portanto, todos no hotel tinham seu próprio senso de honra, e quando a pressão do trabalho chegava, estávamos todos prontos para um grande esforço combinado para fazer tudo. A constante guerra entre os diferentes setores também seria eficiência, porque todos se agarravam aos seus próprios privilégios e tentavam parar os outros ociosos e roubando.

Esse é o lado bom de trabalhar em hotel. Em um hotel, uma enorme e complexa engrenagem é

---

[93] Trabalho, serviço.
[94] Deve ser difícil.
[95] Sou difícil, sou duro.

mantida funcionando com uma equipe inadequada porque cada homem tem um serviço bem definido e o faz de forma escrupulosa. Mas há um ponto fraco, e é este — o serviço que a equipe está fazendo não é necessariamente aquele pelo qual o cliente paga. O cliente paga, assim ele considera, por bom serviço; o funcionário é pago, assim ele considera, pelo boulot — o que significa, via de regra, uma imitação de bom serviço. O resultado é que, embora os hotéis sejam miraculosamente pontuais, eles são piores do que as piores das residências particulares nos quesitos que importam.

Vejamos a limpeza, por exemplo. A sujeira no Hôtel X., tão logo entrássemos na área de serviço, era revoltante. Nossa copa tinha sujeira acumulada de um ano em todos os cantos obscuros e a cesta de pão era infestada de baratas. Uma vez sugeri ao Mario matar aquelas pragas.

— Matar os pobres animais? — respondeu rechaçando. Os outros riram quando eu queria lavar as mãos antes de pegar a manteiga. Mesmo assim éramos limpos no que reconhecíamos limpeza como parte do *boulot*. Esfregávamos as mesas e políamos os metais regularmente, porque tínhamos ordens de fazer assim; mas não tínhamos ordens de ser genuinamente limpos e, de qualquer forma, não tínhamos tempo para isso. Simplesmente fazíamos nossa obrigação; e, como nossa primeira obrigação era pontualidade, ganhávamos tempo estando sujos.

Na cozinha a sujeira era pior. Não é uma figura de linguagem, é uma mera declaração de fato dizer que um cozinheiro francês cuspirá na sopa — ou seja, se ele mesmo não vai tomá-la. Ele é um artista, mas sua arte não é limpeza. Até certo ponto, ele é até sujo porque é um artista, e comida, a fim de parecer elegante, precisa de tratamento sujo. Quando um bife, por exemplo, é trazido para o cozinheiro chefe examinar, ele não manuseia a carne com um garfo. Ele a pega nos dedos e dá um tapa, corre o dedão pelo prato e o lambe para provar o molho, vira o dedo e o lambe de novo, então se afasta e comtempla o pedaço de carne como um artista julgando um quadro, então aperta a carne com carinho com os dedos gordos e cor-de-rosa, cada um deles já lambidos cem vezes naquela manhã. Quando está satisfeito, pega um pano e limpa as digitais do prato e o entrega ao garçom. E o garçom, é claro, mergulha os *seus* dedos no molho — dedos nojentos e engordurados, que vivem esfregados nos cabelos com brilhantina. Cada vez que se pagam, digamos, dez francos por um prato de carne em Paris, pode-se ter a certeza de que dedos foram usados dessa forma. Em restaurantes bem baratos é diferente; lá, o mesmo problema não acontece com a comida, e ela é apenas cutucada com o garfo na panela e jogada no prato, sem manuseio. Grosseiramente falando, quanto mais se paga pela comida, mais suor e cuspe se é obrigado a comer.

Sujeira é inerente a hotéis e restaurantes, porque comida sadia é sacrificada a favor da pontualidade e elegância. O funcionário do hotel está tão ocupado preparando a comida para se lembrar de que ela é feita para comer. Uma refeição é simplesmente "*une commande*"[96] para ele, da mesma forma que um homem

---

[96] Um pedido, uma ordem.

morrendo de câncer é simplesmente "*um caso*" para o médico. Um cliente pede, por exemplo, uma torrada. Alguém, sobrecarregado de trabalho em uma adega subterrânea, tem de prepará-la. Como ele pode parar e dizer a si mesmo "Esta torrada é para ser comida — devo fazê-la comível"? Tudo o que ele sabe é que a torrada deve parecer boa e deve estar pronta em três minutos. Algumas grossas gotas de suor caem da sua testa na torrada. Por que deveríamos nos preocupar? Então a torrada cai no meio da poeira imunda do chão. Por que se preocupar em fazer outra? É muito mais rápido limpar a que caiu. No caminho até o salão a torrada cai novamente, com a manteiga para baixo. Outra limpada é tudo que ela precisa. E assim acontece com tudo. A única comida no Hôtel X., preparada de maneira limpa, era para a equipe e o *patron*. A máxima repetida por todos era: "Cuidado com o *patron*, e os clientes, *s'en f— pas mal*."[97] Em todo lugar na área de serviços a sujeira imperava — uma veia secreta de sujeira, correndo pelo grande e extravagante hotel como os intestinos no corpo de um homem.

Além da sujeira, o *patron* enganava os clientes de todo o coração. Para a maior parte, os ingredientes para comida eram muito ruins, embora os cozinheiros soubessem servi-la com todo estilo. A carne era, na melhor das hipóteses, comum e, quanto aos legumes, nenhuma boa dona de casa sequer os olharia no mercado. A nata, invariavelmente, era diluída no leite. O chá e o café eram de qualidade inferior, e a

---

[97] Que se danem, nada mal.

geleia era uma coisa sintética em latas grandes e não etiquetadas. Todos os vinhos baratos, de acordo com Boris, eram *vin ordinaire*[98] com rolha. Havia uma regra que funcionários deviam pagar por qualquer coisa que estragassem, e, assim, coisas danificadas eram raramente jogadas fora. Uma vez o garçom do terceiro andar derrubou um frango assado na haste do elevador de serviço, de onde caiu em uma lixeira com pão despedaçado, papel rasgado e outras coisas no fundo. Nós simplesmente limpamos o frango com um pano e mandamos para cima de novo. Lá em cima, contavam-se histórias de lençóis usados uma vez que não eram lavados, mas simplesmente umedecidos, passados e recolocados nas camas. O *patron* era tão avarento conosco quanto era com os clientes. Em todo o vasto hotel não havia, por exemplo, coisas como esponja e panela; tínhamos de nos virar com vassoura e um pedaço de papelão. O banheiro dos funcionários era digno da Ásia Central, e não havia nenhum lugar para lavar as mãos, exceto pias usadas para lavar louça.

Apesar de tudo isso, o Hôtel X. era um dos doze mais caros de Paris e os hóspedes pagavam preços alarmantes. A diária comum para uma noite, sem café da manhã, era duzentos francos. Todo vinho e tabaco eram vendidos a exatamente o dobro do preço das lojas, embora o *patron*, obviamente, tivesse comprado por preço de atacado. Se algum cliente tinha um título ou a reputação de um milionário, todas as tarifas para ele subiam automaticamente. Uma manhã, no quarto

---

[98] Vinho comum.

andar, um americano que estava de dieta queria apenas sal e água quente para o café da manhã. Valenti estava furioso:

— Jesus Cristo! — exclamou, — e os meus dez por cento? Dez por cento em sal e água! E ele cobrou vinte francos pelo café da manhã. O cliente pagou sem uma reclamação.

De acordo com Boris, o mesmo tipo de coisa acontecia em todos os hotéis de Paris, ou pelo menos em todos os grandes e caros. Mas eu imagino que os clientes no Hôtel X. eram especialmente mais fáceis de enganar porque eram a maioria americanos com salpicadas de inglês — nenhum francês — e pareciam não saber nada de nada sobre boa comida. Eles se entupiam de "cereais" americanos nojentos e comiam geleia no lanche e tomavam vermute após o jantar e pediam *poulet à la reine*[99] a cem francos e, então, mergulhavam-no em molho Worcester.[100] Um cliente, de Pittsburg, jantava todas as noites no quarto e comia cereal de nozes e uvas, ovos mexidos e bebida de chocolate. Talvez dificilmente importe se tais pessoas sejam ou não enganadas.

XV

Ouvi histórias esquisitas no hotel. Havia histórias sobre viciados em drogas, sobre velhos libertinos que frequentavam hotéis em busca de jovens mensageiros bonitos, sobre ladrões e chantagens. Mario me contou

---

[99] Frango à rainha.
[100] Também chamado de molho inglês para temperar carnes.

sobre um hotel em que esteve, onde a camareira roubou um valiosíssimo anel de diamantes de uma senhora americana. Por dias a equipe foi revistada quando saíam do trabalho e dois detetives vasculharam o hotel de cima a baixo, mas o anel nunca foi encontrado. A camareira tinha um amante na padaria, e ele colocou o anel em um pãozinho enrolado e o assou, e lá permaneceu até que a busca acabasse.

Uma vez Valenti, em um horário de folga, me contou uma história de si mesmo.

— Você sabe, *mon p'tit*, está tudo muito bem com essa vida de hotel, mas é um inferno quando ficamos sem trabalho. Eu acho que você sabe como é ficar sem comer, né? *Forcément*,[101] senão você não estaria esfregando pratos. Bom, não sou um pobre-diabo de um *plongeur*; sou garçom e *eu* já fiquei cinco dias sem comer uma vez. Cinco dias sem mesmo uma casquinha de pão — Jesus Cristo!

"Vou te falar, aqueles cinco dias foram um inferno. A única coisa boa foi que já tinha o aluguel pago adiantado. Morava em uma pensão pequena, suja e barata na Rue Sainte Eloïse, no bairro latino. Chamava Hôtel Suzanne May por causa de uma prostituta famosa na época do Império. Eu estava faminto, e não tinha nada que eu pudesse fazer; não conseguia nem ir aos cafés onde os donos de hotéis se encontram para contratar garçons porque não tinha o suficiente para pagar uma bebida. Tudo o que eu podia fazer era deitar na cama, ficando cada vez mais fraco, e olhar

---

[101] Necessariamente. Neste contexto significa "é claro".

insetos correndo pelo teto. Não quero passar por isso de novo, te garanto.

"Na tarde do quinto dia quase fiquei louco. Pelo menos, assim parece para mim agora. Tinha um quadro desbotado da cabeça de uma mulher pendurado na parede do meu quarto e comecei a imaginar quem poderia ser; e depois de mais ou menos uma hora percebi que deveria ser Sainte Eloïse, a padroeira do bairro. Nunca tinha notado a coisa antes, mas então deitado encarando o quadro, a ideia mais extraordinária me ocorreu.

"'*Écoute, mon cher*',[102] disse para mim mesmo, — 'você vai morrer de fome se tudo isso for ainda mais longe. Você tem que fazer alguma coisa. Por que não tentar uma oração à Sainte Eloïse? Se ajoelha e peça a ela para te mandar algum dinheiro. Afinal, mal não vai fazer. Tenta!'

"Louco, né? Ainda assim, um homem pode fazer qualquer coisa quando está com fome. Além disso, como eu disse, mal não ia fazer. Saí da cama e comecei a rezar. Assim:

"'Querida Sainte Eloïse, se a senhora existir, por favor, me manda algum dinheiro. Não peço muito — só o suficiente para comprar um pouco de pão e uma garrafa de vinho e recuperar as forças. Três ou quatro francos já dão. A senhora não sabe o quanto vou ficar agradecido, Sainte Eloïse, se a senhora me ajudar desta vez. E tenha certeza, se a senhora me mandar qualquer coisa, a primeira coisa que vou fazer é descer a acender uma vela para a senhora, na sua igreja no fim da rua. Amém'.

---

[102] Escuta, meu caro.

"Incluí a vela porque já tinha ouvido falar que os santos gostam de velas acesas em sua honra. Eu queria manter minha promessa, é claro. Mas sou ateu e não acreditava muito que alguma coisa fosse acontecer.

"Bom, me deitei novamente e cinco minutos depois houve uma batida na minha porta. Era uma moça chamada Maria, uma camponesa gorda e grande que morava na pensão. Ela era muito burra, mas boazinha e eu não me importava muito se ela me visse no estado em que estava.

"Ela gritou ao me ver. '*Nom de Dieu!*' — ela disse —, 'o que há com você? O que está fazendo na cama a essa hora do dia? *Quelle mine que tu as!*[103] Você parece mais um cadáver do que um homem'.

"Provavelmente, eu parecia ainda pior. Estava há cinco dias sem comida, a maior parte do tempo na cama, e já iam três dias desde que tinha me lavado ou feito a barba. O quarto também estava um chiqueiro.

"'Qual é o problema?', Maria exclamou novamente.

"'O problema!', respondi, 'Jesus Cristo! Estou morto de fome. Não como há cinco dias. Esse que é o problema'.

"Maria estava em choque. 'Sem comer há cinco dias'?, ela disse. 'Mas por quê? Você não tem nenhum dinheiro'?

"'Dinheiro', respondi. 'Você acha que eu estaria faminto se tivesse dinheiro? Só tenho no mundo cinco *sous* e já penhorei tudo. Olha no quarto e veja se tem mais alguma coisa que eu possa vender ou penhorar.

---

[103] Que aparência é essa?

Se você achar qualquer coisa que renda míseros cêntimos, é mais esperta do que eu'.

"Maria começou a procurar pelo quarto. Ela vasculhava aqui e lá no meio de um monte de porcaria esparramada pelo quarto, e então, de repente, ela ficou super entusiasmada. Tinha a boca grande e grossa aberta de espanto.

"'Seu idiota!', ela gritou. 'Imbecil! Então, o que é *isto*?

"Vi que ela tinha achado um *bidon*[104] para óleo vazio jogado no canto. Eu tinha comprado semanas antes para óleo da lamparina que eu tinha antes de vender minhas coisas.

"'Isso?' Comentei. 'É um *bidon* para óleo. O que tem'?

"'Imbecil! Você não deu três francos e meio em depósito por isso'?

"Então, claro, eu tinha pagado três francos e meio. Sempre temos que pagar um depósito pelo *bidon*, e você pega o valor de volta quando devolve o *bidon*. Mas eu tinha esquecido tudo aquilo.

"'Sim...', balbuciei.

"'Idiota!', Maria berrou de novo. Ela estava tão eufórica que começou a dançar até que pensei que ia perder os tamancos pelo chão. 'Idiota! *T'es fou! T'es fou!*[105] O que você tem para fazer a não ser devolver o frasco na loja e pegar o valor do depósito? Faminto, com três francos e meio na sua cara! Imbecil'!

"Mal posso acreditar agora que naqueles cinco dias eu não tinha pensado nenhuma vez sequer em levar

---

[104] Recipiente para transporte de líquidos, que fecha com rolha ou tampa.
[105] Você é louco!

o *bidon* de volta à loja. Tão bom quanto três francos e meio em dinheiro vivo e não tinha me ocorrido! Sentei na cama. 'Rápido', gritei para Maria, 'leva pra mim. Leva na mercearia na esquina — corre que nem o diabo. E traz comida'!

"Nem precisava mandar Maria. Ela agarrou o *bidon* e saiu correndo escada abaixo, na maior barulheira que mais parecia uma manada de elefantes, e em três minutos ela estava de volta com um quilo de pão debaixo de um braço e meia garrafa de vinho embaixo do outro. Não parei para agradecer. Só peguei o pão e enterrei os dentes. Já notou o gosto que o pão tem quando estamos famintos por um tempão? Frio, úmido, pastoso — quase maçaroquento. Mas, Jesus Cristo, como estava bom! E o vinho, suguei tudo em um gole, e parecia que ia direto para minhas veias e envolvia meu corpo como sangue novo. Ah, que diferença fez!

"Devorei um quilo de pão sem parar nem pra respirar. Maria me observava comer, parada com as mãos nos quadris. 'Bom, se sente melhor, né?', disse ela quando acabei.

"'Melhor!' respondi. 'Me sinto perfeito! Não sou o mesmo homem que era há cinco minutos. Só tem uma coisa no mundo que eu preciso agora — um cigarro'.

"Maria colocou a mão no bolso do avental. 'Não vai dar', ela comentou. 'Não tenho dinheiro. Aqui está tudo o que sobrou dos seus três francos e meio — sete *sous*. Não é nada; o cigarro mais barato custa doze *sous* o maço.

"'Então vou conseguir!' disse. 'Jesus Cristo, que sorte! Tenho cinco *sous* — é o suficiente'.

"Maria pegou os doze *sous* e já ia saindo até a tabacaria. Então me veio à cabeça algo que eu tinha esquecido. Tinha a maldita Sainte Eloïse! Tinha prometido acender uma vela se ela me mandasse dinheiro e, de verdade, quem poderia dizer que a reza não tinha servido? 'Três ou quatro francos', eu havia dito, e no instante seguinte três francos e meio chegaram. Não tinha como escapatória. Eu tinha que gastar meus doze *sous* em uma vela.

"Chamei Maria de volta. 'Não adianta', murmurei; 'tem Sainte Eloïse, eu prometi uma vela para ela', contei. 'Os doze *sous* vão ser para isso. Idiota, não é? Não vou conseguir os cigarros, afinal'.

"'Sainte Eloïse?', indagou Maria. 'Como assim Sainte Eloïse'?

"'Eu rezei para ela me mandar dinheiro e prometi uma vela', expliquei. 'Ela atendeu à minha prece, de qualquer forma, o dinheiro apareceu. Tenho que comprar a vela. É um problema, mas parece que devo cumprir minha promessa.

"'Mas quem enfiou Sainte Eloïse na sua cabeça?' perguntou Maria.

"'Foi o quadro dela', respondi e expliquei tudo. 'Lá está ela, veja', apontei para o quadro na parede.

"Maria olhou para o quadro e, então, para minha surpresa, caiu na gargalhada. Ela ria mais e mais, batendo os pés no chão e segurando as gorduras como se elas fossem explodir. Pensei que ela tivesse enlouquecido. Foram dois minutos até que ela conseguisse falar.

"'Idiota'! ela finalmente exclamou. '*T'es fou! T'es fou*! Você quer dizer que realmente se ajoelhou e rezou para aquele quadro? Quem te contou que era Sainte Eloïse?'

"'Mas eu tinha certeza de que era Sainte Eloïse!', respondi.

"'Imbecil! Não é nada de Sainte Eloïse! Quem você acha que é?'

"'Quem?', perguntei.

"'É Suzanne May, a mulher do nome da pensão'.

"'Estava rezando para Suzanne May, a famosa prostituta do Império...

"Mas, afinal de contas, não me arrependia. Maria e eu rimos muito, e conversamos sobre o assunto e concluímos que eu não devia nada a Sainte Eloïse. Claramente não fora ela que havia atendido à minha prece, e não tinha necessidade de comprar uma vela para a santa. Então, afinal, consegui meu maço de cigarros.

XVI

O tempo passou e o Auberge de Jehan Cottard não mostrava sinais de que abriria. Boris e eu fomos até lá um dia durante o intervalo da tarde e descobrimos que nenhuma reforma havia sido feita, exceto pelos quadros indecentes, e havia três caixas em vez de dois. O *patron* nos cumprimentou com sua costumeira delicadeza e no instante seguinte virou-se para mim (seu provável lavador de pratos) e pegou emprestados cinco francos. Depois disso tive certeza de que o restaurante não iria além de conversa. O *patron*, no entanto, novamente disse que a inauguração seria em "exata uma quinzena de hoje" e nos apresentou à mulher que deveria ser responsável pela comida, uma russa báltica de um metro e meio de altura e noventa centímetros de quadril. Ela nos contou que havia sido cantora antes de vir cozinhar e que era muito artística e adorava literatura inglesa, especialmente *La Case de l'Oncle Tom*.[106]

Em duas semanas, eu já estava tão habituado à rotina da vida de um *plongeur* que mal podia imaginar alguma coisa diferente disso. Era uma vida sem muita mudança. Às quinze para as seis, acordávamos de repente, tropeçávamos em roupas duras de tão engorduradas, e saíamos correndo com o rosto sujo e os músculos protestando. Era o alvorecer, e as janelas estavam escuras, exceto as dos que trabalham nos cafés. O céu parecia uma vasta parede plana de cobalto, com telhados e torres de papel preto coladas a ela. Homens ainda sonolentos varriam a calçada com grandes e largas vassouras, e famílias esfarrapadas catando as migalhas do lixo. Trabalhadores e meninas, com um pedaço de chocolate em uma das mãos e um *croissant* na outra, despejavam-se nas estações de metrô. Bondes, lotados de mais trabalhadores, passavam freneticamente. Um se apressava para a estação, lutava por um lugar — deve-se literalmente lutar no metrô de Paris às seis da manhã — e acabava preso na massa cambaleante de passageiros, nariz com nariz com algum rosto francês medonho, respirando vinho

---

[106] *Uncle Tom's Cabin*, romance sobre a escravatura nos Estados Unidos da escritora norte-americana Harriet Beecher Stowe. Publicado em 1852, o livro "ajudou a estabelecer as bases para Guerra Civil", segundo o professor de literatura estadunidense Will Kaufman. Em português foi traduzido como *A cabana do pai Tomás*.

azedo e alho. E, então, descia em direção ao labirinto do sótão do hotel, e esquecia a luz do dia até às duas horas, quando o sol estava quente e a cidade turva de pessoas e carros.

Depois da minha primeira semana no hotel, sempre passava o intervalo da tarde dormindo, ou, quando tinha dinheiro, em um *bistro*. Exceto por alguns poucos garçons ambiciosos que tinham aulas de inglês, toda a equipe desperdiçava o lazer dessa forma; parecia haver muita preguiça depois do trabalho da manhã para se fazer algo melhor. Às vezes, uma meia dúzia de *plongeurs* inventava uma festa e ia a um abominável bordel na Rue de Sieyès, que cobrava apenas cinco francos e vinte e cinco cêntimos — dez *pence halfpenny*.[107] Recebeu o apelido de "*le prix fixe*",[108] e os garçons costumavam descrever a experiência lá como uma grande brincadeira. Era o encontro favorito dos funcionários do hotel. O salário dos *plongeurs* não permitia que se casassem, e sem dúvida o trabalho no porão não encoraja sentimentos delicados.

Pelas próximas quatro horas, permanecia-se nas adegas, e então alguém surgia, suando, na rua fria. Era luz de poste de iluminação — aquele estranho brilho arroxeado dos postes de iluminação de Paris — e além do rio, a Torre Eiffel brilhava do topo aos pés com sinais em ziguezague como enormes serpentes de fogo. Rios de carros deslizavam silenciosamente de um lado para o outro, e mulheres, de aparência exótica na luz difusa, passeavam, para cima e para

---

[107] Moeda decimal britânica.
[108] O preço fixo.

baixo, na galeria. Às vezes uma mulher olhava para Boris ou para mim, e, então, notando nossas roupas engorduradas, rapidamente desviava o olhar. Daí começava a outra luta no metrô e chegava-se em casa por volta das dez. Geralmente das dez à meia-noite, eu ia a um pequeno *bistro* na nossa rua, um lugar subterrâneo frequentado por marinheiros árabes. Era um lugar ruim para brigas, e às vezes eu via garrafas voarem, uma vez com uma consequência terrível, mas, via de regra, os árabes brigavam entre si e deixavam os cristãos em paz. Raki, a bebida árabe, era muito barata, e o *bistro* estava aberto o tempo todo, porque os árabes — sortudos — tinham o poder de trabalhar o dia todo e beber a noite toda.

Era a típica vida de um *plongeur*, e não parecia uma vida ruim na época. Eu não tinha a sensação de pobreza, pois mesmo após pagar minha moradia e separar o suficiente para tabaco e andanças e minha comida aos domingos, eu ainda tinha quatro francos por dia para bebida e quatro francos era uma fortuna. Havia — era difícil expressar — um tipo de contentamento pesado, o contentamento que uma fera bem alimentada de sentir, em uma vida que se tornara tão simples. Pois nada poderia ser mais simples do que a vida de um *plongeur*. Ele vive em um ritmo entre trabalho e sono, sem tempo para pensar, mal tendo consciência do mundo exterior; a sua Paris está limitada ao hotel, metrô, alguns *bistros* e sua cama. Se ele sai de casa, vai somente até algumas ruas de distância, em uma saída com uma servente que se senta em seus joelhos engolindo ostras e cerveja. No dia livre, ele fica na cama até o meio-dia, veste uma camisa limpa, aposta em jogo para bebida, e após o almoço volta para a cama. Nada é muito real para ele a não ser o *boulot*, bebidas e sono; e disso tudo, o sono é o mais importante.

Uma noite, nas primeiras horas, houve um assassinato logo embaixo da minha janela. Acordei com um tumulto terrível e, indo até a janela, vi um homem deitado nas pedras. Pude ver os assassinos, três deles, fugindo às pressas no fim da rua. Alguns de nós descemos e encontramos o homem bem morto, o crânio rachado com um pedaço de cano de chumbo. Lembro-me da cor do sangue, curiosamente roxo, como vinho; ainda estava sobre os paralelepípedos, quando voltei para casa naquela noite, e disseram que a crianças tinham vindo de longe para vê-lo. Mas o que mais me choca ao me recordar é que eu estava na cama e dormindo três minutos depois do crime. E assim estava a maioria das pessoas na rua; nós apenas nos certificamos de que o homem estava acabado e voltamos direto para a cama. Éramos trabalhadores, e onde estava a lógica de se desperdiçar sono com um assassinato?

O trabalho no hotel me ensinou o verdadeiro valor do sono, assim como a fome me ensinou o verdadeiro valor da comida. O sono já não era mais uma mera necessidade física; era algo voluptuoso, devassidão mais do que alívio. Não tive mais problemas com os insetos. Mario havia me contado sobre um remédio infalível para eles, chamado pimenta, uma grossa camada espalhada sobre os lençóis. A pimenta me fez espirrar, mas todos os insetos a odiaram, e migraram para outro aposento.

XVII

Com trinta francos por semana para gastar em bebidas, eu conseguia participar da vida social do bairro. Passávamos alguns momentos alegres à noite, aos sábados, no pequeno *bistro* no pé do Hôtel des Trois Moineaux.

O ambiente de piso de ladrilho, de um metro e meio quadrado, estava lotado com vinte pessoas, e o ar sombrio de fumaça de cigarro. O barulho era ensurdecedor, pois todos estavam ou falando alto ou cantando. Às vezes só parecia um barulho confuso de vozes; às vezes vozes explodiam cantando a mesma canção — a "Marselhesa" ou a "Internacional" ou "Madelon" ou "Les Fraises et les Framboises". Azaya, uma grande e pesada camponesa que trabalhava catorze horas por dia em uma fábrica de vidro, cantou uma canção sobre "*Il a perdu ses pantalons, tout en dansant le Charleston*".[109] Sua amiga Marinette, uma moça da Córsega morena e magra de uma virtude obstinada, amarrou os joelhos bem juntos e dançava a *danse du ventre*.[110] Os velhos Rougiers entravam e saíam, mendigando bebida e tentando contar uma longa e envolvente história sobre alguém que uma vez havia tentando passar a perna neles por causa de um estrado de cama. R., cadavérico e quieto, sentou-se no seu canto bebendo em silêncio. Charlie, bêbado, meio que dançava, meio que cambaleava de um lado para outro com um copo de absinto falso balançando em uma

---

[109] Ele perdeu as calças, enquanto dançava o Charleston.
[110] Dança do ventre.

das gordas mãos, beliscando os seios das mulheres e declamando poesia. As pessoas jogavam dardos e apostavam nos dados para conseguir bebida. Manuel, um espanhol, arrastava as moças até o bar e chacoalhava a caixa com dados contra a barriga delas para dar sorte. Madame F. ficava no bar servindo depressa *chopines*[111] de vinho com um funil de estanho, sempre com um pano úmido à mão, porque cada homem no local tentava flertar com ela. Dois filhos, bastardos do grandalhão Louis, o pedreiro, estavam sentados em um canto dividindo um copo de *sirop*.[112] Todos estavam alegres, com muita certeza de que o mundo era um bom lugar, e nós, um grupo de pessoas notáveis.

Por uma hora o barulho mal diminuiu. Então, por volta da meia-noite houve um grito lancinante de "*Citoyens!*"[113] e um barulho de cadeira caindo. Um trabalhador loiro de rosto vermelho havia se levantado e batia com a garrafa em cima da mesa. Todos pararam de cantar. A mensagem circulava, "Sh! Furex vai começar!" Furex era uma criatura estranha, um pedreiro da região de Limoges que trabalhava firme a semana toda e se embebedava até quase o paroxismo aos sábados. Ele perdera a memória e não conseguia se lembrar de nada antes da guerra e teria se acabado em pedaços de tanto beber se não fosse Madame F. ter cuidado dele. Aos sábados à noitinha, mais ou menos às cinco horas, ela dizia a qualquer um "pegue Furex antes que ele gaste todo o salário"; e após ele

---

[111] Garrafas pequenas.
[112] Xarope no sentido literal. Aqui pode ser groselha.
[113] Cidadãos.

ter sido encontrado, ela tomava o dinheiro dele, somente deixando o suficiente para uma boa bebida. Uma semana ele escapou e, rolando cego de bêbado pela Place Monge, foi atropelado por um carro e saiu seriamente machucado.

O que era esquisito sobre Furex é que, embora fosse comunista quando sóbrio, ele se tornava seriamente patriótico quando bêbado. Começava a noite com bons princípios comunistas, mas após quatro ou cinco litros, ele se transformava em um chovinista rastejante, denunciando espiões, desafiando a todos os estrangeiros para uma briga e, se não fosse detido, atirava garrafas. Era nesse ponto que ele fazia seus discursos — pois fazia um discurso patriótico todo sábado à noite. O discurso era sempre o mesmo, palavra por palavra, seguia assim:

"Cidadãos da República, há algum francês aqui? Se há algum francês aqui, levanto-me para lembrá-lo de que... para lembrá-lo, na verdade, dos gloriosos dias da guerra. Quando olhamos o tempo passado de camaradagem e heroísmo — olhamos para o passado, com efeito, para o tempo de camaradagem e heroísmo. Quando lembramos os heróis que morreram — lembramos, com efeito, os heróis que morreram. Cidadãos da República, fui ferido em Verdun..."

Aqui ele parcialmente se despia e mostrava a ferida que havia ganhado em Verdun. Havia gritos de aplauso. Achávamos que nada no mundo poderia ser mais engraçado do que o discurso de Furex. Ele era um espetáculo bem conhecido no bairro, pessoas vinham de outros *bistros* para vê-lo quando começava com seu ataque.

A mensagem era transmitida como uma isca para Furex. Com uma piscadela aos outros, alguém pedia silêncio e pedia a ele que cantasse a "Marselhesa". Ele a cantava bem, com uma boa voz de baixo, com ruídos gorgolejantes patrióticos bem no fundo do peito quando chegava a *"Aux arrmes, citoyens! Forrmez vos bataillons!"*[114] Lágrimas verdadeiras vertiam sobre seu rosto; estava muito bêbado para perceber que todos riam dele. Então, antes que tivesse terminado, dois homens fortes o agarravam cada um por um braço e o seguravam, enquanto Azaya gritava *"Vive l'Allemagne!"*[115] fora do seu alcance. O rosto de Furex ficava roxo com tamanha infâmia. Todos no bistro começavam a gritar juntos *"Vive l'Allemagne! A bas la France!"*[116] enquanto Furex lutava para alcançá-los. Mas de repente ele estragava toda a festa. Seu rosto empalidecia e se tornava triste, seus membros enfraqueciam e antes que qualquer um pudesse pará-lo ele caía, passando mal, na mesa. Então Madame F. o içava como um saco e o carregava até a cama. Pela manhã, ela reaparecia quieto e civilizado, e comprava uma edição do *L'Humanité*.

A mesa era limpa com um pano, Madame F. trazia mais litros em garrafas e pão e nos acomodávamos para beber de verdade. Havia mais canções. Um canto itinerante vinha com seu banjo e tocava por cinco *sous* cada música. Um árabe e uma garota do *bistro* mais abaixo dançavam, o homem empunhando

---

[114] Às armas, cidadãos! Treinem seus batalhões!
[115] Vida longa à Alemanha!
[116] Vida longa à Alemanha! Abaixo a França!

um falo de madeira pintado do tamanho de um rolo de macarrão. Havia intervalos no barulho então. As pessoas começavam a falar sobre casos amorosos, e a guerra, e a pesca de barbo no Sena, e a melhor forma de *faire la révolution*,[117] e contar histórias. Charlie, sóbrio novamente, pescava a conversa e falava sobre sua alma por cinco minutos. As portas e janelas eram abertas para refrescar o ambiente. A rua se esvaziava e, à distância, podia-se ouvir o solitário carro de entrega de leite estrondoso na Boulevard St. Michel. O ar soprava frio em nossas testas, e o grosseiro vinho africano mantinha um gosto bom: estávamos ainda alegres, mas meditativamente, com a gritaria e o humor hilariante acabando.

À uma da manhã já não estávamos mais alegres. Sentíamos o prazer da noite se esvaindo e depressa pedíamos mais garrafas, mas Madame F. já estava colocando água no vinho, que já não tinha mais o mesmo gosto. Os homens ficavam briguentos. As garotas eram violentamente beijadas e mãos atacavam seus seios e elas fugiam receosas de que o pior pudesse acontecer. O grande Louis, o pedreiro, estava bêbado e se arrastava pelo chão latindo e fingindo ser um cachorro. Os outros se cansavam dele e o chutavam quando ele passava perto. As pessoas se agarravam pelo braço e longas e desconexas confissões começavam, e ficavam bravas quando não havia ninguém ouvindo. A multidão diminuía. Manuel e outro homem, ambos jogadores, atravessavam para o *bistro* árabe, onde havia jogo de cartas até o amanhecer.

---

[117] Fazer a revolução.

Charlie de repente pegou emprestado de Madame F. trinta francos e desapareceu, provavelmente fora a um bordel. Homens começavam a esvaziar os copos, falar brevemente "*Sieurs, dames!*"[118] e ir para cama.

À uma e meia a última gota de prazer já se evaporara, deixando nada além de dor de cabeça. Percebíamos que não éramos habitantes esplêndidos em um mundo esplêndido, mas uma turma de trabalhadores mal pagos ficando esquálidos e melancolicamente bêbados. Continuávamos engolindo o vinho, mas era somente por costume, e a coisa de repente parecia extremamente nauseante. A cabeça já havia inchado como um balão, o chão dançava, a língua e os lábios estavam manchados de roxo. Finalmente de nada adiantava continuar com aquilo por mais tempo. Vários homens saíram para o quintal atrás do *bistro* e passavam mal. Nos arrastávamos para a cama, caíamos seminus e lá ficávamos por dez horas.

A maioria das minhas noites de sábado eram assim. No gera, as duas horas em que estávamos perfeita e verdadeiramente alegres pareciam valer a dor de cabeça subsequente. Para muitos homens na praça, solteiros e sem um futuro no qual pensar, a bebedeira semanal era uma coisa que fazia a vida valer a pena ser vivida.

XVIII

Charlie nos contou uma boa história em um sábado à noite, no *bistro*. Tente e imagine-o — bêbado, mas sóbrio o suficiente para falar consecutivamente. Ele bate no balcão de zinco no bar e grita por silêncio:

---

[118] Senhores, senhoras.

— Silêncio, *messieurs et dames*, silêncio, imploro! Ouçam esta história que estou prestes a lhes contar. Uma história memorável, uma história instrutiva, uma das lembranças de uma vida refinada e civilizada. Silêncio, *messieurs et dames*!

"Aconteceu em uma época em que eu estava duro. Vocês sabem como é — o quanto é execrável que um homem refinado deva em algum momento estar nessas condições. Meu dinheiro não havia chegado de casa; já havia penhorado tudo e não havia possibilidades para mim, a não ser trabalhar, que é algo que não farei. Estava vivendo com uma moça à época — Yvonne, ela se chamava — uma ótima camponesa, de inteligência meio duvidosa, como Azaya lá, com cabelos loiros e pernas gordas. Nós dois não comíamos nada havia três dias. *Mon Dieu*, quanto sofrimento! A moça vivia subindo ao quarto e descendo de lá com as mãos na barriga, uivando como um cão que estava morrendo de fome. Era terrível.

"Mas para um homem de inteligência nada é impossível. Propus a mim mesmo a pergunta, 'Qual é a maneira mais fácil de obter dinheiro sem trabalhar?' E imediatamente a resposta chegou: 'Para se obter dinheiro facilmente, deve-se ser mulher. Uma mulher não tem sempre algo a vender?' E então, enquanto deitado refletia sobre as coisas que deveria fazer se fosse uma mulher, uma ideia me ocorreu. Lembrei-me das maternidades públicas — vocês conhecem as maternidades do governo? São lugares onde mulheres que estão *enceinte*[119] recebem refeições de graça e

---

[119] Grávidas.

nenhuma pergunta é feita. Isso é feito para incentivar o nascimento de crianças. Qualquer mulher pode ir lá e pedir comida e recebe imediatamente.

"*Mon Dieu*!, pensei — se eu fosse uma mulher! Comeria em um desses lugares todos os dias. Quem pode dizer se uma mulher está *enceinte* ou não, sem um exame?

"Virei para Yvonne. 'Pare com essa gritaria insuportável', disse a ela 'Pensei em um jeito de conseguirmos comida'.

"'Como?', ela perguntou.

"É simples. Respondi. 'Vá à maternidade pública. Diga a eles que você está *enceinte* e peça comida. Eles lhe darão uma refeição e nada vão perguntar'.

"Yvonne estava chocada. '*Mais, Mon Dieu*', — ela repetia, — 'Não estou *enceinte*!'

"'Quem se importa?', retruquei. 'Isso é fácil de arrumar. Do que você precisa, a não ser uma almofada — duas almofadas, se necessário? É uma inspiração dos céus, *ma chère*.[120] Não jogue fora.

"Bem, no fim das contas, eu a convenci e, então, pedimos emprestada uma almofada, e eu a aprontei e levei até a maternidade. Eles a receberam de braços abertos. Eles deram a ela sopa de repolho, um ensopado de carne, um purê de batatas, queijo e pão e cerveja e todo o tipo de conselhos para o bebê. Yvonne se empanturrou até quase estourar a pele e deu um jeito de enfiar um pouco de pão e queijo no bolso para mim. Eu a levava lá todos os dias até ter dinheiro novamente. Minha inteligência nos salvara.

---

[120] Minha querida.

"Tudo ia bem até um ano depois. Estava com Yvonne novamente e um dia estávamos caminhando pela Boulevard Port Royal perto do quartel. De repente Yvonne ficou de boca aberta, começou a ficar vermelha e branca e vermelha de novo.

"'*Mon Dieu*!', ela gritava, 'olhe lá quem vem vindo! É a enfermeira que estava encarregada na maternidade. Estou perdida!'

"'Rápido!', respondi, 'corre!' Mas era tarde demais. A enfermeira já havia reconhecido Yvonne e ela veio diretamente até nós, sorrindo. Era uma mulher grande e gorda com um pincenê dourado e bochechas vermelhas como as bochechas de uma maçã. Uma mulher maternal que gostava de interferir.

"'Espero que você esteja bem, *ma petite*', ela disse amavelmente. 'E seu bebê, ele está bem? Era um menino, como você estava esperando?'

"Yvonne começou a tremer tanto que eu tive de agarrar seu braço. 'Não', ela respondeu finalmente.

"'Ah, então, *évidemment*,[121] era uma menina?'

"Naquele momento, Yvonne, a idiota, perdeu a cabeça completamente. 'Não', ela disse de novo!

"A enfermeira foi pega de surpresa. '*Comment*!'[122] ela exclamou, 'nem um menino nem uma menina! Como pode ser?'

"Imaginem vocês mesmos, *messieurs et dames*, foi um momento perigoso. Yvonne estava da cor de uma beterraba e parecia a ponto de explodir em lágrimas. Mais um segundo e ela teria confessado tudo. Só Deus

---

[121] Evidentemente.
[122] Como assim.

sabe o que poderia ter acontecido. Mas, quanto a mim, havia mantido a calma. Interferi e salvei a situação.

"'Eram gêmeos', expliquei calmamente.

"'Gêmeos!' exclamou a enfermeira. E ela estava tão contente que tomou Yvonne pelos ombros e a beijou nas bochechas publicamente.

"'Sim, gêmeos...'.

XIX

Um dia, quando já estávamos no Hôtel X. por cinco ou seis semanas, Boris desapareceu sem avisar. No fim da tarde, encontrei-o esperando por mim na Rue de Rivoli. Ele, alegremente, me deu um tapinha no ombro.

— Livre finalmente, *mon ami*! Você pode pedir demissão de manhã. O Auberge abre amanhã.

— Amanhã?

— Bom, possivelmente vamos precisar de um dia ou dois para arranjar as coisas. Mas, de qualquer forma, nada mais de *cafeterie! Nous sommes lancés, mon ami!*[123] Minha casaca já não mais penhorada.

Ele estava tão entusiasmado que tive certeza de que havia algo errado, e eu não queria de jeito nenhum largar meu emprego, seguro e confortável, no hotel. No entanto, havia prometido a Boris, então pedi demissão, e na manhã seguinte às sete, dirigi-me ao Auberge de Jehan Cottard. Estava trancado e fui procurar Boris, que havia, mais uma vez, sumido de seus aposentos e arrumado um quarto na Rue de

---

[123] Copa! Estamos a caminho, meu amigo!

la Croix Nivert. Encontrei-o dormindo junto com uma moça que ele havia catado na noite anterior e, segundo ele me contou, era "de um temperamento muito solidário". Quanto ao restaurante, ele me disse que tudo estava arranjado; havia somente algumas coisinhas para serem vistas antes de abrir.

Às dez, consegui tirar Boris da cama e destrancamos a porta do restaurante. Num relance vi o que "as pequenas coisinhas" significavam. Era resumidamente isto: que as alterações não haviam sido feitas desde nossa última visita. Os fogões para a cozinha ainda não tinham chegado, a água e a eletricidade não haviam sido ligadas, e havia todo tipo de pintura, polimentos e carpintaria para serem feitos. Nada menos que um milagre poderia abrir o restaurante em dez dias e, pelo jeito que as coisas andavam, poderia falir antes mesmo de abrir. Era óbvio o que acontecera. O *patron* estava sem dinheiro, e ele já havia contratado a equipe (havia quatro de nós) a fim de usar nossa força de trabalho em vez de outros homens. Ele teria nosso serviço quase de graça, pois garçons não recebiam salário, e apesar de ele ter de me pagar, não me daria comida até que o restaurante abrisse. Na verdade, ele havia nos enganado em várias centenas de francos nos chamando antes de o restaurante abrir. Havíamos jogado fora um bom emprego por nada.

Boris, porém, estava cheio de esperança. Ela tinha apenas uma ideia na cabeça, a saber, que aqui, finalmente, havia uma chance de ele ser garçom e usar casaca novamente. Por isso, ele estava bem-disposto a trabalhar por dez dias sem receber nada, com a chance de, no fim, ficar sem emprego.

— Paciência — ele repetia —, tudo se arranja. Espere até o restaurante abrir, e vamos recuperar tudo. Paciência, *mon ami*!

Precisávamos de paciência porque os dias passavam e o restaurante não via progresso nenhum para abrir. Limpamos as adegas, consertamos as prateleiras, reformamos as paredes, polimos o madeiramento, caiamos o teto, o chão manchado; mas o trabalho principal, o encanamento e a ligação de gás e energia ainda estavam por fazer porque o *patron* não tinha como pagar as contas. Evidentemente ele estava quase sem nenhum dinheiro, pois recusava os menores preços e tinha o truque de rapidamente desaparecer quando se tratava de desembolsar dinheiro. Sua mistura de inconstância e modos aristocráticos faziam dele um homem muito difícil de se lidar. Idiotas deprimidos vinham procurá-lo a toda hora e nós, já instruídos, sempre dizíamos que ele estava em Fontainebleau ou Saint Cloud ou em algum outro lugar que ficava a uma distância segura. Enquanto isso, eu ia ficando cada vez com mais fome. Tinha deixado o hotel com trinta francos e tinha de imediatamente voltar para a dieta a pão seco. Boris havia conseguido, no início, pegar um adiantamento de sessenta francos do *patron*, mas já havia gastado metade disso em reaver seus trajes de garçom e a outra metade com a moça de temperamento solidário. Ele pegava emprestados três francos por dia de Jules, o segundo garçom, e gastava com pão. Em alguns dias não tínhamos dinheiro nem para o fumo.

Às vezes a cozinheira vinha para ver como as coisas estavam caminhando e, quando via que a cozinha estava ainda sem jarros e panelas, ela geralmente chorava. Jules, o segundo garçom, constantemente se recusava a ajudar no trabalho. Ele era um magiar, moreno claro, um cara de traços marcantes e muito falante. Ele havia estudado medicina, mas abandonado o curso por falta de dinheiro. Gostava de falar enquanto outras pessoas trabalhavam e me contou tudo sobre ele e suas ideias. Parecia ser um comunista, e tinha várias teorias esquisitas (ele conseguia provar com números que era errado trabalhar) e também era, como a maioria dos magiares, extremamente orgulhoso. Homens orgulhosos e preguiçosos não dão bons garçons. A ostentação favorita de Jules era que uma vez, quando um cliente em um restaurante o insultara, ele derramou um prato de sopa quente no pescoço do cliente e, então, foi embora e nem esperou ser demitido.

Conforme os dias passavam, Jules se envolvia mais e mais com o truque que o *patron* jogava conosco. Ele tinha um modo atabalhoado e retórico de falar. Ele costumava andar de um lado para o outro agitando o punho, tentando me incitar a não trabalhar:

— Abaixe esse pincel, seu idiota! Você e eu pertencemos a raças soberbas; não trabalhamos por nada, como esses malditos servos russos. Vou te dizer, ser enganado desse jeito é tortura para mim. Houve tempos na minha vida, quando já me enganaram até em cinco *sous*, quando vomitei — sim, vomitei de raiva.

— Além disso, *mon vieux*,[124] não esqueça que eu sou um comunista. *A bas la bourgeoisie!*[125] Algum

---

[124] Meu amigo.
[125] Abaixo a burguesia!

homem vivo já me viu trabalhando quando pude evitar? Não. E não só eu não me acabo trabalhando como você e outros idiotas, mas eu roubo, só para mostrar minha independência. Uma vez estava em um restaurante onde o *patron* pensava que poderia me tratar como um cachorro. Bom, de vingança descobri um jeito de roubar leite das latas e recolocar o selo sem que ninguém soubesse. Vou te dizer, eu só bebia daquele leite noite e dia. Todo dia eu tomava quatro litros de leite, além de meio litro de nata. O *patron* estava totalmente perdido e não sabia mais o que fazer para entender o que estava acontecendo com o leite. Não era que eu queria leite, você sabe, porque eu odeio essa coisa; era somente princípio, só princípio.

— Bom, depois de três dias comecei a ter uma dor de barriga terrível e fui ao médico. "O que você andou comendo?", ele me perguntou. Eu disse: "Tomo quatro litros de leite por dia, e meio litro de creme de leite". "Quatro litros!", ele exclamou. "Então pare imediatamente. Você vai explodir se continuar". "Que me importa?" disse eu. "Meus princípios são tudo. Eu devo continuar tomando aquele leite, mesmo se, de fato, explodir".

— Bom, no dia seguinte, o *patron* me pegou roubando leite. "Você está demitido", ele disse. "Você vai embora no fim da semana". "*Pardon, monsieur*",[126] falei, "vou embora nesta manhã mesmo". "Não, não vai", ele retrucou, "Não posso liberar você até sábado". "Muito bem, *mon patron*", pensei comigo mesmo, "vamos ver se cansa primeiro disso". Então, comecei

---

[126] Perdão, senhor.

a trabalhar para quebrar louças. Quebrei nove pratos no primeiro dia e treze no segundo; depois disso o *patron* estava feliz em me ver pela última vez.

— Ah, não sou um desses seus *moujiks*[127] russos...
Dez dias se passaram. Foram dias ruins. Eu não tinha absolutamente nenhum dinheiro, e meu pagamento da pensão já havia vencido há dias. Vagávamos pelo restaurante sombrio e vazio, muito famintos até para continuar com o trabalho que faltava. Somente Boris acreditava que o restaurante abriria. Ele havia decidido que seria o *maître d'hôtel*, e inventara uma teoria de que o dinheiro do *patron* estava investido em ações e ele estava esperando um momento favorável para negociar. No décimo dia eu não tinha nada para comer ou fumar, e disse ao *patron* que não poderia continuar a trabalhar sem um adiantamento no meu salário. Tão maliciosamente como sempre, o *patron* me prometeu um adiantamento e, assim, como de costume, desapareceu. Fui andando um pedaço do caminho para casa, mas não me sentia em pé de igualdade para uma cena com Madame F. sobre o pagamento, então passei a noite em um banco na praça. Era muito desconfortável — o braço do banco pegava justamente nas costas — e era muito mais frio do que eu esperava. Havia muito tempo, nas longas e enfadonhas horas entre a madrugada e o trabalho, para pensar em como tinha sido idiota em me colocar nas mãos desses russos.

Então, pela manhã, a sorte mudou. Evidentemente que o *patron* havia entrado em um acordo com seus

---

[127] Mujiques.

credores, pois chegou com dinheiro no bolso, arranjou para que a reforma continuasse e me deu o adiantamento. Boris e eu compramos macarrão e um pedaço de fígado de cavalo e tivemos nossa primeira refeição quente em dez dias.

Os trabalhadores chegaram e a reforma foi feita, depressa e com uma má qualidade incrível. As mesas, por exemplo, deveriam ser cobertas com baeta, mas quando o *patron* descobriu quanto custava a baeta, ele comprou no lugar cobertores em desuso do exército, cheirando incorrigivelmente a suor. As toalhas das mesas (eram xadrez para combinar com a decoração normanda) iam, obviamente, cobri-los. Na última noite trabalhamos até às duas da manhã, preparando tudo. As louças não haviam chegado até às oito e, como eram novas, deveriam ser lavadas. Os talheres não chegaram até a manhã seguinte, nem as toalhas e panos, então tivemos de secar a louça com uma camisa do *patron* e uma fronha que pertencia ao porteiro. Boris e eu fizemos todo o trabalho. Jules estava se esquivando e o *patron* e a esposa sentaram-se no bar com um imbecil e alguns amigos russos, bebendo pelo sucesso do restaurante. A cozinheira estava na cozinha com a cabeça na mesa, chorando porque haveria de cozinhar para cinquenta pessoas e não havia travessas e panelas suficientes para dez. Mais ou menos meia-noite, houve uma desagradável conversa com alguns idiotas que chegavam com a intenção de confiscar oito caçarolas de cobre que o *patron* havia obtido com crédito. Eles foram comprados com meia garrafa de conhaque.

Jules e eu perdemos o último metrô para casa e tivemos de dormir no chão do restaurante. A primeira coisa que vimos pela manhã foram dois ratos grandes na mesa da cozinha comendo um presunto que ficara lá. Parecia um mau presságio, e eu tinha mais certeza do que nunca de que o Auberge de Jehan Cottard se tornaria um fracasso.

XX

O *patron* havia me empregado na cozinha como *plongeur*, ou seja, meu trabalho era lavar, manter a cozinha limpa, preparar os legumes, fazer chá, café e sanduíches, cozinhar coisinhas fáceis, e outros afazeres. As condições eram, como sempre, quinhentos francos por mês e comida, mas eu não tinha nenhum dia livre e não tinha horário de trabalho fixo. No Hôtel X., havia visto serviço de bufê na sua melhor versão, sem problemas de dinheiro e boa organização. No entanto, no Auberge, entendi como as coisas são feitas em um perfeito restaurante ruim. Vale descrever, pois há centenas de restaurantes parecidos em Paris, e cada cliente frequenta cada um deles de quando em quando.

E ainda vou acrescentar, a propósito, que o Auberge não era um restaurante comum e barato, frequentado por trabalhadores e estudantes. Não oferecíamos uma refeição adequada por menos de vinte e cinco francos e éramos atraentes e artísticos, o que fazia nosso patamar social mais elevado. Havia os quadros indecentes no bar, e a decoração normanda — falsos feixes nas paredes, luzes elétricas em candelabros, cerâmica "camponesa", até mesmo escada tipo monobloco na porta — e o *patron* e o garçom chefe eram oficiais russos, e muitos dos clientes eram refugiados russos com títulos. Em resumo, éramos decididamente chiques.

No entanto, as condições atrás da porta da cozinha eram dignas de um chiqueiro, porque era com isso que os nossos preparativos para o serviço se pareciam.

A cozinha media quatro metros e meio de comprimento por dois e meio de largura e metade desse espaço estava tomado por fogões e mesas. Todas as travessas tinham de ser guardadas em prateleiras fora de alcance e havia apenas espaço para uma lixeira. A lixeira costumava já ficar totalmente abarrotada lá pelo meio-dia e o chão normalmente ficava com um centímetro de um composto de comida pisoteada.

Quanto a fogo, não tínhamos nada além de três fogões a gás, sem forno, e toda carne tinha de ir para a confeitaria.

Não havia despensa. O que havia no lugar era um barracão com meio telhado no quintal com uma árvore crescendo no meio. As carnes, os legumes e outras coisas ficavam lá, jogados na terra batida, ao ataque de ratos e gatos.

Não havia água quente instalada. A água para lavar a louça tinha de ser aquecida em tachos e não tinha espaço para eles nos fogões porque as refeições eram preparadas, muita louça tinha de ser lavada com água fria. Isso, com sabão líquido e a água não filtrada de Paris, significava raspar a sujeira com pedaços de jornal.

Tínhamos tão poucas panelas que eu tinha de lavar cada uma assim que era usada, em vez de deixar tudo para o fim. Só esse serviço já me fazia perder provavelmente uma hora do dia.

Devido a alguma fraude nas despesas com a instalação, a luz elétrica geralmente explodia às oito da noite. O *patron* nos deixava somente usar três velas na cozinha e a cozinheira disse que três davam azar, então usávamos somente duas.

Nosso moedor de café era emprestado de um *bistro* próximo, e lixeira e vassouras do porteiro. Depois da primeira semana, uma quantidade de panos não havia voltado da lavanderia porque a conta não tinha sido paga. Estávamos com problemas com o fiscal do trabalho, pois ele descobrira que na equipe não havia nenhum francês. Ele teve várias conversas em particular com o *patron* que, acredito eu, foi obrigado a suborná-lo. A companhia elétrica ainda estava nos cobrando e quando os caras descobriram que íamos comprá-los com *apéritifs*[128] vinham todas as manhãs. Também estávamos devendo na quitanda e o crédito teria sido interrompido, só que a mulher do quitandeiro (uma mulher bigoduda de sessenta anos) tinha gostado de Jules, que era mandado toda manhã para adular a mulher. Da mesma forma, eu tinha de perder uma hora todos os dias pechinchando legumes e verduras na Rue du Commerce para economizar alguns cêntimos.

Esses são os resultados de se abrir um restaurante com capital insuficiente. E nessas condições a cozinheira e eu tínhamos de servir trinta ou quarenta refeições por dia e depois estaríamos servindo cem. Desde o primeiro dia, era muita coisa para nós. O horário de trabalho da cozinheira era das oito da

---

[128] Bebidas, aperitivos.

manhã até meia-noite e o meu, das sete da manhã até meia-noite e meia do dia seguinte — dezessete horas e meia quase sem intervalo. Nunca tínhamos tempo de sentar até às cinco da tarde, e mesmo assim, não havia lugar para sentar exceto a tampa da lixeira. Boris, que morava perto e não precisava tomar o último metrô para casa, trabalhava das oito da manhã até às duas da madrugada do dia seguinte — dezoito horas por dia, sete dias por semana. Esses horários, embora não usuais, não eram nada extraordinários em Paris.

A vida se fixou de uma vez em uma rotina que fazia o Hôtel X. parecer férias. Todas as manhãs, às seis, eu saía da cama, não me barbeava, às vezes me lavava e corria até a Place d'Italie e lutava por um lugar no metrô. Às sete eu estava na desolação da fria e imunda cozinha com cascas de batata e espinhas e rabos de peixe jogados no chão, uma pilha de pratos grudados na gordura aguardando desde a noite anterior. Não podia começar pelos pratos porque a água estava fria e eu tinha de buscar leite e fazer café, pois os outros chegavam às oito e esperavam já ter café pronto. Sempre tinha também muitas panelas de cobre para limpar. Essas panelas de cobre eram a maldição na vida de um *plongeur*. Elas têm de ser polidas com areia e correntinhas de metal, dez minutos cada uma, e então polidas por fora com Brasso. Felizmente, a arte de fabricá-las foi perdida e estão pouco a pouco desaparecendo das cozinhas na França, embora seja possível ainda encontrá-las de segunda mão.

Quando eu já tinha começado com os pratos, a cozinheira me arrancava deles para começar a descascar cebolas e, quando já estava nas cebolas, o *patron* chegava e me mandava para os repolhos. Quando voltava com os repolhos, a mulher do *patron* me mandava ir à loja a oitocentos metros, para comprar um ruge; quando estava de volta, já tinha mais legumes esperando, e a louça ainda não havia sido lavada. Dessa forma, nossa incompetência se acumulava em um serviço atrás do outro ao longo do dia, tudo em atraso.

Até às dez, as coisas iam comparativamente fáceis, embora trabalhássemos rapidamente, e ninguém perdia a cabeça. A cozinheira achava tempo para falar sobre sua natureza artística, e dizer que não achava Tolstói *épatant*,[129] e cantar em uma bela voz de soprano enquanto picava carne na tábua. Mas às dez, os garçons começavam a clamar por almoço, pois eles almoçavam cedo, e às onze os primeiros clientes já chegavam. De repente tudo virava uma correria e mau humor. Não era a mesma correria furiosa e gritaria do Hôtel X., mas uma atmosfera de confusão, rancor mesquinho e exasperação. Desconforto estava no fundo de tudo. Era insuportavelmente apertado na cozinha e pratos tinham de ser acomodados no chão e tínhamos de sempre pensar para não pisar neles. O traseiro grande da cozinheira trombava comigo quando ela andava de lá para cá. Um coro de ordens incessante e ranzinza vinha dela:

— Completo idiota! Quantas vezes já falei para não manchar tudo com as beterrabas? Rápido, deixa eu ir para a pia! Põe as facas de lado; continua com as batatas. O que você fez com a minha peneira? Ah, deixa as batatas pra lá. Não te falei para tirar a nata

---

[129] Incrível.

do *bouillon*?[130] Tira aquela vasilha de água do fogão. Esquece a louça, pica o salsão. Não, não assim, seu idiota, assim. Ali! Olha só você deixando as ervilhas cozinharem demais! Agora ao trabalho e tira as escamas desses arenques. Olha, você chama isso de prato de limpo? Limpa no seu avental. Põe aquela salada no chão. Certo, põe onde eu provavelmente vou pisar! Olha, aquele pote está fervendo e transbordando! Me passa aquela panela. Não, aquela outra. Põe isso na grelha. Joga fora aquelas batatas. Não perde tempo, joga no chão mesmo. Pisa nelas. Agora joga um pouco de serragem; esse chão parece uma pista de *skate*. Olha, seu idiota, aquele bife está queimando! *Mon Dieu*, por que eles me mandaram um idiota de *plongeur*? Sabe com quem está falando? Você sabe que minha tia era uma condessa russa? etc. etc. etc.

Isso continuava até às três da tarde sem muita variação, exceto que mais ou menos às onze horas a cozinheira geralmente tinha uma *crise du nerfs*[131] e uma enxurrada de lágrimas. Das três às cinco era uma boa folga para os garçons, mas a cozinheira ainda estava ocupada, e eu, trabalhando mais rapidamente porque havia uma pilha de pratos sujos esperando, e era uma correria só para lavá-los, ou parte deles, antes do jantar. A louça dobrava por causa das condições primitivas — um escorredor lotado, água tépida, panos encharcados e uma pia que estava sempre lotada uma vez a cada hora. Lá pelas cinco horas, a cozinheira e eu mal parávamos em pé, sem comer ou sentar desde

---

[130] Caldo.
[131] Crise de nervos.

as sete da manhã. Geralmente desmoronávamos, ela na tampa da lixeira e eu no chão, tomávamos uma garrafa de cerveja e pedíamos desculpas por algumas das coisas que havíamos dito pela manhã. O chá era o que nos mantinha ativos. Cuidávamos para sempre ter um bule quente e bebericávamos durante o dia.

Às cinco e meia, a correria e as brigas recomeçavam e, dessa vez, pior do que antes porque todos estavam cansados. A cozinheira tinha uma *crise du nerfs* às seis e outra às nove; elas vinham tão regularmente que se podia saber as horas por elas. Ela limpava a lixeira, começava a chorar histérica e gritava que nunca, não, nunca ela havia imaginado chegar a tal vida; seus nervos não aguentariam; ela estudara música em Viena; tinha um marido acamado para sustentar etc. etc. Em outro momento, alguém talvez pudesse ter sentido pena dela, mas, cansados como estávamos, sua voz choramingando quase enfurecia a todos. Jules costumava ficar em pé na porta e fazer mímicas do choro dela. A mulher do *patron* perturbava, e Boris e Jules brigavam o dia inteiro porque Jules se esquivava do trabalho e Boris, como garçom chefe, reclamava a maior parte das gorjetas. Já no segundo dia após o restaurante abrir, eles chegaram a se socar na cozinha por causa de uma gorjeta de dois francos e a cozinheira e eu tivemos de apartá-los. A única pessoa que nunca se esquecia de como se comportar era o *patron*. Ele mantinha seus horários como o restante de nós, mas não tinha serviço para fazer, pois era sua mulher que, na verdade, administrava as coisas. Seu único trabalho, além de fazer os pedidos de suprimentos, era ficar no bar fumando cigarros e parecendo um *gentleman*, e ele fazia isso com perfeição.

A cozinheira e eu geralmente achávamos um tempo para jantar entre as dez e onze horas. À meia-noite, ela roubava uma porção de comida para o marido, escondia sob as roupas e fugia, choramingando que esse horário a mataria e ela pediria demissão pela manhã. Jules também saía à meia-noite, geralmente depois de uma briga com Boris, que tinha de tomar conta do bar até às duas. Entre meia-noite e meia-noite e meia, eu fazia o que conseguia para terminar de lavar a louça. Não tinha tempo para tentar fazer o serviço direito, e eu simplesmente raspava a gordura dos pratos com guardanapos. Quanto à sujeira do chão, deixava lá, ou varria o mais grosso para debaixo dos fogões, fora do alcance da vista.

À meia-noite e meia, vestia meu casaco e saía apressado. O *patron*, gentil como sempre, me parava enquanto eu descia a passagem que dava para o bar.

— *Mais, mon cher monsieur*,[132] como você parece cansado! Por favor, faça-me o favor de aceitar um copo de conhaque.

Ele me dava um copo de conhaque de modo tão cortês como se eu fosse um duque russo em vez de um *plongeur*. Ele tratava todos nós dessa forma. Era nossa compensação por trabalhar dezessete horas por dia.

Via de regra o último metrô estava quase vazio — uma grande vantagem porque podíamos sentar e dormir por uns quinze minutos. Geralmente eu já estava na cama mais ou menos à uma e meia. Às vezes perdia o trem e tinha de dormir no chão do restaurante, mas

---

[132] Mas, meu caro senhor.

isso pouco importava, porque eu poderia ter dormido sobre paralelepípedos naquela hora.

XXI

Essa vida continuou por mais ou menos duas semanas, com um ligeiro aumento de serviço conforme mais clientes vinham ao restaurante. Eu poderia ter ganhado uma hora por dia ficando em um quarto perto do restaurante, mas parecia impossível achar algum tempo para mudar minha acomodação — ou, até mesmo cortar o cabelo, ler o jornal, me despir completamente. Depois de dez dias consegui arranjar uns quinze minutos e escrevi ao meu amigo B. em Londres perguntando se ele conseguiria me arrumar um emprego de qualquer tipo — qualquer coisa contanto que eu pudesse dormir mais de cinco horas por dia. Eu simplesmente não era do tipo que pudesse continuar dezessete horas por dia, embora haja muita gente que não ache nada disso. Quando se está sobrecarregado, um bom remédio para autopiedade é imaginar as centenas de pessoas em restaurantes em Paris que trabalham essa quantidade de horas e continuarão fazendo isso não por algumas semanas, mas por anos. Havia uma moça em um *bistro* próximo ao meu hotel que trabalhava das sete da manhã até meia-noite o ano inteiro, apenas se sentando nas refeições. Lembro-me de certa vez convidá-la para dançar e ela deu risada, dizendo que não havia ido mais longe do que a esquina por vários meses. Ela era tuberculosa e morreu mais ou menos na época em que deixei Paris.

Após somente uma semana, estávamos todos neurastênicos de fadiga, exceto Jules, que sempre se esquivava do serviço. As brigas, intermitentes no princípio, agora eram contínuas. Por horas, conseguia-se manter uma garoa fina de incômodos ranzinzas que cresciam em tempestades de abuso a cada minuto.

— Me dá aquela panela, idiota! — a cozinheira gritava (ela não era alta o suficiente para alcançar as prateleiras onde as panelas eram guardadas).

— Pega você mesma, sua puta velha — eu respondia. Tais comentários pareciam ter geração espontânea do ar da cozinha.

Nós brigávamos por coisas inconcebivelmente pequenas. A lixeira, por exemplo, era uma fonte inesgotável de brigas — se deveria ser colocada onde eu queria, que era no caminho da cozinheira, ou onde ela queira, entre mim e a pia. Uma vez ela ralhou e ralhou até que, finalmente, por puro despeito, eu levantei a lixeira e coloquei-a no meio do chão, onde ela tropeçaria.

— Agora, sua vaca — eu disse —, tira você mesma.

Pobre mulher, era muito pesada para ela levantar e ela sentou-se, deitou a cabeça na mesa e começou a chorar. E eu zombei dela. Esse era o tipo de efeito que a fadiga exerce no comportamento das pessoas.

Após alguns dias a cozinheira tinha parado de falar sobre Tolstói e como era artística, e ela e eu não nos falávamos, exceto se fosse relacionado com trabalho, e Boris e Jules não se falavam, e nenhum dos dois falava com a cozinheira. Havíamos concordado de antemão que as *engueulades*[133] do horário de trabalho não importavam entre um período e outro; mas havíamos falado coisas muito ruins para serem esquecidas — e, além disso, não havia um período e outro. Jules estava cada vez mais preguiçoso e constantemente roubava comida — por um senso de obrigação, ele dizia. Ele chamava o restante de nós de *jaune*[134] — fura-greve — quando não nos juntávamos a ele no roubo. Ele tinha uma índole curiosa, maligna. Ele me contou, só por uma questão de orgulho, que ela já tinha, por vezes, torcido um pano sujo na sopa de um cliente antes de servi-la só para se vingar de um membro da burguesia.

A cozinha ficava cada vez mais suja e, os ratos, mais ousados, embora conseguíssemos pegar alguns em armadilhas. Olhando em volta daquele lugar imundo, com carne crua jogada entre o lixo no chão, e panelas cheias de restos de comida fria por todo lugar, e a pia lotada e coberta de gordura, costumava pensar se poderia haver um restaurante no mundo tão ruim quanto o nosso. Mas os outros três sempre diziam que já estiveram em lugares mais sujos. Jules tinha prazer em ver as coisas sujas. À tarde, quando não tinha muito o que fazer, ele ficava em pé na porta da cozinha zombando de nós trabalhando duro:

— Idiotas! Por que vocês lavam os pratos? Esfreguem nas calças. Quem se importa com os clientes? Eles não sabem o que está acontecendo. O que é trabalho em um restaurante? Você está destrinchando frango e ele cai no chão. Você pede desculpas, você

---

[133] Gritaria.
[134] Amarelos, covardes literalmente. Aqui significa fura-greve.

faz uma reverência, você sai; e em cinco minutos você volta por outra porta — com o mesmo frango. Isso é trabalho em restaurante etc.

E, é estranho dizer, apesar de toda essa imundície e incompetência, o Auberge de Jehan Cottard era, de verdade, um sucesso. Nos primeiros dias todos os nossos clientes eram russos, amigos do *patron*, e depois vieram americanos e outros estrangeiros — nenhum francês. Então, uma noite houve tremenda euforia porque nosso primeiro francês havia chegado. Por um momento, as brigas foram esquecidas e estávamos todos unidos no esforço de servir um bom jantar. Boris entrou na cozinha na ponta dos pés, acenou com o dedão sobre os ombros e sussurrou quase que como em uma conspiração:

— *Sh! Attention, un Français!*[135]

No momento seguinte a mulher do *patron* veio e sussurrou:

— *Attention, un Français!* Vejam que ele tenha uma porção dupla de todos os legumes.

Enquanto o francês comia, a mulher do *patron* permanecia atrás da grelha na porta da cozinha e observava a expressão no rosto do cliente. Na noite seguinte, o francês retornou com outros dois franceses. Isso significava que estávamos fazendo um bom nome. O sinal mais certo de um restaurante ruim é ser frequentado apenas por estrangeiros. Provavelmente um pouco do nosso sucesso era por que o *patron*, com o único vislumbre de senso que havia demonstrado ao

---

[135] Sh! Atenção, um francês!

equipar o restaurante, havia comprado facas de mesa bem afiadas. Facas afiadas, é claro, são o segredo de um restaurante de sucesso. Fico feliz que assim tenha acontecido, pois destruiu uma das minhas ilusões, ou seja, a ideia de que franceses conhecem boa comida quando a veem. Ou talvez *fôssemos* um restaurante razoavelmente bom para os padrões de Paris; de qualquer forma os ruins devem ser além da imaginação.

Poucos dias depois de haver escrito a B., ele respondeu dizendo que havia um trabalho que conseguiria para mim. Era para cuidar de um imbecil congênito, o que soava um esplêndido remédio para descansar depois do Auberge de Jehan Cottard. Já me imaginei vagando pelas estradas do interior, retirando cardos da ponta da minha bengala, comendo carneiro assado e torta de melaço e dormindo dez horas por noite em lençóis perfumados de lavanda. B. me enviou cinco libras para pagar minha passagem e tirar minhas roupas do penhor e, tão logo o dinheiro chegou, dei um dia de aviso prévio e saí do restaurante. Minha saída tão repentina deixou o *patron* acabrunhado, porque, como sempre, ele não tinha dinheiro e devia pagar meu salário, sendo que não tinha trinta francos. No entanto, ele me ofereceu um copo de conhaque Courvoisier '48 e acho que ele sentiu que isso acertaria a diferença. Eles empregaram um tcheco, um *plongeur* totalmente competente no meu lugar e a pobre cozinheira foi demitida poucas semanas depois. Depois de saber disso, com duas pessoas de primeira classe na cozinha, o serviço do *plongeur* foi reduzido a quinze horas por dia. Ninguém conseguiria reduzir mais do que isso, sem modernizar a cozinha.

XXII

Pelo que vale, quero dar minha opinião sobre a vida de um *plongeur* em Paris. Quando se pensa no assunto, é estranho que milhares de pessoas em uma cidade grande moderna devam passar as horas do dia acordados esfregando louça em antros quentes subterrâneos. A questão que levanto é por que essa vida continua — a qual propósito serve e quem deseja que ela continue e por quê. Não estou adotando uma atitude meramente rebelde *fainéant*.[136] Estou tentando considerar o significado social da vida de um *plongeur*.

Acredito que se deve começar dizendo que um *plongeur* é um dos escravos do mundo moderno. Não que se deva lamentar por ele, pois está melhor do que muitos trabalhadores braçais, mas, mesmo assim, não está mais livre do que se tivesse sido comprado ou vendido. Seu trabalho é servil e desprovido de arte. Ele apenas recebe o suficiente para se manter vivo e suas férias significam a demissão. Ele é isolado do casamento, ou, se é casado, a mulher também tem de trabalhar. A não ser por um acaso de sorte, ele não escapa dessa vida, exceto na prisão. Neste exato momento, existem homens com diploma universitário esfregando pratos em Paris por dez ou quinze horas por dia. Não se pode afirmar ser mera preguiça da parte deles, pois um preguiçoso não pode ser *plongeur*; eles simplesmente caíram na armadilha da rotina, o que não permite pensar. Se *plongeurs* absolutamente raciocinassem, eles já teriam, há muito tempo, formado

---

[136] Preguiçosa.

um sindicato e feito greves para melhores condições. Mas eles não raciocinam porque não têm tempo livre para isso; a vida os escravizou.

A questão é, por que essa escravidão continua? As pessoas têm um jeito de assumir por certo que todo trabalho é feito por um bom propósito. Elas veem alguém fazendo um serviço desagradável e acreditam que resolveram as coisas ao dizerem que o serviço é necessário. Mineração de carvão, por exemplo, é um trabalho árduo, mas é necessário — precisamos de carvão. Trabalhar nos esgotos é desagradável, mas alguém tem de trabalhar nos esgotos. E a mesma coisa com o trabalho de *plongeur*. Algumas pessoas têm de comer em restaurantes e, assim, outras têm de esfregar pratos por oitenta horas em uma semana. É o trabalho da civilização, portanto, inquestionável. Isso é importante levar em consideração.

O trabalho do *plongeur* é realmente necessário à civilização? Temos a impressão de que deve ser um serviço "honesto" por ser árduo e desagradável, e criamos uma espécie de fetiche em relação ao trabalho braçal. Vemos um homem cortando uma árvore e temos a certeza de ele estar atendendo a uma necessidade social só porque ele usa os músculos. Não nos ocorre que ele pode apenas estar cortando uma linda árvore para dar espaço a uma estátua horrorosa. Acredito que aconteça a mesma coisa com um *plongeur*. Ele ganha o pão com o suor da testa, mas isso não quer dizer que esteja fazendo algo útil; ele pode só estar provendo um luxo, que, muito frequentemente, não é um luxo.

Como exemplo do que quero dizer por luxos que não são luxos, pegue um caso extremo, tal como um dos raramente vistos na Europa. Pegue um puxador de riquixá ou um pônei de puxar carruagem. Em qualquer cidade do Extremo Oriente há puxadores de riquixá às centenas, infelizes de pele bem morena pesando quarenta e oito quilos, vestindo tangas. Alguns deles estão doentes; alguns deles têm cinquenta anos. Por quilômetros sem fim eles trotam sob sol ou chuva, cabisbaixos, arrastando-se nos eixos, com suor gotejando dos bigodes grisalhos. Quando andam muito devagar os passageiros os chamam de *bahinchut*.[137] Eles ganham trinta ou quarenta rúpias por mês, e tossem de colocar os pulmões para fora depois de alguns anos. Os pôneis de puxar carruagem são coisas esqueléticas e mirradas que foram vendidos bem baratos como tendo apenas alguns anos de trabalho. Os donos enxergam o chicote como substituto para comida. O trabalho deles se expressa em uma espécie de equação — chicote mais comida é igual a energia; geralmente sessenta por cento de chicote e quarenta por cento de comida. Às vezes o pescoço é rodeado por uma grande ferida, e eles se arrastam o dia inteiro em carne viva. É até mesmo possível fazê-los trabalhar; no entanto, é uma questão de os flagelar tanto que a dor atrás é mais intensa que a dor na frente. Após alguns anos até mesmo o chicote pode perder a virtude e o pônei se arrebenta. Esses são exemplos de trabalho desnecessário, pois não há necessidade real para haver riquixás ou carruagens, eles só existem porque orientais consideram vulgar caminhar. Esses são luxos

---

[137] Insulto muito agressivo na Índia, um verdadeiro insulto. O vocábulo é parte do léxico da língua hindu que faz referência ao órgão sexual feminino.

e, qualquer pessoa que já tenha usado esses meios sabe, luxos bem pobres. Eles proporcionam uma pequena conveniência incapaz de equilibrar o sofrimento dos homens e dos animais.

De forma semelhante com o *plongeur*. Ele é um rei comparado com um puxador de riquixá ou um pônei de carruagem, mas o caso é análogo. Ele é o escravo de um hotel ou um restaurante e sua escravidão é mais ou menos inútil, pois, afinal de contas, onde está a *verdadeira* necessidade de grandes hotéis e restaurantes? Eles devem proporcionar luxo, mas, na realidade, proporcionam apenas uma imitação barata e de má qualidade. Quase todo mundo detesta hotéis. Alguns restaurantes são melhores do que outros, mas é impossível conseguir uma refeição tão boa em um restaurante quanto se pode conseguir, pelo mesmo preço, em casa. Sem dúvida que hotéis e restaurantes precisem existir, mas não há necessidade de escravizarem centenas de pessoas. O que é trabalho nesses lugares não é o essencial; é a farsa que supostamente representa o luxo. Elegância, como é chamada, significa, de fato, meramente que a equipe trabalha mais e os clientes pagam mais; ninguém se beneficia exceto o proprietário, que prontamente comprará para si mesmo uma casa despojada em Deauville. Essencialmente, um hotel "elegante" é um lugar onde cem pessoas trabalham pesado como um cão para que duzentas possam pagar o olho da cara por coisas que elas não querem realmente. Se os disparates fossem tirados dos hotéis e restaurantes e o trabalho feito com simples eficiência, *plongeurs* trabalhariam seis ou oito horas por dia em vez de dez ou quinze.

Vamos supor que o serviço de um *plongeur* é mais ou menos inútil. Então a questão é por que querem que ele continue trabalhando? Estou tentando ir além da questão econômica imediata e considerar que prazer alguém possa ter ao pensar em esfregar pratos na vida. Pois não há dúvida de que as pessoas — pessoas confortavelmente estabelecidas — realmente encontrem prazer em tais pensamentos. Um escravo, Marco Catão, o Velho, disse, deveria estar trabalhando enquanto não estiver dormindo. Não importa se o seu trabalho é necessário ou não, ele deve trabalhar, porque seu trabalho em si mesmo é bom — para escravos, pelo menos. Esse sentimento ainda sobrevive e acumulou montanhas de trabalho inútil enfadonho.

Eu acredito que tal instinto de perpetuar trabalho inútil é, no fundo, simplesmente medo do povão. O povão (o raciocínio voa) são animais tão baixos que podem ser perigosos se tiverem lazer; é mais seguro mantê-los muito ocupados para raciocinar. Um homem rico que por acaso seja intelectualmente honesto, se lhe fazem uma pergunta sobre melhoria das condições de trabalho, geralmente responde algo assim:

— Sabemos que a pobreza é desagradável. De fato, dado que é muito remota, preferimos nos angustiar com a ideia do seu dissabor. Mas não espere que façamos algo sobre isso. Lamentamos por vocês, classes inferiores, assim como lamentamos por um gato com sarna, mas ainda lutamos como demônios contra qualquer melhoria nas suas condições. Acreditamos que vocês estejam bem mais seguros como estão. O presente estado das coisas nos convém e não vamos arriscar libertá-los, nem mesmo por uma hora extra ao dia. Portanto, caros irmãos, desde que evidentemente vocês devam suar para pagar nossas viagens à Itália, suem e que se danem vocês.

Essa é particularmente a atitude das pessoas inteligentes e cultas. Consegue-se ler a essência disso em cem ensaios. Muito poucas pessoas cultas recebem menos de (digamos) quatrocentas libras por ano, e naturalmente elas tomam o lado dos ricos por imaginar que qualquer liberdade em relação ao pobre seja uma ameaça à sua própria liberdade. Prevendo alguma utopia marxista sombria como alternativa, o homem educado prefere manter as coisas como estão. Possivelmente ele não aprecia muito seus colegas ricos, mas supõe que até o mais vulgar deles seja menos hostil aos seus prazeres, mais o seu tipo de gente, do que o pobre, e que é preferível apoiar os colegas ricos. É esse medo de um suposto povão perigoso que torna quase todas as pessoas inteligentes conservadoras em suas opiniões.

Medo do povão é medo supersticioso. Baseia-se na ideia de que exista alguma diferença misteriosa e fundamental entre ricos e pobres como se fossem duas raças diferentes, como negros e brancos. Mas, na realidade, não existe tal diferença. A massa dos ricos e dos pobres é diferenciada pelas suas receitas e nada mais, e o milionário médio é somente o lavador de pratos médio vestindo um terno novo. Troque de lugar e, falando de maneira simples, qual é a justiça, qual é o ladrão? Todos que já tenham se misturado em iguais condições com os pobres sabem muito bem disso.

Mas o problema é que as pessoas cultas e inteligentes, exatamente as pessoas de quem se espera que tenham opiniões liberais, nunca realmente se misturam com os pobres. Pois o que a maioria das pessoas educadas sabe da pobreza? Na minha edição dos poemas de Villon, o editor, na realidade, pensou que fosse necessário explicar a linha "*Ne pain ne voyent qu'aux fenestres*"[138] com uma nota de rodapé, tão remota é até a fome nas experiências do homem educado. Dessa ignorância o medo supersticioso do povão resulta, bem naturalmente. O homem educado imagina uma horda de sub-homens, querendo apenas um dia de liberdade para saquear sua casa, queimar seus livros e enviá-lo para trabalhar cuidando de uma máquina ou varrendo um banheiro. "Qualquer coisa", ele pensa, "qualquer injustiça, antes de libertar o povão". Ele não enxerga que, como não há diferença entre a massa dos ricos e dos pobres, não se trata de liberar o povão. O povão está, de fato, livre agora e — na figura do rico — usa seu poder para construir enormes esteiras de tédio, tais como hotéis "elegantes".

Para concluir, um *plongeur* é um escravo, um escravo desperdiçado, fazendo serviço estúpido e, principalmente, desnecessário. Ele é mantido no trabalho, em última análise, por causa de um vago sentimento de que ele possa ser perigoso se tiver lazer. E pessoas educadas, que deveriam estar ao lado dele, aquiescem ao processo por elas não saberem nada sobre ele e consequentemente o temerem. Afirmo isso sobre *plongeur* porque é sobre o caso dele que venho

---

[138] E o pão só se vê às janelas.

pensando; seria igualmente aplicável a um incontável número de outros tipos de trabalhadores. Essas são somente minhas próprias ideias a respeito das dos fatos básicos da vida de um *plongeur*, que eu tive sem referência a questões econômicas imediatas e, sem dúvida, em grande parte, banalidades. Apresento-as como uma amostra das ideias que são colocadas na cabeça das pessoas ao trabalhar em um hotel.

XXIII

Tão logo deixei o Auberge de Jehan Cottard, fui para a cama e dormi até o relógio dar a volta, menos uma hora. Então escovei os dentes pela primeira vez em duas semanas, tomei um banho e cortei o cabelo e tirei minhas roupas do penhor. Tirei dois dias gloriosos de vadiagem. Até fui ao Auberge com meu melhor terno, me recostei no bar e gastei cinco francos em uma garrafa de cerveja inglesa. É uma sensação curiosa ser cliente onde você já fora um escravo de escravo. Boris lamentou eu ter deixado o restaurante justamente no momento em que fomos *lancés*[139] e havia uma chance de ganhar dinheiro. Eu sempre ouvia isso dele e ele conta que está ganhando cem francos por dia e tem uma garota que é *très serieuse*[140] e nunca cheira a alho.

Passei um dia passeando pelo bairro, dando adeus a todos. Foi nesse dia que Charlie me contou sobre a morte do velho Roucolle, o avarento, que já havia

---

[139] Literalmente: lançados. Aqui significa empregados, efetivados.
[140] Bem séria.

morado no bairro. Muito provavelmente Charlie estava mentindo como sempre, mas era uma boa história.

Roucolle morreu, aos setenta e quatro anos, um ano ou dois antes de eu ir a Paris, mas as pessoas no bairro ainda falavam dele enquanto eu estava lá. Ele nunca se igualou a Daniel Dancer ou qualquer outro desse tipo, mas era um tipo interessante. Ele ia ao Les Halles todas as manhãs catar legumes estragados e comia carne de gato, e usava jornais em vez de roupas de baixo e usava o lambril do seu quarto para lenha e fez calças para si de um saco — tudo isso com meio milhão de francos em investimentos. Eu gostaria muito de tê-lo conhecido.

Assim como muitos avarentos, Roucolle teve um final ruim ao colocar seu dinheiro em um esquema arriscado. Um dia um judeu apareceu no bairro, um tipo jovem, alerta e eficiente que tinha um plano de primeira para contrabandear cocaína para a Inglaterra. É suficientemente fácil, é claro, comprar cocaína em Paris e o contrabando por si só seria bem fácil; porém sempre há um espião que denuncia o plano à alfândega ou à polícia. Dizem que isso é geralmente feito exatamente pela pessoa que vende a cocaína, porque o comércio de contrabando está nas mãos de um grande conchavo, que não quer competição. O judeu, no entanto, jurou que não haveria perigo. Ele sabia de um jeito de trazer a cocaína diretamente de Viena, não pelos canais usuais, e não haveria propina para pagar. Ele havia entrado em contato com Roucolle por intermédio de um jovem polaco, um estudante na Sorbonne, que colocaria quatro mil francos no esquema, se Roucolle colocasse seis. Por isso eles poderiam comprar quatro quilos e meio de cocaína, que valeria uma pequena fortuna na Inglaterra.

O polaco e o judeu tiveram um trabalhão para tirar o dinheiro das garras do velho Roucolle. Seis mil francos não era muito — ela tinha muito mais que isso escondido no colchão de seu quarto — mas era uma agonia para ele se separar de um *sou*. O polaco e o judeu estiveram com ele por semanas a fio, explicando, assediando, adulando, argumentando, ajoelhando e implorando para que ele entregasse o dinheiro. O velho homem estava meio frenético entre ganância e medo. Suas entranhas ansiavam ao pensar, talvez, em cinquenta mil francos de lucro, e mesmo assim ele não conseguia se convencer em arriscar o dinheiro. Ele costumava se sentar em um canto com as mãos na cabeça, gemendo e por vezes gritando de agonia, e amiúde se ajoelhava (ele era muito devoto) e rezava por forças, mas, mesmo assim, não conseguia. Mas, finalmente, mais por exaustão do que qualquer outra coisa, ele cedeu bem de repente; ele abriu uma fenda no colchão onde seu dinheiro estava escondido e entregou seis mil francos ao judeu.

O judeu entregou a cocaína no mesmo dia e rapidamente desapareceu. Enquanto isso, como não era de se surpreender, depois do escarcéu feito por Roucolle, o negócio já havia sido alardeado por todo o bairro. Exatamente na manhã seguinte a polícia invadiu o hotel e fez uma busca.

Roucole e o polaco estavam agoniados. A polícia estava no andar de baixo, se esforçando ao máximo e vasculhando um quarto de cada vez, e lá estava o pacote de cocaína em cima da mesa, sem lugar para esconder e nenhuma chance de fugir pelas escadas. O polaco queria jogar o troço pela janela, mas Roucolle não queria nem ouvir essa possibilidade. Charlie me contou que assistira a toda a cena. Ele disse que quando tentaram pegar o pacote de Roucolle, ele o agarrou contra o peito e lutou como um maluco, embora tivesse setenta e quatro anos. Ele estava louco de medo, mas iria para a prisão para não perder seu dinheiro.

Por fim, enquanto a polícia vasculhava o andar logo em baixo, alguém teve uma ideia. Um homem do andar de Roucolle tinha algumas latinhas de pó facial que vendia por comissão; sugeriram que a cocaína fosse colocada dentro das latas e passaria como pó facial. O pó foi jogado fora às pressas pela janela, e a cocaína, colocada no lugar, e as latinhas foram colocadas abertas na mesa de Roucolle como se nada houvesse para esconder. Alguns minutos depois a polícia veio vasculhar o quarto de Roucolle. Eles bateram nas paredes e procuraram na chaminé e viraram as gavetas de ponta cabeça e examinaram as tábuas do assoalho e, então, quando estavam prestes a desistir, como não haviam encontrado nada, o inspetor percebeu as latas em cima da mesa.

— *Tiens*[141] — ele disse —, olhem aquelas latinhas. Eu não tinha notado. O que tem nelas, hein?

— Pó facial — respondeu o polaco tão calmo quanto conseguia. Mas ao mesmo tempo Roucolle soltou um gemido alto, de alarme, e a polícia suspeitou

---

[141] Aqui.

na hora. Eles abriram uma das latas e tiraram um pouquinho do conteúdo e, após cheirá-lo, disseram que acreditavam ser cocaína. Roucolle e o polaco começaram a jurar em nome dos santos que era somente pó facial; mas não adiantou. Quanto mais eles protestavam, mais a polícia suspeitava. Os dois homens foram presos e levados para a delegacia, e metade do bairro os seguiu.

Na delegacia, Roucolle e o polaco foram interrogados pelo Comissário enquanto uma lata de cocaína foi enviada para análise. Charlie disse que a cena de Roucolle era indescritível. Ele chorou, rezou, deu declarações contraditórias e denunciou o polaco, tudo de uma só vez, tão alto que se podia ouvi-lo em mais da metade da rua. Os policiais quase caíram na gargalhada por causa dele.

Depois de uma hora, um policial voltou com a lata de cocaína e uma nota do analista. Ele estava rindo.

— Isso não é cocaína, *monsieur* — disse ele.

— O quê, não é cocaína? — Exclamou o Comissário. — *Mais, alors,*[142] o que é então?

— É pó facial.

Roucolle e o polaco foram imediatamente soltos, inteiramente exonerados, mas muito bravos. O judeu os havia enganado. Depois, quando o estardalhaço havia acabado, souberam que ele havia feito o mesmo truque com duas outras pessoas no bairro.

O polaco estava bem feliz por ter escapado, embora perdesse seus quatro mil francos, mas o pobre Roucolle estava totalmente acabado. Ele foi na mesma hora

---

[142] Mas, e agora.

para cama, e durante aquele dia inteiro e metade da noite podia-se ouvi-lo debatendo-se, resmungando e às vezes gritando a toda voz:

— Seis mil francos! *Nom de Jésus-Christ!* Seis mil francos!

Três dias depois ele teve um tipo de derrame e em quinze dias estava morto — de coração partido, Charlie disse.

XXIV

Viajei para a Inglaterra de terceira classe via Dunkirk e Tilbury, que é mais barato e não o pior jeito de cruzar o Canal. Deve-se pagar um extra por uma cabine, então dormi na cabine de passageiros junto com a maioria dos passageiros da terceira classe. Escrevi no meu diário sobre esse dia:

"Dormindo na cabine de passageiros, vinte e sete homens, dezesseis mulheres. Das mulheres, nenhuma delas havia lavado o rosto esta manhã. A maioria dos homens usou o banheiro; as mulheres apenas abriram valises com produto de beleza e cobriram a sujeira com pó. *P.* Uma diferença de gênero secundária?"

Na viagem fiz amizade com um casal de romenos, simples crianças, que estavam indo à Inglaterra em lua de mel. Eles fizeram inúmeras perguntas sobre a Inglaterra e contei-lhes algumas mentiras surpreendentes. Estava tão feliz de ir para casa, depois de estar duro por meses em outro país, que a Inglaterra me parecia um tipo de Paraíso. Há, de verdade, muita coisa na Inglaterra que faz a gente estar feliz por voltar para casa; banheiros, poltronas, molho de hortelã, batatas frescas cozidas da maneira certa, pão integral, geleia, cerveja feita com lúpulo de verdade — tudo isso é esplêndido se pudermos pagar. A Inglaterra é um país muito bom quando não somos pobres; e, obviamente, com um manso imbecil para cuidar, eu não ficaria pobre. A ideia de não ficar pobre me tornou muito patriota. Quanto mais perguntas os romenos faziam, mais eu enaltecia a Inglaterra; o clima, a paisagem, a arte, a literatura, as leis — tudo na Inglaterra era perfeito.

"A arquitetura na Inglaterra era boa?", perguntaram os romenos. "Esplêndida", respondi. "E vocês têm de ver as estátuas de Londres! Paris é vulgar — metade grandiosidade e metade cortiços. Mas Londres..." Então o barco seguiu contornando o cais em Tilbury. A primeira construção que vimos na beira da água foi um daqueles enormes hotéis, todo estuque e pináculos, que olham da costa inglesa como idiotas olhando sobre o muro de um manicômio. Notei os romenos, extremamente educados para dizer qualquer coisa, arregalando os olhos para o hotel. "Construído por arquitetos franceses", assegurei-lhes; e até mais tarde, quando o trem já se arrastava por Londres passando pelos cortiços do lado leste, ainda continuei falando das belezas da arquitetura inglesa. Nada parecia tão bom para se dizer da Inglaterra agora que estava a caminho de casa e não tão duro.

Fui ao escritório de B. e suas primeiras palavras arruinaram tudo. "Sinto muito", ele comentou, "seus patrões foram para o exterior, o paciente e tudo". No entanto, eles estarão de volta em um mês. Suponho que você se aguente até lá?

Estava na rua, lá fora, antes mesmo que me ocorresse pedir emprestado algum dinheiro. Tinha de esperar um mês e tinha exatamente dezenove xelins e seis *pence* no bolso. Essa notícia havia me tirado o fôlego. Por um longo tempo não conseguia me decidir sobre o que fazer. Desperdicei o dia vagabundeando pelas ruas e, à noite, sem a mínima noção de como arranjar um quarto barato em Londres, fui a um hotel "de família" onde a diária custava sete xelins e seis *pence*. Depois de pagar a conta, sobraram-me nas mãos duas libras e dois *pence*.

Pela manhã já havia feito meus planos. Mais cedo ou mais tarde, deveria pedir a B. mais dinheiro, mas parecia bastante decente ainda não o fazer e, enquanto isso, deveria sobreviver de alguma forma clandestina. Experiências passadas me levaram a não penhorar meu melhor terno. Deixaria todas as minhas coisas na chapelaria da estação, exceto meu segundo melhor terno, que poderia trocar por algumas roupas baratas e, talvez, uma libra. Se era preciso sobreviver por um mês com trinta xelins, deveria ter roupas ruins — e de fato, quanto piores, melhor. Se trinta xelins pudessem ser usados para durar um mês, não tinha ideia, sem conhecer Londres como conhecia Paris. Talvez pudesse mendigar, ou vender cadarços para botas, e me lembro de artigos que li nos jornais de domingo sobre mendigos que têm duas mil libras costuradas nas calças. Era, de qualquer forma, notoriamente impossível passar fome em Londres, então não deveria ficar ansioso com nada.

Para vender minhas roupas fui até Lambeth, onde as pessoas são pobres e há muitas lojas de trapos. Na primeira loja que tentei, o dono era educado, mas não queria ajudar; na segunda, era grosseiro; na terceira, era surdo como uma porta, ou assim fingia. O quarto dono era um homem jovem, grande e loiro, inteiro rosado como uma fatia de presunto. Ele olhou as roupas que eu estava usando e as sentiu entre os dedos de forma a depreciá-las.

— Coisa ruim — ele comentou —, coisa muito ruim, isso é que é. (Era um terno muito bom.) — Quant' cê quer por isso?

Expliquei que queria algumas roupas velhas e tanto dinheiro quanto ele pudesse dispor. Ele pensou por uns momentos, então, pegou alguns trapos com aparência de bem sujos e os atirou no balcão.

— E o dinheiro? — perguntei, esperando por uma libra. Ele franziu os lábios e tirou *um xelim* e o colocou ao lado das roupas. Não argumentei — eu ia argumentar, mas conforme abri a boca ele se esticou e fez menção de tirar o xelim; percebi que estava sem saída. Ele me deixou trocar de roupa em um quarto pequeno atrás da loja.

As roupas eram um casaco, um dia marrom escuro, um macacão de jeans grosso preto, um cachecol e um boné de pano. Tinha ficado com minha própria camisa, meias e botas, e tinha um pente e uma navalha no bolso. Dá uma impressão muito estranha usar essas roupas. Já havia usado coisas ruins antes, mas nada como isso; não eram simplesmente roupas sujas e deselegantes, elas tinham — como se pode explicar? — uma falta de graça, um quê de sujeira antiga, bem diferente do que meramente maltrapilhas. Eram o tipo de roupas que se vê em um ambulante ou vagabundo. Uma hora mais tarde, em Lambeth, vi um homem cabisbaixo, obviamente um mendigo, vindo na minha direção e, quando olhei novamente, era eu, refletido em uma vitrine. Já havia sujeira emplastada no meu rosto. A sujeira respeita muito as pessoas; ela nos deixa em paz quando estamos bem-vestidos, mas, assim que o colarinho se vai, ela se espalha e nos cobre o corpo.

Fiquei nas ruas até tarde da noite, movimentando-me o tempo todo. Vestido como estava, estava com um pouco de medo de a polícia me prender como um vagabundo e não ousava falar com ninguém, imaginando que as pessoas notariam a disparidade entre meu sotaque e minhas roupas. (Mais tarde descobri que isso nunca acontecia.) Minhas roupas novas instantaneamente me transportaram a um novo mundo. O comportamento das pessoas parecia haver mudado de forma repentina. Ajudei um vendedor ambulante a pegar um carrinho de mão que ele havia virado. "Obrigado, colega". Ele disse com um sorriso austero. Ninguém havia me chamado de colega antes na vida — foram as roupas que causaram isso. Pela primeira vez também notei como a atitude das mulheres muda por causa das roupas que os homens usam. Quando um homem mal-vestido passa ao lado delas, elas estremecem e fogem dele com um gesto bem óbvio de nojo, como se ele fosse um gato morto. Roupas são algo poderoso. Vestido em roupas de vagabundo é muito difícil, a qualquer custo no primeiro dia, não sentir que estamos genuinamente nos degradando. Deve-se sentir a mesma vergonha, irracional, mas verdadeira, que se sente na primeira noite na prisão.

Mais ou menos às onze horas comecei a procurar por uma cama. Havia lido sobre albergues noturnos (a propósito, nunca são chamados de albergues noturnos) e supus que pudesse conseguir uma cama por quatro *pence* ou mais ou menos isso. Ao ver um homem, um peão ou qualquer coisa do tipo, parado a meio-fio na Waterloo Road, parei e perguntei a ele. Disse que não tinha grana nenhuma e queria o lugar mais barato que pudesse encontrar.

—Ah — ele exclamou —, cê acabou de passar naquela casa d'outro lado da rua, com uma placa "Boas camas para rapazes solteiros". É uma boa casa [pra dormir, não pra fazer outra coisa], é sim. Já estive lá vez ou outra. Cê vai ver que é barato *e* limpo.

Era uma casa alta, mal-conservada, com luzes fracas em todas as janelas, algumas das quais eram remendadas com papel pardo. Entrei por uma passagem feita de pedra, e um menino um pouco estiolado, com olhos sonolentos, apareceu na porta que dava para o porão. Sons murmurantes vinham do porão, e uma onda de ar quente e queijo. O menino bocejou e estendeu a mão.

— Quer um quarto? Vai ser unzinho, patrão.

Paguei o xelim e o menino me conduziu por uma escada mambembe até um quarto. Tinha um fedor adocicado de elixir paregórico e lençóis sujos; as janelas pareciam ser bem fechadas, e o ar era quase sufocante numa primeira impressão. Havia uma vela acesa e notei que o quarto media um metro e meio quadrado por dois metros e meio de altura e havia oito camas. Seis hóspedes já ocupavam suas camas, montículos esquisitos com todas as suas roupas, inclusive as botas, empilhadas em cima deles. Alguém tossia de modo repugnante no canto do quarto.

Quando me deitei na cama, descobri que era tão dura quanto uma tábua, e o travesseiro era um mero cilindro duro parecendo um bloco de madeira. Era pior do que dormir em uma mesa porque a cama não tinha um metro e oitenta de comprimento e era muito estreita, o colchão era abaulado, então era preciso se segurar para não cair. Os lençóis fediam tanto com um cheiro horroroso de suor que eu não conseguia mantê-los perto do nariz. Além disso, as roupas de cama eram somente lençóis e uma colcha de algodão, então, embora abafadas, não eram nada quentes. Vários barulhos repetiram-se durante a noite. Mais ou menos uma vez a cada hora o homem ao meu lado esquerdo — um marujo, eu acho — acordava, praguejava xingamentos vis e acendia um cigarro. Outro homem, que sofria de doença na bexiga, levantava e, fazendo muito barulho, usava o penico meia dúzia de vezes durante a noite. O homem no canto tinha acesso de tosse a cada vinte minutos, de forma tão regular que se esperava escutá-lo assim como se espera escutar o próximo latido quando um cão está uivando para a lua. Era um som indescritivelmente repulsivo; um borbulhar sujo e nauseante, como se as entranhas do homem estivessem chacoalhando dentro dele. Em um momento, quando ele riscou um fósforo, vi que ele era um homem muito velho, de rosto cinza e cavado como um cadáver, e ele usava as calças enroladas em torno da cabeça como uma touca de dormir, uma coisa que, por alguma razão, me deu muito nojo. Toda vez que ele tossia ou o outro homem xingava, uma voz sonolenta de uma das outras camas gritava:

— Cala a boca! Ai, Jesus... *amado* cala a boca!

Dormi, ao todo, no máximo uma hora. De manhã, acordei com a ligeira impressão de haver alguma coisa grande e marrom vindo na minha direção. Abri os olhos e vi que era um dos pés do marujo, saindo da cama e se esticando perto do meu rosto. Era marrom escuro, bem escuro como de um indiano, com sujeira. As paredes eram leprosas e os lençóis, três semanas sem lavar, estavam quase da cor âmbar cru. Levantei e me vesti, e desci. No porão havia uma fileira de pias e dois dispensadores de toalhas de papel. Eu tinha um pedaço de sabonete no bolso, e ia me lavar quando percebi que cada pia estava encardida — sujeira sólida, pegajosa e tão preta quanto graxa para sapatos. Saí sem me lavar. Considerando tudo, o albergue não correspondeu à descrição de barato *e* limpo. Era, no entanto, conforme descobri mais tarde, um representante razoável de albergue.

Cruzei o rio e caminhei bastante para o lado leste, finalmente chegando a um café em Tower Hill. Um café comum em Londres, como milhares de outros, parecia esquisito e estrangeiro depois de Paris. Era um pequeno espaço abafado com bancos de espaldar alto que foram moda nos anos quarenta, e o menu do dia estava escrito em um espelho com sabão, e uma menina de catorze anos lidando com os pratos. Marujos comiam em pedaços de jornal e tomavam chá em canecas grandes sem pires parecendo copos de porcelana. Sozinho em um canto um judeu, com a cara enterrada no prato, sentindo-se culpado, devorava um bacon.

— Gostaria de um pouco de chá e pão com manteiga — pedi à menina.

Ela me encarou.

— Num tem manteiga, só margarina — ela respondeu, surpresa. E repetiu o pedido na frase que está para Londres o que um eterno *coup de rouge*[143] está para Paris:

— Chá grande e duas fatias!

Na parede ao lado do meu banco havia um recado dizendo "É proibido levar açúcar" e abaixo um cliente poético escrevera:

> Aquele que leva o açúcar
> Será chamado imundo _____

mas alguém se dera a muito trabalho para riscar a última palavra. Isso era a Inglaterra. O chá-com-duas-fatias custou três *pence* e meio, sobrando-me oito xelins e dois *pence*.

XXV

Os oito xelins duraram três dias e quatro noites. Depois da experiência ruim em Waterloo Road,[144] mudei para a parte leste e fiquei seis noites em um albergue em Pennyfields. Era um albergue típico como dezenas de outros em Londres. Tinha acomodação para um número de homens que variava de cinquenta a cem, e era administrado por um "delegado" — um delegado para o proprietário, quer dizer,

---

[143] Um pouco de vinho tinto.
[144] É curioso, mas um fato bem conhecido, que insetos são mais comuns na parte sul de Londres do que Norte. Por alguma razão eles ainda não cruzaram o rio em um número muito grande.

esses albergues são negócio lucrativo, cujos donos são ricos. Dormíamos quinze ou vinte em um quarto. As camas, mais uma vez, eram frias e duras, mas os lençóis não ficavam sem lavar mais de uma semana, o que já era um progresso. O valor era dezenove *pence* ou um xelim (no dormitório que custava um xelim, as camas eram distantes umas das outras em um metro e oitenta centímetros em vez de um metro e vinte centímetros) e as condições de pagamento eram dinheiro vivo às sete da noite ou nem entrava.

No andar de baixo, havia uma cozinha comunitária para todos os hóspedes com uso do fogão gratuito e um suprimento de panelas, bacias de chá e espetos em forma de tridente. Havia dois aquecedores a clínquer mantidos acesos dia e noite durante o ano inteiro. O serviço de cuidar do aquecimento, varrer a cozinha e arrumar as camas era feito pelos hóspedes, num sistema de rodízio. Um hóspede mais velho, um estivador simpático de aparência nórdica chamado Steve, era conhecido como o "cabeça da casa" e era árbitro em disputas e saídas sem pagar.

Eu gostava da cozinha. Era um porão, bem fundo, de teto baixo, muito quente, que causava sonolência com fumaça de coca e iluminado pelo fogo que moldavam sombras negras aveludadas nos cantos. Panos esfarrapados eram pendurados em cordão saindo do teto. Homens avermelhados, a maioria estivadores, moviam-se de um fogão a outro com panelas; alguns deles estavam quase nus, porque lavaram as roupas e estavam esperando secar. À noite havia jogo de cartas e damas e músicas — *I'm a chap what's done wrong by my parents* era a favorita, assim como outras canções populares sobre naufrágio. Às vezes tarde da noite os homens chegavam com um balde de caramujos que compravam barato e dividiam com todos. Havia uma partilha geral de comida e, era tido como certo que quem não tinha emprego receberia comida. Uma criatura um pouco pálida e enrugada, obviamente à beira da morte, conhecida como "coitado do Brown, teve no médico e abriram ele três vezes", geralmente ganhava comida dos outros.

Dois ou três dos hóspedes eram aposentados idosos. Até conhecê-los, eu nunca havia reparado que existem pessoas na Inglaterra que sobrevivem sem nada, a não ser a aposentadoria para idosos de dez xelins por semana. Nenhum desses velhos tinha outro recurso de qualquer natureza. Um deles gostava de falar e perguntei a ele como conseguia sobreviver. Ele me contou:

— Bom, tem nove *pence* por noite pro teu quarto, que é cinco xelim e três *pence* por semana. Daí tem três *pence* pro sábado pra fazer a barba, que é cinco xelim e seis *pence*. Daí cê vai cortar o cabelo uma vez por mês e é seis *pence*, então já é outros três *pence* por semana. Então cê tem mais ou menos quatro xelim e quatro *pence* pra comida e baga.

Ele não imaginava outras despesas. A comida dele era pão com margarina e chá, e mais para o fim de semana pão seco e chá sem leite, e talvez recebesse roupas de doações. Ele parecia satisfeito, dava valor à sua cama e aquecimento mais do que a comida. Mas, com uma renda de dez xelins por semana, gastar com barbearia era algo inspirador.

Durante o dia todo eu vagabundeava pelas ruas, na parte leste até Wapping, e na parte oeste até Whitechapel. Era esquisito depois de Paris; tudo era muito mais limpo e quieto e sombrio. Sente-se falta do som estridente dos bondes e da barulheira e da vida degradante das ruas secundárias e do barulho que os homens faziam com as armas na praça. A multidão era mais bem-vestida e os rostos mais atraentes e suaves e mais parecidos, sem aquela individualidade feroz e a malícia dos franceses. Havia menos bebedeira e menos sujeira, e menos brigas e mais indolência. Grupos de homens parados em todos os cantos, um pouco mal alimentados, mas que sobreviviam a chá-com-duas-fatias que o londrino engole a cada duas horas. Parece que se respira um ar menos febril do que em Paris. Era a terra do bule de chá e da Bolsa de Trabalho,[145] assim como Paris é a terra do *bistro* e da exploração no trabalho.

Era interessante observar a multidão. As mulheres da parte leste de Londres são bonitas (talvez seja a mistura de raça), e Limehouse era respingada de orientais — chineses, lascares de Chittagram e dravidianos vendendo cachecóis de seda, até mesmo alguns siques, sabe Deus como. Aqui e lá aconteciam encontros de rua. Em Whitechapel alguém chamado O Evangelho Cantando se incumbiu de nos salvar do inferno cobrando seis *pence*. Em East India Dock

---

[145] A Lei das Bolsas de Trabalho de 1909 foi uma lei do Parlamento que previu a criação de bolsas de trabalho financiadas pelo estado, também conhecidas como bolsas de emprego, cujo objetivo era ajudar os desempregados a encontrar emprego.

Road o Exército da Salvação estava realizando um culto. Cantavam *Anybody here like sneaking Judas?* na melodia de *What's to be done with a drunken sailor?*[146] Em Tower Hill dois mórmons tentavam organizar uma reunião. Ao redor do tablado onde eles estavam, uma multidão de homens se debatia, gritando e interrompendo. Alguém estava denunciando-os por poligamia. Um homem manco e barbado, evidentemente um ateu, havia ouvido a palavra de Deus e interrompia com raiva. Havia uma confusa balbúrdia de vozes.

— Meus queridos amigos, se vocês apenas nos deixassem terminar o que estamos falando...! — Está certo, deixa ele falar. Não cheguem ao ponto de brigar!... — Não, não, você me responde. Você pode me *mostrar* Deus? Você me *mostra* ele e daí eu acredito nele! ... — Ah, cala a boca, não fica interrompendo eles! ... — Interrompe você mesmo! ... — Polígamos! ... — Bom, tem muito que falar de poligamia. Tira as.... — mulher da indústria, de qualquer jeito.... — Meus queridos amigos, se vocês apenas... — Não, não, cê não tenta escapar. Cê viu Deus? Cê *encostou* nele? Cê apertou as *mão* dele? ... — Ah, não começa a brigar, por Deus, não começa a *brigar*! etc. etc. Eu fiquei ouvindo por vinte minutos, ansioso para aprender alguma coisa sobre o Mormonismo, mas a reunião nunca foi além de gritaria. É o destino geral dos encontros de rua.

---

[146] Esta e outros títulos de música mantidos no original fazem referência a canções e hinos religiosos, sem correspondência no português brasileiro.

Em Middlesex Street, entre as multidões no mercado, uma mulher suja, mal-cuidada e maltrapilha puxava um pirralho de cinco anos pelo braço. Ela brandia um trompete de lata na cara da criança. O pirralho berrava.

— Vai brincar! — Gritou a mãe. — Pra que cê pensa que eu te troce aqui e te comprei um trompete e tudo? Cê quer passar por cima de mim? Seu pestinha, cê *vai* brincar, sim!

Algumas gotas de cuspe caíram do trompete. A mãe e a criança desapareceram, ambos berrando. Tudo era muito estranho depois de Paris.

Na última noite que passei no albergue em Pennyfields, houve uma briga entre dois hóspedes, uma cena perversa. Um dos hóspedes idosos, um homem de mais ou menos setenta anos, nu da cintura para cima (ele estava lavando roupas), estava violentamente insultando um estivador, de estatura baixa e atarracado, que estava em pé de costas para o fogo. Eu conseguia ver o rosto do velho iluminado pelo fogo e ele estava quase chorando de tristeza e raiva.

O velho aposentado: — Você....!

O estivador: — Cala tua boca, seu velho... antes qu'eu te acerte!

O velho aposentado: — Só tenta, seu...! Sô trinta anos mais velho que tu, mas não ia precisar muito pra me fazer te dar uma que ia te enfiar num balde cheio de mijo!

O estivador: — Ah, tá, e daí talvez eu ia te socar depois, seu velho...!

E assim foi por cinco minutos. Os hóspedes se sentaram em volta, aborrecidos, tentando ignorar a briga. O estivador parecia taciturno, mas o velho estava ficando cada vez mais furioso. Ele permaneceu tentando atacar o outro, esticando o rosto e gritando a poucos centímetros de distância como um gato para um muro e cuspindo. Ele estava tentando se esforçar para desferir um golpe e não estava conseguindo direito. Finalmente ele explodiu:

— Um.... isso que cê é, um...! Enfia isso na tua boca e entroncha, seu...! Por..., vou te socar antes de acabar contigo. Um... isso que cê é, filho de uma... puta! Lambe isso, seu...! Isso que eu acho de você, seu..., seu... seu... seu INDIANO DESGRAÇADO!

Em razão do que ele de repente desabou em um banco, colocou o rosto entre as mãos, e começou a chorar. O outro homem, percebendo que as pessoas estavam contra ele, saiu.

Depois disso, ouvi Steve explicando o motivo da briga. Aparentemente foi tudo por causa de um xelim em comida. De alguma forma, o velho havia perdido seu estoque de pão e margarina e, então, não teria nada para comer nos três dias seguintes, exceto o que os outros lhe davam por caridade. O estivador, que tinha trabalho e era bem alimentado, havia insultado o velho; consequentemente, a briga.

Quando meu dinheiro se reduziu a um xelim e quatro *pence*, fui a um albergue em Bow para passar uma noite, onde o preço era somente oito *pence*. Era preciso descer uma área, atravessar um beco até um porão fundo e sufocante de um metro quadrado. Dez homens, a maioria marujos, estavam sentados junto ao brilho intenso do fogo. Era meia-noite, mas o filho do encarregado, uma criança de cinco anos, pálido e

pegajoso, estava lá brincando nos joelhos dos marujos. Um velho irlandês assobiava para um pimpalhão-da-
-índia cego em uma gaiola minúscula. Havia outros pássaros canoros lá — coisinhas minúsculas que passaram a vida toda nos subterrâneos. Os hóspedes geralmente preparavam água no fogo, para não terem de cruzar o quintal até o lavatório. Ao me sentar à mesa, senti algo se mexer próximo aos pés e, ao olhar para baixo, vi uma onda de coisas pretas se movendo devagar no chão; eram besouros pretos.

Havia seis camas no dormitório, e os lençóis, marcados com letras enormes "Roubados de _____ Road, n$^{\circ}$", tinham um cheiro repugnante. Na cama ao lado da minha, um homem muito velho estava deitado, um artista de rua, com uma curvatura extraordinária na coluna que fazia com que ele saísse da cama e as costas ficassem uns trinta ou cinquenta centímetros do meu rosto. Eram costas nuas e havia curiosas marcas de redemoinhos de sujeira, como tampo de mesa de mármore. Durante a noite, um homem chegou bêbado e passando mal no chão, perto da minha cama. Havia insetos também — não era tão ruim quanto Paris, mas o suficiente para manter uma pessoa acordada. Era um lugar imundo. Ainda assim, o encarregado e a mulher eram amigáveis e prontos para fazer uma xícara de chá a qualquer hora do dia ou da noite.

XXVI

De manhã, depois de pagar pelo habitual chá-
-com-duas-fatias e comprar uns quinze gramas de

tabaco, sobrou-me meio *penny*. Eu ainda não queria pedir mais dinheiro a B., então não havia nada a fazer a não ser ir a uma ala comum. Eu tinha muito pouca noção de como arranjar isso, mas sabia que existia uma ala comum em Romton, então, andei até lá, chegando às três ou quatro da tarde. Recostado ao chiqueiro no mercado de Romton estava um velho irlandês enrugado, obviamente um mendigo. Cheguei perto e fiquei ao lado dele, e logo ofereci a ele minha caixa de tabaco. Ele a abriu e observou o tabaco espantado:

— Por Deus — ele observou —, tem seis *pence* de tabaco bom aqui! Onde que cê pegô isso? *Cê* num tá na rua faz tempo.

— Qual o quê, não tem tabaco na rua? — respondi.

— Ah, a gente *temos*. Olha.

Ele tirou uma lata enferrujada que já fora usada de Oxo Cubes.[147] Dentro dela havia vinte ou trinta pontas de cigarros catadas nas calçadas. O irlandês disse que raramente conseguia outro tabaco; ele acrescentou que, com atenção, era possível conseguir cinquenta gramas de tabaco por dia nas calçadas de Londres.

— Cê veio de um daqueles galpão [ala comum], é? — Ele me perguntou.

Eu respondi que sim, acreditando que assim ele me aceitaria como um colega mendigo, e perguntei a ele como era um albergue em Romton. Ele contou:

— Ah, é uma parte de cacau. Tem as parte de *chá*, o galpão de cacau e o galpão de mingau mole. Eles

---

[147] Marca de caldo seco de carne e legumes vendidos em cubos.

num te dá mingau mole em Romton, graças a Deus — pelo menos, eles num deu da última vez que eu tava lá. Já fui pra York e já andei pelo País de Gales.

— O que é mingau mole? — indaguei.

— Mingau mole? Uma lata de água quente com umas maldita aveia no fundo; isso é mingau mole. Os mingau mole é sempre os pior.

Ficamos conversando por uma hora ou duas. O irlandês era um velho simpático, mas cheirava muito mal, o que não era de se surpreender quando se descobre quantas doenças ele já teve. Parecia (ele descreveu os sintomas em detalhes) que, analisando-o da cabeça aos pés, ele já sofrera de várias coisas: no topo da cabeça, que era careca, ele teve eczema; era míope e não tinha óculos; tinha bronquite crônica; sofria de alguma dor nas costas que não foi diagnosticada; tinha dispepsia; tinha uretrite; tinha varizes, joanetes e pés chatos. Com esse conjunto de doenças, ele já vivia nas ruas por quinze anos.

Mais ou menos às cinco horas, o irlandês disse:

— Cê quer uma xicrinha de chá? A parte num abre 'té às seis.

— Eu acho que gostaria, sim.

— Bom, tem um lugar aqui onde eles dá uma xícara de *chá* de graça e um pãozinho. *Bom chá* eles tem. Eles faz a gente falar um monte de reza depois; mas caramba! Tudo passa c'o tempo. Cê vem comigo.

Ele nos levou até uma barraca de telhado de zinco em uma rua lateral, muito parecida com um pavilhão de críquete local. Mais ou menos outros vinte e cinco mendigos esperavam. Alguns deles eram velhos e sujos mendigos comuns, a maioria rapazes do norte de aparência decente, provavelmente mineiros ou operários do algodão sem trabalho. Logo a porta abriu e uma moça em um vestido azul de seda, usando óculos dourados e um crucifixo, recebeu-nos. Lá dentro havia trinta ou quarenta cadeiras duras, um harmônio e uma litografia da Crucificação muito sangrenta.

Desconfortáveis, tiramos os bonés e nos sentamos. A moça serviu o chá, e enquanto comíamos e bebíamos, ela andava de um lado para o outro, falando bondosamente. Ela falava sobre assuntos religiosos — sobre Jesus Cristo sempre com um ponto fraco por homens pobres e rudes como nós, e sobre quão rapidamente o tempo passa quando estamos em uma igreja, e que diferença fazia a um homem nas ruas se fizesse suas orações regularmente. Nós odiávamos tudo aquilo. Sentávamos contra a parede mexendo nos bonés (um mendigo se sente indecente e exposto sem seu boné) e ficando vermelhos e tentando balbuciar alguma coisa quando a moça se dirigia a nós. Não restava dúvida de que ela fazia tudo aquilo por bem. Quando se dirigiu a um dos rapazes do norte com um prato de pãezinhos, ela disse a ele:

— E você, meu rapaz, quanto tempo faz desde que se ajoelhou e conversou com seu Pai no Céu?

Pobre rapaz, nem uma palavra ele conseguia pronunciar; mas seu estômago respondeu por ele, com um vergonhoso estrondo que fez ao vislumbrar comida. Depois disso, ele se sentiu tão subjugado de vergonha que mal conseguia engolir o pãozinho. Somente um homem conseguiu responder à moça como ela merecia, e era um rapaz ágil, de nariz vermelho que parecia um cabo que perdera sua posição por bebedeira. Ele conseguia pronunciar as palavras "querido Senhor Jesus" com menos vergonha do que qualquer um que jamais vira. Sem dúvida ele havia aprendido o dom na prisão.

O chá acabou e eu percebi os mendigos olhando uns para os outros furtivamente. Um pensamento não falado estava passando de homem para homem — será que poderíamos ir embora antes que a reza começasse? Alguém se agitou na cadeira — não exatamente se levantando, mas só dirigindo o olhar para a porta, como se meio que sugerindo a ideia de partida. A moça o reprimiu com um olhar. Ela disse em um tom mais bondoso do que nunca:

— Não acho que você já precise ir *agora*. A ala comum não abre até às seis, e temos tempo para ajoelhar e dizer algumas palavras ao nosso Pai primeiro. Acho que vamos todos nos sentir melhor depois, não é?

O homem de nariz vermelho era muito prestativo, puxando o harmônio do lugar e distribuindo livros de oração. Ele estava de costas para a moça ao fazer isso e era sua ideia de brincadeira lidar com os livros como um maço de cartas, sussurrando para cada homem enquanto distribuía, "Tá aqui, meu chapa, tem um ____ jogo e pra você! Quatro azes e um rei", etc.

Sem boné, ele se ajoelhou entre as xícaras sujas e começou a balbuciar que nós havíamos deixado de fazer aquelas coisas que deveríamos ter feito, e feito as coisas que não deveríamos ter feito e não havia nada de saudável em nós. A moça rezava com muito fervor, mas seus olhos nos observavam o tempo todo, para ter certeza de que estávamos prestando atenção. Quando ela não estava olhando, dávamos risada e piscávamos uns para os outros, e sussurrávamos piadas obscenas só para mostrar que pouco nos importávamos; mas tudo isso ficava um pouco engasgado na garganta de todos nós. Ninguém, a não ser o homem de nariz vermelho, tinha autocontrole suficiente para pronunciar as respostas em mais do que um sussurro. Melhoramos com os cantos, exceto que um velho mendigo só sabia a melodia "Avante, soldados Cristãos" e o repetia às vezes, estragando a harmonia.

A reza durou uma hora, e, então, após apertos de mãos na porta, fomos embora.

— Bom — disse alguém, assim que ninguém mais pudesse nos ouvir —, o sofrimento acabou. Achei que as p — das reza num ia acabar nunca.

— Você e seus pãozinho — respondeu outro —, cê tem que pagar por eles.

— Rezar por eles, cê quer dizer. Ah, e num ganhar quase nada. Eles num consegue nem te dá uma xícara de chá de dois *pence* sem que cê tem que ajoelhar pra essa p —.

Houve murmúrios concordando. Evidentemente, os mendigos não se sentiam gratos pelo chá. E ainda era um chá excelente, tão diferente do chá servido em cafés quanto Bordeaux é da porcaria chamada vinho tinto colonial, e estávamos todos felizes com isso. Tenho certeza também de que nos foi servido de boa-fé, sem quaisquer intenções de nos humilhar; então com justiça, devemos ser gratos — mas ainda assim, não éramos.

XXVII

Mais ou menos às quinze para as seis, o irlandês me levou ao albergue. Era um lugar sinistro, um cubo de tijolos amarelos de fumaça, no canto do terreno do albergue,[148] com fileiras de janelas minúsculas e com grades e muro alto, e portões de ferro que o isolavam da rua, mais parecia uma prisão. Uma longa fila de mendigos esfarrapados já se formara, esperando os portões abrirem. Eram mendigos de todos os tipos e idades, o mais novo, um menino de rosto jovem de dezesseis anos, o mais velho, uma múmia enrugada e desdentada de setenta e cinco. Alguns eram mendigos calejados, reconhecíveis por suas bengalas e cajados de pau e rostos escurecidos pela sujeira; alguns eram operários de fábricas desempregados, alguns lavradores, um era funcionário de colarinho e gravata, dois certamente deficientes mentais. Vistos como uma massa, lá recostados, eram uma visão degradante; nada perversos ou perigosos, mas uma multidão perdida e sarnenta, quase toda em farrapos e notadamente mal alimentada. Eram amigáveis, no entanto, e não faziam pergunta nenhuma. Muitos me ofereceram fumo — pontas de cigarros, quero dizer.

---

[148] Aqui ocorre uma grande perda na tradução para o português. George Orwell se refere a *spike* no seu texto original, que é a forma coloquial para *workhouse*. *Workhouse*, por sua vez, é uma instituição pública para dar abrigo aos moradores de rua. Em alguns momentos Orwell usa *spike* para se referir ao local como um todo, e às vezes, para se referir apenas a uma parte do local, uma ala do local. Na nossa tradução, usamos albergue para traduzir *workhouse* e *spike*, dependo do uso no original; e galpão, para traduzir *spike* no sentido de ala.

Estávamos recostados contra o muro, fumando, e os mendigos começaram a falar sobre os galpões pelos quais haviam passado recentemente. Pelo que eles contaram, parece que todos os albergues são diferentes, cada um com seus méritos e deméritos particulares, e é importante saber disso quando se vive nas ruas. Alguém com mais experiência pode nos dizer as peculiaridades de cada albergue na Inglaterra, tais como: no A é permitido fumar, mas há insetos nos quartos; no B as camas são confortáveis, mas o porteiro é um tirano; no C deixam sair logo cedo pela manhã, mas o chá é intragável; no D os funcionários roubam seu dinheiro, se tiver algum — e por aí vai interminavelmente. Existem trilhas entre os albergues, e ficam a um dia de distância uns dos outros. Contaram que o caminho de Barnet-St. Albans é o melhor e me avisaram para evitar Billericay e Chelmsford, e também Ide Hill em Kent. Chelsea era tido como o albergue mais luxuoso na Inglaterra. Alguém, elogiando o local, disse que os cobertores por lá eram mais parecidos com os de prisões do que de albergue. Mendigos chegam até longe no verão, e no inverno circulam tanto quanto conseguem ao redor de grandes cidades, que são mais quentes e faz-se mais caridade. Mas eles têm de continuar se movendo porque não é possível entrar em qualquer albergue ou quaisquer dois albergues em Londres mais de uma vez no mês, correndo o risco de ser confinado por uma semana.

Em algum momento depois das seis horas, os portões abriram e começamos a entrar, um de cada vez. No pátio, havia um escritório onde um funcionário anotou nossos nomes em um livro de registros, e também ocupação e idade, além dos lugares de onde vínhamos e para onde iríamos — essa última informação era para registrar as andanças dos mendigos. Falei que minha ocupação era "pintor"; já havia pintado aquarelas — quem nunca pintou? O funcionário também nos perguntou se tínhamos algum dinheiro e todos os mendigos disseram que não. É contra a lei entrar em um albergue com mais de oito *pence* e qualquer quantia menor do que isso deve ser entregue no portão. Mas, via de regra, os mendigos preferem esconder o dinheiro, amarrando-o bem firme em um pedaço de pano para não cair. Geralmente colocam no saquinho de chá e açúcar que cada mendigo carrega ou entre os seus "papéis". Os "papéis" são considerados sagrados e nunca são vasculhados.

Após o registro no escritório, fomos levados ao galpão por um funcionário conhecido como Major Mendigo[149] (seu trabalho é supervisionar os biscateiros e é geralmente um pobre do albergue) e por um rufião grande de um porteiro em um uniforme azul que só gritava e nos tratava como gado. O galpão tinha somente um banheiro e lavatório e, quanto ao resto, duplas fileiras compridas de celas de pedra, talvez por volta de cem celas ao todo. Era um lugar feito de pedra caiada, rústico e sombrio, mal limpo,

---

[149] No original *Tramp Major*, que é geralmente um ex-mendigo que se tornou um funcionário pago pela administração do albergue. De acordo com o Cambridge Dictionary, *major* significa *more important, bigger, or more serious than others of the same type*, ou seja, algo ou alguém de mais destaque e importância entre os iguais. Por isso optamos por "major" para traduzir *major*, a fim de tentar manter a ideia de "mesma classe ou iguais".

cheirando a alguma coisa que de certa forma eu já havia previsto pela aparência, um cheiro de detergente, desinfetante Jeyes e latrinas — um cheiro frio, desanimador, como de uma prisão.

O porteiro nos arrebanhou por uma passagem e, então, falou para irmos ao banheiro seis de cada vez para sermos revistados antes do banho. A busca era por dinheiro e fumo, pois Romton era um daqueles albergues em que se pode fumar uma vez que se tenha conseguido entrar com fumo, mas seria confiscado se fosse encontrado. Os mais experientes já haviam dito que o porteiro nunca revista abaixo do joelho, então antes de entramos, já havíamos escondido o fumo nos tornozelos, dentro das botas. Então, ao nos despirmos, escorregávamos o fumo nos casacos, que nos eram permitidos levar para servir de travesseiro.

A cena no banheiro era extraordinariamente repugnante. Cinquenta homens, completamente nus, se acotovelando em um espaço de dois metros quadrados com somente duas banheiras e, entre elas, dois rolos pegajosos de toalha. Nunca vou esquecer o fedor daqueles pés imundos. Menos da metade dos mendigos tomaram banho de fato (eu os ouvi dizendo que a água quente "enfraquece" o organismo), mas todos lavaram o rosto e pés e os trapinhos horrorosos e engordurados, conhecidos como panos-dos-dedões, que amarravam aos dedos dos pés. Água limpa era somente permitida àqueles que tomavam banho completo, então muitos homens tinham de se banhar em água na qual outros homens já haviam lavado os pés. O porteiro nos empurrava para lá e para cá, gritando e brigando conosco se alguém perdesse tempo. Quando chegou minha vez de tomar banho, perguntei se poderia limpar a banheira, manchada de sujeira, antes de usá-la. Ele simplesmente me respondeu:

— Cala a.... boca e vai pro banho!

Esse era o tom social do lugar e não tornei a falar mais nada.

Quando terminamos o banho, o porteiro amarrou nossas roupas em uma trouxa e nos entregou camisas do albergue — coisas cinza de algodão, duvidosamente limpas, como roupa de dormir improvisada. Fomos mandados para as celas de uma vez, e o porteiro e o Major Mandigo logo trouxeram jantar vindo do albergue. A porção de cada homem era uma fatia de duzentos gramas de pão besuntado de margarina e meio litro de chocolate amargo, sem nenhum açúcar, em um canecão de lata. Sentados no chão, devoramos a comida em cinco minutos, e mais ou menos às sete horas as postas das celas foram trancadas pelo lado de fora, para assim permanecerem até às oito da manhã.

Cada homem tinha permissão para dormir com seu companheiro, sendo que cada cela tinha capacidade para abrigar dois homens. Eu não tinha nenhum companheiro, e fui colocado com outro homem solitário, um indivíduo de rosto raquítico de magro, com ligeiro estrabismo. A cela media dois metros e meio por um metro e meio com dois metros e meio de altura, era feita de pedra e tinha uma minúscula janela com barras bem no alto da parede e um olho mágico na porta, exatamente como uma cela de prisão. Dentro havia seis cobertores, um penico, um cano de água quente e simplesmente nada mais. Olhei ao redor da cela com um vago sentimento de que algo estava faltando. Então, em choque, percebi o que era e exclamei:

— Mas, digo, merda, onde estão as camas?

— *Camas?* — disse o outro homem, surpreso. — Não tem cama nenhuma! Que que cê esperava? Este é daqueles albergue que cê dorme no chão. Cristo! Cê num se acostumou ainda?

Aparentemente não haver camas era uma condição bem normal no albergue. Enrolamos os nossos casacos e os colocamos junto ao cano de água quente e ficamos o mais confortavelmente possível. Ficou muito abafado, mas não quente o suficiente para que colocássemos os cobertores por baixo para forrar o chão e ficar mais macio. Deitamos a uma distância de trinta centímetros um do outro, respirando um na cara do outro, com nossas pernas nuas constantemente se tocando, e rolando um por cima do outro conforme adormecíamos. Inquietos, mexíamo-nos de um lado para o outro, mas pouco adiantava; para qualquer lado que virássemos haveria primeiro uma sensação maçante de entorpecimento e, então, uma dor aguda conforme a dureza do chão atravessava o cobertor. Era possível dormir, mas não mais do que por dez minutos seguidos.

Mais ou menos à meia-noite o outro homem começou a fazer investidas homossexuais em mim — uma experiência desagradável em uma cela trancada e escura como breu. Ele era uma criatura franzina e eu dava conta dele com facilidade; mas, é claro, foi impossível voltar a dormir. Pelo resto da noite, permanecemos acordados, fumando e conversando. O homem me contou a história da sua vida — ele era mecânico, sem trabalho havia três anos. Ele disse que a mulher o tinha abandonado imediatamente assim que ele perdeu o emprego e estava havia tanto tempo longe de mulheres que quase havia esquecido como elas eram. Homossexualidade é comum entre mendigos de longa data, ele contou.

Às oito, o encarregado veio destrancando todas as portas e gritando:

— Todo mundo pra fora!

As portas abriram, deixando sair um cheiro rançoso e fétido. De uma vez, o corredor se encheu de figuras esquálidas, de camisas cinza, cada uma com o penico na mão, lutando para chegar ao banheiro. Aparentemente, pela manhã, apenas uma banheira de água era permitida para todos nós, e quando cheguei vinte mendigos já tinham lavado o rosto; dei uma olhada para a sujeira preta boiando na água e saí sem me lavar. Depois disso, recebemos café da manhã idêntico ao jantar da noite anterior, devolveram nossas roupas e fomos mandados ao pátio para trabalhar. O trabalho era descascar batatas para a comida dos pobres, mas era mera formalidade para nos manter ocupados até que o médico chegasse para nos examinar. A maioria dos mendigos verdadeiramente não fazia nada. O médico chegou por volta das dez horas e fomos mandados de volta para as celas, tirar a roupa e esperar no corredor para o exame.

Nus e tremendo, formamos uma fila no corredor. Não se pode imaginar quão arruinados parecíamos, malditos degenerados, lá em pé na luz da manhã impiedosa. As roupas de um mendigo são ruins, mas escondem coisas muito piores; para vê-lo como ele realmente é, absoluto, deve-se vê-lo nu. Pés chatos, barrigas protuberantes, peitos afundados, músculos flácidos — toda sorte de degradação física estava lá. Quase todo mundo estava subnutrido e alguns claramente doentes. Dois homens usavam cintas e, com relação às velhas criaturas, de setenta e cinco anos que pareciam múmias, imaginava-se como conseguiam andar todos os dias. Olhando nos nossos rostos, barba por fazer e amassados da noite de sono, poderia se pensar que todos nós estávamos nos recuperando de uma semana de bebedeira.

O exame foi feito meramente para detectar varíola e o médico não tomou conhecimento do nosso estado geral. Um jovem estudante de medicina, fumando um cigarro, passou rapidamente pela linha nos olhando de cima a baixo, sem perguntar se algum dos homens estava bem ou mal. Quando meu companheiro de cela se despiu, vi que seu peito estava coberto de erupções vermelhas e, tendo passado a noite a alguns centímetros de distância dele, entrei em pânico em relação à varíola. O médico, no entanto, examinou a vermelhidão e disse que era devido a simplesmente estar subnutrido.

Após o exame, vestimos nossas roupas e fomos mandados ao pátio, onde o encarregado nos chamou pelo nome e nos devolveu os pertences que havíamos deixado no escritório e nos deu vale-refeição. O vale era de seis *pence* e fomos encaminhados a uma lanchonete no caminho que havíamos feito na noite anterior. Era interessante ver que um bom número de mendigos não sabia ler e tinha de recorrer a mim e outros "eruditos" para entender seus vales.

Os portões foram abertos e nós nos dispersamos imediatamente. Quão doce é de fato o cheiro do ar — até mesmo o ar de uma ruazinha pela cidade — depois de preso em um albergue com um fedor subfecal. Tinha um companheiro agora, porque enquanto estivemos descascando batatas havia feito amizade com um mendigo irlandês chamado Paddy Jaques, um homem pálido e melancólico que parecia limpo e decente. Ele estava indo para o albergue Edbury e sugeriu que fôssemos juntos. Partimos, chegando lá às três da tarde. Era uma caminhada de dezenove quilômetros, mas fizemos em vinte e dois porque nos perdemos pelos cortiços desertos ao norte de Londres. Nosso vale refeição era aceito em uma lanchonete em Ilford. Quando chegamos lá, a fedelha da atendente, tendo visto o vale e percebido que éramos mendigos, virou a cabeça com desprezo e não nos serviu por um bom tempo. Finalmente ela jogou na mesa dois "chás grandes" e quatro fatias de pão salpicado com sal e pimenta — comida que custava oito *pence*. Aparentemente a lanchonete tinha o costume de enganar os mendigos em dois *pence* ou mais; tendo vale em vez de dinheiro, os mendigos não tinham como reclamar ou ir a outro lugar.

XXVIII

Paddy foi meu companheiro por mais ou menos as duas semanas seguintes, e, sendo o primeiro mendigo que conhecera bem, gostaria de contar sobre ele. Acredito que era um típico mendigo e há milhares como ele na Inglaterra.

Era um homem mais ou menos alto, de uns trinta e cinco anos, tinha cabelos claros começando a ficar grisalhos e olhos azuis lacrimejantes. Suas feições eram boas, mas as bochechas haviam caído e tinham um aspecto granulado acinzentado e sujo, consequência de uma dieta a pão e margarina. Vestia-se bem melhor do que os outros mendigos, com uma jaqueta de *tweed* e velhas calças de sair à noite que ainda tinham adorno trançado. Evidentemente, as tranças figuravam em sua mente como um traço de respeitabilidade que ainda persistia, e ele cuidava para costurá-las todas as vezes que se soltavam. No geral, ele era cuidadoso com a aparência e tinha sempre consigo uma lâmina e uma para sapatos que não vendia, embora tivesse vendido seus "papéis" e até seu canivete havia muito tempo. No entanto, podia ser identificado como um mendigo a quilômetros de distância. Havia algo em seu estilo de vagar por aí e o jeito de encolher os ombros para a frente, essencialmente abjeto. Observando-o caminhar, instintivamente era possível sentir que ele preferiria levar um golpe a dar um.

Fora criado na Irlanda, serviu dois anos na guerra, e, então, trabalhou em uma fábrica de metal, onde perdera o emprego dois anos antes. Ele tinha muita vergonha de ser mendigo, mas havia adquirido todos os trejeitos de um. Ele andava pelas calçadas incessantemente, inspecionando-as, nunca desperdiçando uma ponta de cigarro, ou até mesmo um maço de cigarros vazio porque usava o papel para enrolar cigarros. A caminho de Edbury ele viu um pacote de jornais na calçada, saltou sobre ele e descobriu que continha dois sanduíches de carneiro um tanto comidos nas pontas. Insistiu em dividi-los comigo. Ele nunca passava por um caixa automático sem dar um puxão na maçaneta porque dizia que, às vezes, estão quebrados e despejam alguns *pennies* se cutucarmos. Porém, ele não tinha estômago para crime. Quando estávamos nos arredores de Romton, Paddy notou uma garrafa de leite na soleira de uma porta, evidentemente deixada lá por engano. Ele parou, com fome, olhando a garrafa.

— Cristo! — exclamou. — Tem comida boa indo pro lixo. Alguém podia pegar aquela garrafa, né? Pegar fácil.

Percebi que ele estava pensando em ele mesmo "pegá-la". Olhou para cima e para baixo na rua; era uma rua residencial e silenciosa, e não havia ninguém à vista. O rosto doente e caído de Paddy ansiava pelo leite. Então, se virou e disse com melancolia:

— Melhor deixar. Não faz bem ao homem roubar. Graças a Deus, nunca roubei nada ainda.

Foi o pavor, fruto da fome, que o manteve virtuoso. Com apenas duas ou três boas refeições na barriga, ele teria achado coragem para roubar o leite.

Ele conversava sobre dois assuntos, a vergonha e a lástima de ter se tornado um mendigo, e a melhor maneira de se conseguir comida de graça. Conforme vagávamos pelas ruas, ele mantinha um monólogo neste estilo, choramingando em autopiedade com voz irlandesa:

"É um inferno ficar na rua, né? Corta o coração ir lá naqueles maldito albergue. Mas que outra coisa um homem pode fazer? Num como direito faz mais ou menos dois meses e as bota tão estragando, né?

— Cristo! Como seria se a gente tentava ter uma xícara de chá num daqueles convento no caminho pra Edbury? Muitas vezes eles é bom pra uma xícara de chá. Ah, o que ia ser de um homem sem religião, hein? Já peguei duas xícara de chá nos convento, e nos Batista, e nas Igreja da Inglaterra, e de todo tipo. Eu mesmo sou católico. Quer dizer, num fui confessar por dezessete anos, mas eu ainda tenho sentimento religioso, cê sabe. E os convento é sempre bom pra uma xícara de chá..." etc. etc. Ele repetia isso o dia todo, quase sem parar.

Sua ignorância era ilimitada e espantosa. Uma vez ele me perguntou, por exemplo, se Napoleão vivera antes ou depois de Cristo. Outra vez, quando eu olhava a vitrine de uma livraria, ele ficou muito perturbado porque um dos livros chamava-se *A imitação de Cristo*. Ele entendeu como blasfêmia. "Mas pra que diabos querem ir imitar *Ele*?" gritou com raiva. Ele sabia ler, mas nutria um tipo de ódio por livros. No caminho de Romton para Edbury, passei em uma biblioteca pública e, embora Paddy não quisesse ler, sugeri que ele entrasse e descansasse as pernas. Mas ele preferiu esperar na calçada.

— Não — disse ele —, ver todo aquele maldito papel me faz mal.

Assim como muitos mendigos, ele era apaixonadamente mesquinho com fósforos. Ele tinha uma caixa de fósforos quando o conheci, mas nunca o vi riscar um sequer e ele me passava sermão cada vez que eu acendia um meu. Seu método era mendigar fogo com estranhos, às vezes preferindo ficar sem fumar por meia hora a riscar um fósforo.

Autopiedade era a chave para seu caráter. A ideia da sua má sorte nunca parecia o abandonar, nem por um instante. Ele quebrava um longo silêncio para exclamar, a propósito de nada: "É o inferno quando tuas roupa começa a estragar, né?" ou "Aquele chá no albergue num é chá, é mijo", como se não houvesse mais nada no mundo em que se pensar. E ele sentia uma inveja baixa, como verme, de qualquer pessoa que estivesse em melhor condição — não dos ricos, porque esses estavam muito além de seu horizonte social, mas de homens que tinham trabalho. Ele desejava trabalhar assim como um artista deseja ser famoso. Se ele visse um velho trabalhando, dizia com amargura. "Olha aquele velho — tirando trabalho de homem capaz"; ou, se fosse um menino, "É esses maldito jovem que tira o pão das boca da gente". E todos os estrangeiros para ele eram "aqueles maldito gringo" — porque, segundo sua própria teoria, os estrangeiros eram os culpados pelo desemprego.

Ele olhava para as mulheres com uma mistura de saudade e ódio. Mulheres jovens e bonitas estavam muito acima para fazerem parte de seus pensamentos, mas sua boca aguava por prostitutas. Algumas criaturas de lábios vermelhos passavam; o rosto de Paddy corava de um rosa pálido e ele se virava e, faminto, encarava as mulheres. "Putas!" ele murmurava como um menino em uma vitrine de loja de doces. Uma vez ele me contou que ficou sem ter relações com nenhuma mulher por dois anos — ou seja, desde que perdera o emprego — e havia esquecido que se pode almejar mais do que prostitutas. Ele tinha o caráter de um mendigo comum — abjeto, invejoso, o caráter de um chacal.

No entanto, ele era um bom camarada, generoso por natureza e capaz de dividir a última migalha com um amigo. De fato, ele dividiu, de verdade, sua última migalha comigo mais de uma vez. Provavelmente ele fosse capaz de trabalhar também, se fosse bem alimentado por alguns meses. Mas dois anos a pão e margarina diminuíra seu padrão desesperadamente. Ele sobrevivera da mísera imitação de comida até que sua própria mente e seu próprio corpo eram um combinado de uma coisa inferior. Fora subnutrição e não um defeito de nascença qualquer que destruíra sua humanidade.

XXIX

No caminho para Edbury, contei a Paddy que eu tinha um amigo com quem tinha certeza de que conseguiríamos dinheiro, e sugeri que fôssemos diretamente até Londres em vez de enfrentar mais uma noite no albergue. Mas Paddy não havia passado pelo albergue em Edbury recentemente, e, assim como um mendigo, ele não desperdiçaria uma noite de alojamento gratuito. Concordamos em ir a Londres na manhã seguinte. Eu tinha apenas meio *penny*, mas Paddy tinha dois xelins, o que nos daria uma cama para cada um e algumas xícaras de chá.

O albergue em Edbury não era muito diferente daquele em Romton. O pior aspecto era que todo fumo era confiscado na entrada e éramos avisados de que qualquer homem pego fumando seria dispensado na mesma hora. De acordo com a Lei da Vadiagem,[150] mendigos podem ser processados por fumar no albergue — de fato, eles podem ser processados por quase qualquer coisa; mas as autoridades geralmente poupam o trabalho do processo ao expulsarem os desobedientes. Não havia trabalho a fazer, e as celas eram razoavelmente confortáveis. Dormíamos dois em uma cela, "um em cima, outro em baixo", ou seja, um em uma prateleira de madeira e o outro no chão, com colchões de palha e muitos cobertores, sujos, mas sem parasitas. A comida era a mesma de Romton, exceto que recebíamos chá em vez de chocolate. Era possível receber chá extra pela manhã, se o Major Mendigo estivesse vendendo por meio *penny* a caneca, obviamente, de forma ilícita. Cada um recebia um pedaço grande de pão e queijo para levar e comer durante o dia.

Quando chegamos a Londres, tínhamos oito horas para matar antes que os alojamentos abrissem. É curioso como não se notam as coisas. Eu já estivera em Londres inúmeras vezes, e ainda até aquele dia nunca havia percebido uma das piores coisas sobre a cidade — o fato de que até sentar custa dinheiro. Em Paris, se não temos dinheiro e não conseguimos pagar por um banco público, sentamos na calçada. Só

---

[150] No original em inglês, aparece *Vagrancy Act*, que é uma lei no Reino Unido de 1824. A tradução Lei da Vadiagem, obviamente, não se refere à mesma lei. No código penal brasileiro em 1890, a vadiagem era crime, e a Lei da Vadiagem existia. No código penal de 1942, vadiagem ainda era criminalizada, por isso esta tradução adotou esse nome. Em 2012 foi criado um projeto de lei para descriminalizar a vadiagem no Brasil. Portanto, *Vagrancy Act* e Lei da Vadiagem não são a mesma lei, mas apenas uma equivalência funcional.

Deus sabe o que aconteceria se alguém se sentasse na calçada em Londres — prisão, provavelmente. Até às quatro, já havíamos permanecido em pé por cinco horas e tínhamos os pés vermelhos e quentes por causa da dureza das pedras. Estávamos com fome, havíamos comido nosso lanche assim que saímos do albergue e eu não tinha fumo — importava menos a Paddy que catava tocos de cigarros. Tentamos duas igrejas, mas estavam fechadas. Então tentamos uma biblioteca pública, mas não havia bancos para sentar. Como última esperança, Paddy sugeriu tentar Rowton House. Pelas regras, nos deixariam não entrar antes das sete, mas poderíamos entrar sem sermos notados. Caminhamos até a entrada magnífica (Rowton Houses[151] eram realmente magníficas) e muito descontraídos, tentando parecer hóspedes comuns, entramos relaxados. No mesmo instante, um homem recostado na porta de entrada, um sujeito de rosto anguloso, evidentemente em alguma posição de autoridade, barrou o trajeto.

— Cêis dormiram aqui ontem de noite?

— Não.

— Então — fora!

Obedecemos e ficamos mais duas horas em pé na esquina. Foi desagradável, mas me ensinou a não usar a expressão "vadio da esquina", então tirei uma lição disso.

Às seis fomos ao abrigo do Exército da Salvação. Não podíamos reservar camas até às oito e não era

---

[151] Rowton Houses era uma cadeia de albergues construídos em Londres, Inglaterra, pelo filantropo vitoriano Lord Rowton para oferecer acomodações decentes aos trabalhadores, no lugar dos esquálidos alojamentos da época.

certeza que haveria uma vaga, mas um funcionário, que nos chamava de "Irmão", deixou-nos entrar com a condição de pagarmos por duas xícaras de chá. O hall principal do abrigo era um lugar bem amplo, tipo de um celeiro, com as paredes pintadas de branco, opressivamente limpo e sem nada, sem lareiras. Duzentas pessoas, que pareciam mais ou menos decentes e um pouco deprimidas, estavam sentadas amontoadas em compridos bancos de madeira. Um ou dois funcionários uniformizados faziam ronda de um lado a outro. Na parede havia quadros do General Booth, e cartazes proibindo comida, bebida, cuspir, xingar, brigar e jogar. Como amostra de tais cartazes, aqui está um que eu copiei palavra por palavra:

>Qualquer homem que for pego com jogatina ou carteado será expulso e não será admitido em nenhuma circunstância.
>
>Uma recompensa será dada por informação que leve à descoberta de tais pessoas.
>
>Os funcionários responsáveis solicitam a todos os hóspedes que os ajudem a manter este alojamento livre do DETESTÁVEL VÍCIO DO JOGO.

"Jogatina ou carteado" é uma frase deliciosa. Em minha opinião, esses abrigos do Exército da Salvação, embora limpos, são muito mais monótonos do que o pior dos albergues. Há tal desesperança nas pessoas por lá — decentes, tipos quebrados que penhoraram seus ternos, mas ainda tentar encontrar um emprego em escritório. Vir para um abrigo do Exército da Salvação, onde é pelo menos limpo, são suas últimas esperanças por dignidade. Na mesa ao lado da minha estavam dois estrangeiros, vestidos em trapos, mas obviamente cavalheiros. Estavam jogando xadrez verbalmente, nem mesmo escrevendo os movimentos. Um deles era cego, e eu os ouvi falar que estiveram guardando dinheiro por bastante tempo para comprar um tabuleiro, que custava meia coroa, mas nunca conseguiram. Aqui e lá havia escriturários e funcionários sem emprego, pálidos e melancólicos. No meio de um grupo deles, um homem jovem, alto, magro e pálido como a morte falava com entusiasmo. Ele batia com o punho na mesa e vangloriava-se de um jeito estranho, ardente. Quando os funcionários não estavam escutando, ele explodiu surpreendentemente em blasfêmias:

— Vou te falar, rapazes, vou conseguir aquele emprego amanhã. Não sou um desses seus malditos lambe-botas. Eu sei cuidar de mim. Olha lá — aquele cartaz! "Deus proverá!" um maldito nada Ele me deu. Vocês não vão me ver confiando nesse — Deus. Deixem comigo, rapazes. *Eu vou conseguir aquele emprego...* — Etc. etc.

Eu o observava, tomado pelo jeito feroz e agitado como falava; ele parecia histérico, ou talvez um pouco bêbado. Uma hora depois fui a um cômodo pequeno, separado do hall principal, reservado para leitura. Não havia livros nem papéis lá, então poucos hóspedes iam lá. Conforme abri a porta, vi o jovem escriturário lá sozinho; ele estava de joelhos, *rezando*. Antes de fechar a porta novamente, tive tempo de ver seu rosto, e parecia agoniado. De repente percebi, por causa da expressão em seu rosto, que ele estava faminto.

O preço pela cama era oito pence. Paddy e eu ainda tínhamos cinco *pence* e gastamos no "bar", onde a comida era barata, embora não tão barata quanto em albergues comuns. O chá parecia ser feito com *poeira*, que eu julguei pode ter sido doado ao Exército da Salvação em caridade, embora vendessem a três *pence* e meio cada xícara. Era um troço imundo. Às dez horas, um funcionário entrou marchando no hall com um apito. Imediatamente todos se levantaram.

— Pra que é isso? — perguntei a Paddy, atônito.

— É pra sair da cama. E cê também tem que levar isso a sério.

Obedecendo como carneirinhos, todos os duzentos homens saíram da cama, sob o comando dos funcionários.

O dormitório era um sótão grande como um quartel, com sessenta ou setenta camas. Eram limpas e toleravelmente confortáveis, mas muito estreitas e tão juntas que um respirava diretamente na cara do outro. Dois funcionários dormiam no quarto para ver se ninguém fumava ou conversava depois que as luzes eram apagadas. Paddy e eu mal dormimos, pois havia um homem perto de nós que tinha algum problema nervoso, talvez trauma pós-guerra, que o fazia gritar "Pip!" a intervalos regulares. Era uma voz alta, assustadora, algo como apito de um pequeno motor. Nunca sabíamos quando viria, e com certeza não deixava dormir. Ao que parece Pip, como os outros o chamavam, dormia com frequência no abrigo e a cada noite ele deveria manter dez ou vinte pessoas acordadas. Ele era um exemplo do tipo de coisa que não deixa ninguém dormir o suficiente toda vez que homens se abrigam em alojamentos, assim como gado.

Às sete outro apito tocou, e os funcionários vieram chacoalhando aqueles que não se levantaram de imediato. Desde então, dormi em vários abrigos do Exército da Salvação, e descobri que, embora os abrigos variem um pouco, tal disciplina semimilitar é a mesma em todos. Com certeza são baratos, mas se parecem muito com albergues para o meu gosto. Em alguns deles existe até culto religioso obrigatório uma ou duas vezes por semana, aos quais os hóspedes devem comparecer ou deixar o lugar. O fato é que o Exército da Salvação está tão acostumado a se julgar um órgão de caridade que não sabe administrar um abrigo sem fazer com que tenha o fedor da caridade.

Às dez fui ao escritório de B. e pedi uma libra emprestada. Ele me deu duas e me disse que voltasse quando precisasse, então Paddy e eu não teríamos problemas com dinheiro por, pelo menos, uma semana. Vagamos à toa durante o dia em Trafalgar Square, procurando por um amigo de Paddy que nunca apareceu, e à noite fomos a um albergue em uma ruazinha próxima a Strand. O preço era onze *pence*, mas era um lugar escuro e malcheiroso e um famoso antro de "bichas". No andar de baixo, na cozinha sombria, três jovens de aparência ambígua em elegantes ternos azuis estavam sentados em um banco separado, ignorados pelos outros hóspedes. Suponho que eram "bichas". Pareciam o mesmo tipo dos bandidos que se veem em Paris, a não ser pelo fato de não usarem costeletas. Em frente a uma lareira, um homem totalmente vestido e um homem totalmente nu estavam negociando. Eram vendedores de jornais. O homem vestido estava vendendo suas roupas ao homem nu. Ele dizia:

— Tá aqui, as melhor roupa que cê já viu. Um *tosheroon* [meia coroa] pelo casaco, duas pila pelas calças, uma pila e um meio xelim pelas botas e uma pila pelo boné e o cachecol. Dá sete pilas.

— Cê que pensa! Te dou uma pila e um xelim pelo casaco, uma pila pelas calça e duas pelo resto. Dá quatro pilas e um troco.

— Leva tudo por cinco pilas e um troco, cara.

— Tá certo, some daqui agora. Tenho que ir vender minha última edição.

O homem vestido se despiu e em três minutos as condições eram opostas; o homem nu vestido e o outro se cobrindo com uma página do *Daily Mail*.

O dormitório era escuro e fechado, com quinze camas dentro. Havia uma horrível fedentina de urina, tão forte, logo de cara, que tentávamos respirar em pequena e rápida quantidade de ar, não enchendo os pulmões completamente. Conforme me deitei em uma cama, um homem surgiu da escuridão, debruçou-se sobre mim e começou a balbuciar de forma educada com voz de bêbado:

— Um antigo aluno de escola para meninos, hein? [Ele havia escutado eu dizer algo a Paddy.] Não tem muitos desses meninos por aqui. Eu sou um aluno de Eton. Você sabe — vinte anos, esse clima e tudo mais.

Ele começou a entoar uma canção de Eton, daquelas cantadas pelos alunos praticantes de remo, sem desafinar:

> Tempo bom para passear de barco,
> E uma colheita de feno...

— Para com esse — barulho! — gritavam vários hóspedes.

— Gentinha — comentou o ex-aluno de Eton —, muito gentinha. Tipo de lugar engraçado para você e eu, hein? Você sabe o que meus amigos me dizem? Eles dizem, "M..., você passou da redenção". Bem verdade. *Passei* da redenção. Vim a este mundo; não como esses — aqui, que não poderiam vir se tentassem. Nós amigos que saímos da escola temos que andar juntos um pouco. A juventude ainda existirá nos nossos rostos — você sabe. Posso lhe oferecer uma bebida?

Ele pegou uma garrafa de licor de cereja e, no mesmo instante, perdeu o equilíbrio e caiu pesadamente por entre minhas pernas. Paddy, que estava se despindo, o segurou em pé.

— Volta pra sua cama, seu idiota...!

O antigo aluno de Eton, sem equilíbrio, foi até sua cama e se arrastou por debaixo dos lençóis, sem tirar as botas. Muitas vezes durante a noite eu o ouvi murmurando, "M..., você já passou da redenção", como se a frase o atraísse. Pela manhã, ele estava dormindo totalmente vestido, com a garrafa agarrada nos braços. Ele era um homem de mais ou menos cinquenta anos, com rosto refinado e cansado e, curiosamente, vestindo roupas modernas. Era esquisito ver seus sapatos de couro envernizado em bom estado saindo para fora da cama imunda. Ocorreu-me também que o licor de cereja deve ter custado o equivalente ao valor do alojamento por duas semanas, então ele não deveria estar tão sem dinheiro assim. Talvez ele frequentasse albergues comuns à procura de "bichas".

As camas não tinham mais de sessenta centímetros de distância umas das outras. Mais ou menos à meia-noite, acordei e vi que o homem ao meu lado estava tentando roubar o dinheiro embaixo do meu travesseiro. Ele fingia estar dormindo enquanto roubava, escorregando a mão sob o travesseiro tão delicadamente quanto um rato. Pela manhã, vi que ele era corcunda, com braços compridos como os de um macaco. Contei a Paddy sobre a tentativa de roubo. Ele riu e comentou:

— Cristo! Cê tem que se acostumar com isso. Esses alojamento tá cheio de ladrão. Em alguns num tem segurança nenhuma e cê tem que dormir com as roupa no corpo. Já vi eles roubar uma perna de pau de um aleijado. Uma vez vi um homem — de uns noventa quilo — vim pr'um albergue com quatro libra e dez xelim. Ele coloca embaixo do colchão. "Agora", ele fala, "quem encostar nesse dinheiro vai fazer por cima do meu cadáver", ele fala. Mas eles faziam tudo igual. De manhã ele acordava no chão. Quatro caras pegou o colchão pelos canto e levantou ele que nem pena. Ele nunca mais viu as quatro libra.

XXX

Na manhã seguinte, começamos a procurar pelo amigo de Paddy, que se chamava Bozo e era mambembe, ou seja, artista de rua. Endereços não existiam no mundo de Paddy, mas ele tinha uma vaga ideia de que Bozo pudesse ser encontrado em Lambeth e, no fim, cruzamos com ele no Aterro da Margem do

Rio,[152] onde ele já havia se estabelecido, não longe de Waterloo Bridge. Ele estava ajoelhado na calçada com uma caixa de giz, copiando um rascunho de Winston Churchill de uma caderneta. A semelhança não era nada ruim. Bozo era um homem pequeno, moreno, de nariz adunco, cabelos cacheados crescendo baixo na cabeça. Tinha a perna direita terrivelmente deformada, sendo o pé torcido para frente pelo calcanhar, o que era horrível de se ver. Pela aparência, podia-se julgá-lo judeu, mas ele negava esse fato veementemente. Falava que seu nariz adunco era "romano" e tinha orgulho de sua semelhança com algum imperador romano — Vespasiano, acho.

Bozo tinha um jeito estranho de falar, meio *cockney* londrino, mas, ainda assim, bastante claro e expressivo. Era como se houvesse lido bons livros, mas nunca se importado em corrigir a gramática. Por um tempo Paddy e eu ficamos no Calçadão conversando, e Bozo nos deu uma descrição sobre a arte de rua. Repito o que ele disse, mais ou menos, em suas palavras.

"Sou o que chamam de um artista de rua sério. Não desenho com giz em quadros negros como esses outros, uso cores adequadas, as mesmas que os pintores usam. São caras pra caramba, especialmente as vermelhas. Uso um total de cinco pilas de cor por dia

---

[152] The Embankment é um aterro ou um calçadão construído nas margens do rio, onde as pessoas caminham e há bancos para sentar e apreciar a paisagem. Há também postes de iluminação ao longo do comprimento do calçadão. Aqui provavelmente o autor se refere ao Thames Embankment. Optamos pela tradução "Aterro na Margem do Rio", ou simplesmente Calçadão, pois chamá-lo apenas de Aterro não remete à ideia da descrição original. Tampouco se trata de um Calçadão, como conhecido no Brasil, mas é uma aproximação melhor.

e nunca menos do que duas pilas.[153] Desenho cartuns — cê sabe — política e críquete e essas coisas. Olha aqui — ele me mostrou sua caderneta — aqui estão as semelhanças com todos os caras da política, que eu copiei dos jornais. Faço um desenho diferente todo dia. Por exemplo, quando saiu o Orçamento,[154] fiz um de Winston tentando empurrar um elefante com 'Dívida' pintada nele e abaixo escrevi: 'Ele vai fazer o orçamento?' Vê? Dá para fazer desenho de qualquer partido, mas não se pode colocar nada a favor do socialismo porque a polícia não vai deixar. Uma vez fiz um desenho de uma jiboia com Capital pintado nela engolindo um coelho com Trabalho pintado nele. O policial veio e viu e ele fala 'Cê tira isso aí e olha bem isso aí', ele fala. Tive que apagar tudo. O policial pode te levar por vadiagem e não é nada bom revidar."

Perguntei ao Bozo o quanto é possível ganhar com arte de rua. Ele respondeu:

"Nesta época do ano, quando num chove, faço mais ou menos três paus entre sexta e domingo — as pessoas recebem o salário nas sextas, sabe? Não posso trabalhar quando chove, as cores são imediatamente lavadas. Veja, o ano todo, faço mais ou menos uma libra por semana porque não dá para fazer muito no inverno. Dia de Campeonato de Remo[155] e Final de Copa já fiz até quatro libras. Mas tem que descontar

---

[153] Artistas de rua compram tinta em pó e manipulam as cores, formando uma massa com leite condensado.

[154] The Budget (em inglês) no Reino Unido é a declaração oficial que o governo faz sobre quanto vai arrecadar em impostos e gastar em serviços públicos no futuro.

[155] Boat Race é uma tradicional competição entre os dois times de remo das Universidades de Cambridge e Oxford.

esses dias, cê sabe. Cê não consegue uma pila se só sentar e ficar olhando. Meio *penny* é geralmente um pingado [oferta], e cê não consegue nem isso a menos que dê uma resposta malcriada. Uma vez que responderam pra você, ficam com vergonha de não dar nada. A melhor coisa é ficar mudando seu desenho porque, quando eles veem você desenhando, eles param e ficam observando. O problema é que os mendigos se espalham assim que você se vira com o chapéu. A gente precisa de um segundo [assistente] nesse jogo. Você fica trabalhando e uma multidão se junta pra observar e o segundo chega, bem casualmente, e fica em volta. A multidão não sabe que ele é o segundo. Então, de repente, ele tira o chapéu e a multidão não escapa. Você nunca vai ganhar nada de nenhum janota. É dos caras maltrapilhos de quem você recebe mais e dos estrangeiros. Já ganhei até seis *pence* dos japas e negros e tudo mais. Eles não são malditos sovinas como os ingleses. Outra coisa para lembrar é de sempre esconder o dinheiro, exceto talvez um *penny* no chapéu. As pessoas não vão te dar nada se virem que você já tem uma pila ou duas.

Bozo nutria o mais profundo desprezo por outros artistas de rua no Calçadão. Ele os chamava de "cavalos ruins". Na época havia um artista a cada vinte metros pelo Calçadão — vinte metros era o distanciamento mínimo oficial. Bozo apontou com desdém para um velho de barba branca a uns quarenta e cinco metros de distância.

— Você vê aquele velho idiota? Ela tá fazendo a mesma gravura todo dia há dez anos. "Um amigo fiel", ele chama a pintura. É de um cachorro puxando uma criança pra fora da água. O velho idiota não consegue desenhar nada melhor do que uma criança de dez anos. Ele só aprendeu isso, com se aprende a montar um quebra-cabeça. Tem um monte desses caras por aqui. Eles vêm pegar minhas ideias às vezes; mas eu não ligo. Os idiotas ____s não conseguem pensar nada sozinhos, então estou sempre na frente deles. A coisa toda com desenho é estar sempre atualizado. Uma vez uma criança ficou com a cabeça presa nas grades de Chelsea Bridge. Bom, ouvi falar na história e meu cartum já estava na calçada antes mesmo de tirarem a cabeça da criança das grades. Sou ligeiro.

Bozo parecia ser um homem interessante e eu estava ansioso por vê-lo mais vezes. Naquela noite fui ao Calçadão para encontrá-lo, pois ele havia arranjado um alojamento ao sul do rio para mim e Paddy. Bozo tirou seus desenhos da calçada e contou quanto tinha recebido — mais ou menos dezesseis xelins, dos quais, ele disse, doze ou treze seriam lucro. Caminhamos até Lambeth. Bozo mancava devagar, com um jeito esquisito como um caranguejo, meio de lado, arrastando o pé esmagado. Ele carregava um bastão em cada mão, a caixa de tintas pendurada nos ombros. Conforme cruzávamos a ponte, ele parou em um canto para descansar. Ele permaneceu em silêncio por um minuto ou dois e, para minha surpresa, vi que ele olhava para as estrelas. Ele tocou meu braço e apontou para o céu com o bastão.

— Olha lá, olha a Aldebarã! Olha a cor. Como uma — grande laranja de sangue!

Do jeito que ele falava, deve ter sido um crítico de arte em alguma galeria. Eu estava atônito. Confessei que não sabia o que era Aldebarã — de fato, nunca tinha percebido que as estrelas eram de cores diferentes. Bozo começou a me dar algumas dicas básicas de astronomia, apontando para as constelações principais. Ele parecia embaraçado com minha ignorância. Surpreso, disse a ele:

— Você parece saber muito sobre as estrelas.

— Não muito. Porém, sei um pouco. Tenho duas cartas do Astrônomo Real me agradecendo por escrever sobre meteoros. De vez em quando saio à noite e observo os meteoros. As estrelas são um espetáculo grátis; não custa nada usar os olhos.

— Que ótima ideia! Nunca pensei nisso.

— Bem, você tem que se interessar por algo. Não se deve aceitar que só porque um homem está na rua ele não pode pensar em nada a não ser chá-com--duas-fatias.

— Mas não é muito difícil se interessar por coisas — coisas como as estrelas — vivendo essa vida?

— Sendo artista de rua, você quer dizer? Não necessariamente. Não precisa transformar você em um maldito coelho — quer dizer, não se você definir sua mente para isso.

— Parece que tem efeito para a maioria das pessoas.

— É claro. Olha o Paddy — um andarilho bebedor de chá, serve só para roubar pontas de cigarro. É assim que a maioria deles vive. Eu os desprezo. Mas você não *precisa* chegar a esse ponto. Se você recebeu educação, não importa se você está na rua pelo resto da vida.

— Bom, acho justamente o contrário — respondi —, me parece que, quando se toma o dinheiro de um homem, ele não serve para nada naquele momento.

— Não, não necessariamente. Se você se definir assim, pode viver a mesma vida, rico ou pobre. Você ainda pode continuar com seus livros e suas ideias. Você apenas tem que dizer pra si mesmo "sou um homem livre aqui" — ele deu tapinhas na própria testa — e tá tudo bem.

Bozo continuou falando da mesma forma, e eu ouvia com atenção. Ele parecia um artista bem diferente e, além disso, era a primeira pessoa que eu ouvira sustentar que a pobreza não importava. Eu o vi bastante nos dias seguintes, pois choveu por várias vezes e ele não podia trabalhar. Ele me contou a história da sua vida e era bem curiosa.

Filho de um livreiro falido, ele fora trabalhar como pintor de casas aos dezoito anos e, então, serviu três anos na França e Índia durante a guerra. Após a guerra, ele encontrou serviço como pintor de casas em Paris, e lá ficou por muitos anos. A França era melhor para ele do que a Inglaterra (ele desprezava os ingleses) e estava indo bem em Paris, guardando dinheiro, e estava noivo de uma francesa. Um dia a moça sofreu um acidente e morreu esmagada sob as rodas de um ônibus. Bozo bebeu por uma semana e então voltou ao trabalho, um tanto trêmulo. Na mesma manhã ele caiu de um estrado em que estava trabalhando, a doze metros da calçada, e esmagou o pé direito, que virou uma massa disforme. Por alguma razão ele recebeu somente sessenta libras de indenização. Ele voltou à Inglaterra, gastou o dinheiro procurando emprego, tentou vender livros informalmente no mercado de Middlesex Street, então tentou vender brinquedos nas ruas e finalmente se estabeleceu como artista de rua. Ele viveu bem apertado desde então, passou muita fome no inverno e frequentemente dormia em albergue ou no Calçadão. Quando o conheci, ele não tinha nada a não ser as roupas do corpo, o material de desenho e alguns livros. As roupas eram aqueles trapos comuns de mendigos, mas ele usava camisa com colarinho e gravata, das quais muito se orgulhava. O colarinho, de mais ou menos um ano, constantemente "contornava" o pescoço, e Bozo costumava remendá-lo com pedacinhos cortados da parte de trás da camisa de modo que a camisa já quase não tinha mais pano sobrando atrás. A perna danificada estava piorando e provavelmente teria de ser amputada, e os joelhos, de ele se ajoelhar nas pedras, tinham partes de pele, como se fossem almofadas, tão duras quanto sola de sapato. Claramente não havia futuro para ele a não ser mendigar e morrer em um albergue.

Com tudo isso, ele não sentia nem medo, nem arrependimento, nem vergonha, nem autopiedade. Ele havia enfrentado a situação e criado uma filosofia para si mesmo. Ser mendigo, ele dizia, não era culpa dele, e se recusava a ter qualquer compunção em relação a tudo isso ou deixar a situação atormentá-lo. Ele era o inimigo da sociedade, e estava bem pronto a entrar para o crime se vislumbrasse uma boa oportunidade. Ele se recusava, por princípio, a ser parcimonioso. No verão, não economizava nada, gastava seu excedente em bebida, já que não ligava para mulheres. Não tinha um tostão quando chegava o inverno, então a sociedade tinha de cuidar dele. Ele estava pronto para tirar qualquer *penny* que pudesse da caridade, contanto que não tivesse de dizer obrigado para isso.

Ele evitava caridade religiosa, no entanto, porque dizia que ficava engasgado na garganta ter de cantar os hinos para receber pãezinhos. Tinha vários outros pontos de honra, por exemplo, sempre se gabava de nunca na vida, até mesmo passando fome, ter catado uma ponta de cigarro. Ele se considerava uma classe acima dos mendigos comuns, que, ele dizia, eram um lote abjeto, sem decência nem mesmo para serem ingratos.

Seu francês era passável, ele havia lido alguns romances de Zola, todas as peças de Shakespeare, *As viagens de Gulliver*, e um número de ensaios. Ele poderia descrever suas aventuras em palavras que as pessoas lembram. Por exemplo, falando de funerais, ele comentou:

— Você já viu um cadáver queimar? Eu vi, na Índia. Eles colocaram o cara no fogo e, no minuto seguinte, quase pulei pra trás porque o cara começou a chutar. Eram só os músculos se contraindo no calor — mesmo assim, me assusta. Bom, ele se contorcia um pouco como arenque na brasa e, então, a barriga explodiu e estourou com um estrondo que dava pra ouvir a dez metros de distância. É justo ser contra cremação.

Ou, novamente, a propósito de seu acidente:

— O médico diz pra mim: "Você caiu no pé, meu filho. E com muita sorte não caiu nos dois pés", ele diz. "Porque, se tivesse caído nos dois pés, cê teria virado uma maldita sanfona e os ossos da sua coxa tinham saído pelas orelhas!".

Claramente a frase não era do médico, mas do próprio Bozo. Ele tinha talento para frases. Havia conseguido manter o cérebro intacto e alerta, então nada o faria sucumbir à pobreza. Ele poderia estar em farrapos e com frio, e até faminto, mas contanto que pudesse ler, pensar e observar meteoros, ele estava, como ele mesmo dizia, livre em sua própria mente.

Ele era um ateu amargurado (o tipo de ateu que não muito descredita Deus como pessoalmente desgosta d'Ele) e tinha certo prazer em pensar que os assuntos humanos nunca melhorariam. Às vezes, ele dizia, quando dormia no Calçadão, se consolava olhando para Marte ou Júpiter e pensar que provavelmente havia gente dormindo nos Calçadões por lá. Ele tinha uma teoria curiosa sobre isso. A vida na terra, ele acreditava, é dura porque o planeta é pobre nas necessidades de existência. Marte, com clima frio e água escassa, deve ser bem mais pobre, e a vida, respectivamente mais dura. Enquanto na terra vamos simplesmente presos por roubar seis *pence*, em Marte provavelmente somos fervidos vivos. Essa ideia animava Bozo, não sei por quê. Ele era um homem realmente excepcional.

XXXI

O valor para dormir no alojamento de Bozo era nove *pence*. Era um lugar grande, cheio de gente com acomodação para quinhentos homens, e um encontro bem conhecido de mendigos, andarilhos e criminosos não perigosos. Todas as raças, até negros e brancos, misturam-se no lugar em pé de igualdade. Havia indianos lá e, quando falei com um deles em mau Urdu, ele se dirigiu a mim como "tum" — uma coisa que faz tremer se fosse na Índia. Havíamos chegado a um nível abaixo do preconceito de cor.

Conseguíamos vislumbrar vidas curiosas. O velho "vovô", um mendigo de setenta anos que ganhava a vida, ou grande parte dela, colecionando pontas de cigarro e vendendo trinta gramas de fumo a três *pence*. O "médico" — ele era médico de verdade, que havia sido banido do registro devido a uma ofensa qualquer, e, além de vender jornais, dava conselhos médicos por alguns *pence* por vez. Um lascar chittagonês, descalço e faminto, que desertara o navio e vagava havia dias por Londres, tão a esmo e indefeso que nem sabia o nome da cidade onde estava — ele achava que era Liverpool até eu contar para ele. Um que escrevia cartas de apelo, um amigo de Bozo, que escreveu patéticos apelos por ajuda para pagar o funeral da esposa, e, quando a carta havia surtido efeito, entregava-se a arroubos solitários de montanhas de margarina e pão. Era uma criatura nojenta, que parecia uma hiena. Conversei com ele e descobri que, como a maioria dos vigaristas, ele acreditava na maior parte das suas próprias mentiras. O abrigo era uma Alsácia[156] para tipos como esse.

Enquanto estive com Bozo, ele me ensinou alguma coisa sobre a técnica de mendigar em Londres. Há muito mais nessa prática do que se possa imaginar. Os mendigos são muito diferentes entre si, e existe uma linha social marcante entre os que meramente mendigam e os que tentam dar algum valor ao dinheiro.

---

[156] A Alsácia é uma região histórica situada no nordeste da França, que faz fronteira com a Alemanha e a Suíça. Esteve sob o controle alternado da Alemanha e da França ao longo dos séculos e reflete uma mistura dessas culturas.

A quantia que se pode receber de diferentes "engraçadinhos" também varia. As histórias nos jornais de domingo sobre mendigos que morrem com milhares de libras costuradas nas calças são, é claro, mentiras, mas os mendigos de classe melhor têm muita sorte quando ganham um salário para viver por semanas. Os mendigos mais prósperos são acrobatas e fotógrafos de rua. Em um bom lance — uma fila de teatro, por exemplo — um acrobata de rua consegue fazer até cinco libras em uma semana. Os fotógrafos de rua conseguem fazer mais ou menos o mesmo, mas dependem de tempo bom. Eles têm uma desculpa astuta para impulsionar o comércio. Quando veem uma provável vítima se aproximando, um deles corre para trás da câmera e finge tirar a foto. Então, quando a vítima chega até eles, exclamam:

— Tá aqui, senhor, olha sua linda foto. Custa uma pila.

— Mas eu não pedi para você tirá-la — protesta a vítima.

— Quê, o s'nhor num queria a foto? Que coisa, a gente pensou que o s'nhor fez sinal co'a mão. Bom, uma placa perdida! Vai custar seis *pence*, é isso.

Com isso a vítima geralmente se compadece e diz que vai ficar com a foto. Os fotógrafos examinam a placa e dizem que está estragada e que vão fazer outra nova sem custo. Obviamente eles não tinham tirado a foto de verdade, e, então, se a vítima recusa, eles não perderam nada.

Tocadores de realejo, como acrobatas, são considerados artistas e não mendigos. Um tocador de realejo chamado Shorty, um amigo de Bozo, contou-me tudo sobre seu negócio. Ele e seu companheiro "trabalhavam" as cafeterias e os albergues públicos nos arredores de Whitechapel e Commercial Road. É um erro pensar que os tocadores de realejo ganham a vida nas ruas; noventa por cento do dinheiro que fazem vem das cafeterias e bares — somente os bares baratos, pois os bares para classe mais alta não permitem que eles entrem. O procedimento de Shorty é ficar parado fora de um bar e tocar alguma coisa, e depois seu companheiro, que tinha uma perna de pau e conseguia fazer com que as pessoas tivessem compaixão, ia e passava o chapéu. Era um ponto de honra Shorty sempre tocar algo diferente após receberem a "pinga" — um bis, como era chamado. A ideia era que ele era genuinamente um artista e não apenas dar a esmola e ir embora. Ele e seu companheiro faziam duas ou três libras por semana, mas como tinham de pagar quinze xelins por semana para alugar o realejo, eles faziam em média uma libra por semana cada um. Ficavam nas ruas das oito da manhã até às dez da noite e até mais tarde aos sábados.

Os pintores de rua às vezes podem ser chamados de artistas, às vezes não. Bozo me apresentou a um que era um artista "de verdade" — ou seja, ele havia estudado arte em Paris e enviado quadros para o Salão na sua época. Sua linha era copiar Velhos Mestres, o que fazia maravilhosamente, considerando que desenhava nas pedras. Ele me contou como começou como artista de rua:

— Minha mulher e filhos estavam famintos. Estava andando de volta pra casa já tarde da noite, com vários desenhos que eu estava mostrando para negociadores, e pensando em como poderia ganhar um ou outro maldito troco. Então, na Strand,[157] eu vi um cara ajoelhado na calçada desenhando e as pessoas lhe davam moedinhas. Quando passei, ele se levantou e foi até um bar. "Caramba", pensei, "se ele pode fazer dinheiro com isso, eu também posso". Então, num impulso, me ajoelhei e comecei a desenhar com giz. Só Deus sabe como comecei; devo ter sido iluminado pela fome. O curioso, eu nunca tinha usado giz pastel antes. Tive que aprender a técnica conforme ia continuando. Bom, as pessoas começaram a jogar moedas e dizer que meus desenhos não eram ruins e acabei juntando nove *pence*. Nessa hora o outro cara saiu do bar. "Que p — cê tá fazendo no meu pedaço?", ele disse. Expliquei que estava com fome e tinha que ganhar alguma coisa. "Ah", ele respondeu, "vem e toma uma comigo". Então tomei uma cerveja e desde aquele dia virei um artista de rua. Faço uma libra por semana. Não dá pra criar seis crianças com uma libra por semana, mas por sorte minha mulher ganha um pouco fazendo costura.

— O pior desta vida é o frio e a outra coisa pior é a interferência que cê tem que aguentar. Primeiro, sem saber, às vezes eu copiava um nu na calçada. O primeiro que fiz foi fora da igreja St. Martin's-in--the-Fields. Um cara de roupa preta — acho que ele era um guarda da igreja ou alguma coisa assim —

---

[157] Strand é uma rua na Cidade de Westminster, em Londres. Atualmente se inicia na Trafalgar Square e segue a leste, até juntar-se à Fleet Street no Temple Bar, que marca a fronteira da Cidade de Londres — embora seu comprimento tenha chegado a ser maior, ao longo da sua história. A rua é comumente chamada de The Strand.

veio morto de raiva. "Cê acha que a gente vai deixar essa obscenidade do lado de fora da casa sagrada de Deus?", ele gritava. Então, tive que lavar. Era uma cópia da Vênus de Botticelli. Outra vez copiei o mesmo quadro no Calçadão. Um policial que passava olhou e então, sem dizer uma palavra, andou por cima do desenho e o apagou, com seus pés enormes.

Bozo me contou a mesma história de interferência da polícia. Uma vez que eu estava com ele, houve um caso de "conduta imoral" em Hyde Park, no qual a polícia havia agido bem mal. Bozo fez um desenho de Hyde Park com policiais escondidos por entre as árvores e a legenda "Desafio, ache os policiais". Falei para ele o quanto facilitaria se colocasse "Desafio, ache a conduta imoral", mas Bozo não dava ouvidos. Ele dizia que qualquer policial que visse o desenho o expulsaria e ele perderia seu lugar para sempre.

Abaixo dos artistas de rua vêm as pessoas que cantam hinos ou vendem fósforos ou cadarços de botas ou envelopes contendo alguns grãos de lavanda — chamados, eufemisticamente, de perfume. Todas essas pessoas são realmente mendigas, explorando a aparência da miséria, e nenhuma delas consegue fazer em média mais do que meia coroa por dia. O motivo pelo qual têm de fingir vender fósforos e outras coisas em vez de mendigar abertamente é que isso é exigência das absurdas leis inglesas sobre mendicância. Conforme a lei em vigor no momento, se uma pessoa se aproxima de outra pessoa e lhe pede dois *pence*, essa outra pessoa pode chamar a polícia e o pedinte pode pegar sete dias de prisão por mendigar. Mas, se o mendigo deixa a atmosfera pesada arengando "Mais perto, meu Deus, de Vós", ou faz rabiscos no chão com giz ou fica por perto com uma bandeja de fósforos — ou seja, se você simplesmente busca o inconveniente, é detido por conduzir comércio legítimo e não por mendigar. Vender fósforos e cantar na rua são simplesmente crimes legalizados. Não crimes lucrativos, no entanto. Não há um cantor ou vendedor de fósforo em Londres que possa ter certeza de ganhar cinquenta libras por ano — um retorno fraco por ficar em pé oito horas por dia por semana, ao meio-fio, com carros passando de raspão às suas costas.

Vale comentar alguma coisa sobre a posição social dos mendigos, porque, quando se anda com, eles percebe-se que são seres humanos comuns, não dá para não ficar chocado com a curiosa atitude que a sociedade tem em relação a eles. As pessoas parecem sentir que há alguma diferença essencial entre mendigos e "trabalhadores" comuns. Eles são uma raça à parte — párias, como criminosos e prostitutas. Trabalhadores "trabalham", mendigos não "trabalham"; eles são parasitas, não valem nada por natureza. Assume-se que um mendigo não "ganha" para viver, como um pedreiro ou um crítico literário "ganham". Ele é uma mera excrescência social, tolerado porque vivemos em uma era humanizada, mas essencialmente mesquinha.

Ainda assim, se olharmos mais de perto, vemos que não há diferença *essencial* entre o modo de vida de um mendigo e o daquelas incontáveis pessoas de respeito. Mendigos não trabalham, dizem; mas, então, o que é *trabalho*? Um peão trabalha balançando uma picareta. Um contador trabalha somando números. Um mendigo trabalha ficando em pé na rua, sob qualquer condição de tempo, desenvolvendo varizes, bronquite crônica etc. É um negócio como qualquer outro. Bem inútil, é claro — mas, então, muitos negócios respeitáveis são bem inúteis. E como um tipo social, um mendigo bem se compara a dezenas de outros. Ele é honesto comparado aos vendedores da maior parte dos medicamentos, nobre comparado ao dono de um jornal de domingo, amável comparado a um publicitário de altos negócios — em suma, um parasita, mas um parasita muito inofensivo. Ele raramente extrai da comunidade mais do que uma bagatela para viver e o que o justificaria de acordo com ideias éticas, ele paga por tudo isso repetidas vezes com sofrimento. Eu não acho que haja nada em um mendigo que o defina em uma classe diferente das outras pessoas ou que dê à maioria dos homens modernos o direito de desprezar um mendigo.

Então, a questão surge — por que os mendigos são desprezados? — pois são desprezados universalmente. Acredito que seja pela simples razão de que eles não conseguem ganhar o bastante para uma vida decente. Na prática, ninguém se importa se o trabalho é útil ou inútil, produtivo ou parasítico, a única exigência é que seja lucrativo. Em todo discurso moderno sobre energia, eficiência, serviço social e todo o resto, que significado existe a não ser "Ganhe dinheiro, faça legalmente, e ganhe muito"? Dinheiro se tornou o grande teste da virtude. Nesse teste os mendigos não passam, e por isso são desprezados. Se alguém conseguisse ganhar até dez libras por semana mendigando, seria uma profissão respeitável na mesma hora. Um mendigo, analisado de forma realista, é simplesmente um homem de negócios, ganhando sua vida, assim como qualquer outro homem de negócios, da forma como puder. Ele não vendeu sua honra mais do que a maioria das pessoas modernas; ele simplesmente cometeu o erro de escolher um negócio com o qual é impossível enriquecer.

XXXII

Quero colocar em algumas notas, as mais breves possíveis, algumas gírias e xingamentos londrinos. Tais palavras (omitindo as que todo mundo conhece) são uma espécie de gírias usadas em Londres no momento:

Um truqueiro — mendigo ou artista de rua de qualquer natureza. Um vagarilho — aquele que mendiga abertamente, sem fingir nenhum comércio. Um nobre — aquele que coleta moedas para um mendigo. Um berrador — um cantor de rua. O broncão — um dançarino de rua. Um ladrãozinho — um fotógrafo de rua. Um vislumbre — aquele que observa veículos motorizados vazios. Um ooa (ou ôa — ooa se pronuncia ôa) — o cúmplice de um vendedor ambulante que estimula o comércio fingindo que compra alguma coisa. Um racha — um detetive. Um chato — um policial. Um didêqui — um cigano. Um caneco — um vagabundo.

Uma pinga — dinheiro dado a um mendigo. Um funcum — lavanda ou outro perfume vendido em envelopes. Um bebum — um bar de rua. Um jargão — licença de vendedor ambulante. Uma quipe — um lugar para dormir ou um abrigo para a noite. Névoa — Londres. Uma pequena — uma mulher. O galpão —

a ala comum. O caroço — a ala comum. Uma lasca — meia coroa. Um decano — um xelim. Uma pila — um xelim. Um seis — seis *pence*. Torrões — cobres. Um tambor — uma panela de lata. Algemas — sopa. Um papinho — um piolho. Um liso — fumo tirado de ponta de cigarros. Uma bengala ou bastão — pé de cabra de ladrão. Um pau — um cofre. Uma blai — uma lâmpada de oxiacetileno usada por mendigo.
    Ulular — sugar ou engolir. Liquidar — roubar. Comandar — dormir a céu aberto.
    Mais ou menos metade dessas palavras está em dicionários grandes. É interessante pensar em como algumas se formaram, embora uma ou duas — por exemplo, "funcum" e "lasca" sejam inimagináveis. Presume-se que "decano" venha de "deão". "Vislumbre" (com o verbo "vislumbrar") pode ter algo a ver com o antigo termo "divisar", significando uma luz, ou a palavra antiga "descortinar", significando uma ideia; mas isso é só um caso de formação de palavras novas, porque no sentido atual dificilmente pode ser mais antiga do que veículo motorizado. "Ooa" é uma palavra curiosa. De forma imaginável, surgiu de "corcel", significando cavalo, no sentido de cavalo de caça. A derivação de "desenhista de rua" é misteriosa. Deve ter vindo, em última análise, de *scribo*, mas não há palavra semelhante em inglês nos últimos cento e cinquenta anos, nem pode ter vindo diretamente do francês, porque artistas das calçadas são desconhecidos na França. "Pequena" e "ulular" são palavras de East End não encontradas no lado oeste de Tower Bridge. "Névoa" é uma palavra usada somente por vagabundos. "Quipe" é dinamarquês. Até bem recentemente a palavra "doss" era usada nesse sentido, mas agora já está obsoleta.

Gíria e dialeto de Londres parecem mudar muito rapidamente. O antigo sotaque de Londres descrito por Dickens e Surtees, com "v" para "w" e "w" para "v" e assim por diante, desapareceu completamente. O sotaque *cockney*, como conhecemos, parece ter crescido nos anos quarenta (é primeiramente mencionado no livro americano *Jaqueta Branca*, de Herman Melville), e o *cockney* já está mudando. Há poucas pessoas que agora dizem "*fice*" para "*face*", "*nawce*" para "*nice*"[158] e assim por diante com tanta frequência como faziam nos anos vinte. As gírias mudam junto com o sotaque. Vinte e cinco ou trinta anos atrás, por exemplo, uma "gíria rimada" estava no auge em Londres. Na "gíria rimada" tudo era denominado por algo com que rimava — um "queijo ou cheiro" para "beijo", "pratos de rés" para "pés" etc. Era tão comum que até apareciam em romances; agora estão quase extintas.[159] Talvez todas

---

[158] Este foi o capítulo mais desafiador em termos de tradução. Para as gírias, apresentamos uma tradução às vezes empregando um termo do português mesmo, às vezes inventando uma palavra. No entanto, para a explicação do *cockney* — que é predominantemente caracterizado pela pronúncia das palavras fora da norma padrão do inglês —, não vimos sentido em traduzir, mas trazer ao leitor como o socioleto funciona. A palavra *face* (rosto) em inglês padrão é pronunciada /feis/ com a vogal "a" /ei/, mas na variante *cockney* a vogal "a" é pronunciada /ai/, como é o som da letra "i" /ai/, por isso Orwell grafou *fice*. A palavra *nice* (bom, legal) é pronunciada /nais/ em inglês padrão, mas Orwell grafou "nawce" para representar a pronúncia fora da norma padrão, /naus/.

[159] Sobrevivem em certas abreviações tais como "use seu dois *pence*" (*use your twopenny*) ou "use sua cabeça" (*use your loaf*). Chega-se a "dois *pence*" de cabeça — porção de pão — porção de dois *pence* — dois *pence*. (N. A.). [Em inglês a expressão idiomática *use your loaf* quer dizer *use your head*, para alguém que está muito nervoso e precisa "usar a cabeça". (N. T.)]

as palavras que mencionei terão desaparecido daqui a vinte anos.

Os xingamentos também mudam — ou, de qualquer maneira, estão sujeitos a modismos. Por exemplo, vinte anos atrás as classes trabalhadoras de Londres costumavam usar a palavra "maldito". Agora, abandonaram totalmente o costume, porém romancistas ainda as representam usando esse termo. Nenhum londrino que não tenha nascido na cidade (é diferente com aqueles de origem escocesa ou irlandesa) diz hoje em dia "maldito",[160] a não ser que tenha alguma educação formal. De fato, a palavra mudou de padrão na escala social e não é mais um xingamento para se referir às classes trabalhadoras. O atual adjetivo londrino, agora grudado com cada substantivo, é —. Sem dúvida, com o tempo, como "maldito", será colocado de lado e substituído por qualquer outra palavra.

Todo esse negócio de xingamento, especialmente xingamento em inglês, é misterioso. Por sua genuína natureza, xingamento é tão irracional quanto mágica — de fato, é uma espécie de mágica. Mas existe também um paradoxo nisso, ou seja, nossa intenção ao xingar é chocar e machucar, o que fazemos mencionando alguma coisa que deveria ser mantida em segredo — geralmente algo a ver com funções sexuais. Mas o estranho é que, quando uma palavra é bem estabelecida como xingamento, parece perder seu sentido original; ou seja, perde a coisa que a transformou em xingamento. Uma palavra se torna uma praga porque significa certa coisa, e, porque se tornou uma praga,

---

[160] *Bloody*, no original.

para de significar aquela coisa. Por exemplo, ***. Os londrinos agora não usam, ou raramente usam, essa palavra em seu sentido original. Está nos lábios das pessoas em Londres de manhã à noite, mas é meramente expletivo e nada significa. Da mesma forma com ***, que está rapidamente perdendo seu sentido original. Pode-se pensar em casos semelhantes em francês — por exemplo, ***, que agora é um expletivo meramente sem significado. A palavra ***, igualmente, é ainda usada ocasionalmente em Paris, mas as pessoas que a usam, ou a maioria delas, não têm ideia do que significou uma vez. A regra parece ser que as palavras aceitas como xingamento têm alguma característica mágica, que as separa e as torna inúteis em conversas comuns.

Palavras usadas como insultos parecem ser regidas pelo mesmo paradoxo de xingamentos. Uma palavra se torna um insulto, supõe-se, porque significa algo ruim; mas na prática seu valor insultante tem pouco a ver com seu significado real. Por exemplo, o mais implacável xingamento que se pode fazer a um londrino é "desgraçado"[161] — que, analisado pelo que significa, não é nada insultante. E o pior insulto a uma mulher, tanto em Londres como em Paris, é "vaca";[162] um substantivo que pode até ser um elogio porque as vacas estão entre os mais adoráveis animais. Evidentemente uma palavra é um insulto porque é feita para ser um insulto sem referência ao seu significado no dicionário. Palavras, especialmente as de xingamento,

---

[161] *Bastard*, no original em inglês.
[162] *Cow*, no original em inglês.

são o que a opinião pública escolhe fazê-las. Em relação a isso, é interessante ver como um xingamento pode mudar de característica ao cruzar a fronteira. Na Inglaterra, pode-se imprimir "*Je m'en fous*"[163] sem ninguém protestar. Na França deve-se imprimir "*Je m'en f—*". Ou, como outro exemplo, peguemos a palavra "*barnshoot*"[164] — uma corruptela da palavra hindu *bahinshut*. Um insulto vil e imperdoável na Índia, essa palavra é uma brincadeira gentil na Inglaterra. Eu até a vi em um livro escolar. Foi em uma das peças de Aristófanes, e havia um comentário sugerindo ser uma interpretação de algum jargão dito por um embaixador persa. Provavelmente o comentário se deveu porque o significado de *bahinshut* já era conhecido. Mas, pelo fato de ser uma palavra estrangeira, perdeu sua característica mágica de xingamento e podia ser exibida.

Outra coisa notável sobre xingamentos em Londres é que homens geralmente não xingam na frente de mulheres. Em Paris é bem diferente. Um trabalhador parisiense pode escolher suprimir um xingamento na frente de uma mulher, mas ele não tem escrúpulo absolutamente nenhum em relação a isso, e as mulheres geralmente xingam à vontade. Os londrinos são bastante polidos, ou mais melindrosos, nesse assunto.

Estas são algumas notas que registrei mais ou menos aleatoriamente. É uma pena que alguém capaz

---

[163] Eu não ligo.
[164] Algo ou alguém que se tornou inútil. Resolvemos na tradução manter o termo em inglês, caso contrário não faria sentido em português.

de lidar com o assunto não mantenha um anuário das gírias e dos xingamentos de Londres, registrando as mudanças de forma mais precisa. Poderia lançar alguma luz sobre a formação, evolução e obsolescência de palavras.

XXXIII

As duas libras que B. havia me dado duraram aproximadamente dez dias. Duraram bastante por causa de Paddy, que aprendeu parcimônia na vida e considerava até mesmo uma farta refeição por dia uma extravagância bárbara. Alimento, para ele, passou a significar simplesmente pão e margarina — o eterno chá-com-duas-fatias, que vai enganar a fome por uma ou duas horas. Ele me ensinou a viver, comer, dormir, fumar e tudo mais, por meia coroa ao dia. E ele conseguia ganhar alguns xelins extras "vislumbrando" à noite. Era um serviço incerto, porque era ilegal, mas rendia um pouco e economizávamos nosso dinheiro.

Uma manhã, tentamos um trabalho panfletando nas ruas. Às cinco fomos até uma passagem estreita atrás de alguns escritórios, mas já havia uma fila de trinta ou quarenta homens esperando e, depois de duas horas, fomos informados que não havia trabalho para nós. Não perdemos muita coisa porque preparar sanduíches é um serviço nada invejável. Paga-se mais ou menos três xelins por um dia de dez horas de trabalho — é um serviço puxado, principalmente no inverno, e não há como se esquivar, pois um inspetor frequentemente chega para fazer a ronda e ver se os homens estavam trabalhando direito. Para piorar, são contratados apenas para trabalhar durante um dia, ou, às vezes, por três dias, nunca uma semana, então devem esperar por horas, toda manhã, para ter serviço. Um número de desempregados, disponíveis para trabalhar, torna esses homens impotentes para lutar por melhor tratamento. O serviço que todo homem que prepara sanduíches cobiça é distribuir folhetos, pelo qual se recebe a mesma quantia. Quando vemos um homem distribuindo folhetos, podemos fazer-lhe uma boa ação pegando um folheto, assim ele termina sua jornada ao ter distribuído todos os folhetos.

Enquanto isso, continuamos com a vida no albergue — uma vida miserável e sem acontecimentos de um tédio aniquilador. Por dias a fio não havia nada a fazer a não ser ficar sentado na cozinha no subsolo, lendo jornais velhos, ou, quando conseguíamos, um número anterior do *Union Jack*.[165] Chovia muito nessa época e todos que entravam na cozinha estavam molhados, por isso o lugar fedia terrivelmente. A única coisa que nos animava era o chá-com-duas-fatias de sempre. Eu não sei dizer quantos homens em Londres vivem assim — devem ser milhares pelo menos. Quanto a Paddy, poderia ser a melhor vida que já experimentara nos últimos dois anos. Seus interlúdios vagando sem nada, as vezes que ele, de certa forma, tinha conseguido alguns xelins, foram assim; o período sem nada, vagando, ainda havia sido um pouco pior. Ouvindo sua voz chorosa — ele sempre choramingava quando

---

[165] O *Union Jack* era um jornal semanal com notícias e histórias de detetive. Foi criado em 1894 e era distribuído em todos os estados. O jornal saiu de circulação em julho de 1993.

não tinha o que comer —, podia-se perceber a tortura que a falta de emprego devia ser para ele. As pessoas se enganam quando pensam que um desempregado se preocupa somente com a perda do salário; ao contrário, um analfabeto, acostumado por natureza ao trabalho, precisa do trabalho muito mais do que do dinheiro. Um homem educado pode tolerar ociosidade forçada, o que é um dos piores malefícios da pobreza. Mas um homem como Paddy, sem nenhum meio de preencher seu tempo, é tão miserável sem trabalho quanto um cão acorrentado. Está aí o porquê do absurdo de fingir que quem "desceu no mundo" deve receber mais compaixão do que todos os outros. O homem que realmente merece compaixão é aquele que sempre esteve por baixo desde o começo e encara a pobreza com espírito livre e desprovido.

Foi uma época maçante, e pouco dela permanece em minha mente, a não ser as conversas com Bozo. Uma vez o albergue foi invadido com uma festa. Paddy e eu estávamos fora e, ao retornarmos à tarde, ouvimos sons de música no andar de baixo. Descemos e vimos três pessoas bem-arrumadas, vestidas com elegância, conduzindo uma cerimônia religiosa na cozinha. Eram um senhor sério e respeitável de sobrecasaca, uma senhora sentada com um harmônio portátil e um jovem sem queixo brincando com um crucifixo. Aparentemente eles haviam entrado e iniciado a cerimônia sem qualquer tipo de convite.

Era agradável ver como os moradores do albergue receberam tal intrusão. Eles não foram nem um pouco grosseiros aos festeiros; apenas os ignoraram. De comum acordo, todos na cozinha — cem homens talvez — se comportaram como se os festeiros não existissem. Lá ficaram pacientemente cantando e exortando, e não se prestou mais atenção nos festeiros, como se fossem lacraias. O senhor de sobrecasaca fez um sermão, mas nenhuma palavra foi ouvida; foi abafada pelo barulho usual das canções, dos juramentos e do barulho de panelas. Homens sentados fazendo refeição e com jogo de cartas a um metro de distância do harmônio, ignorando o instrumento pacificamente. Logo os festeiros desistiram e foram embora, sem, de forma nenhuma, se sentirem insultados, mas simplesmente ignorados. Sem dúvida que se consolaram pensando em como tinham sido corajosos, "livremente se aventurando nos mais baixos antros" etc. etc.

Bozo disse que essas pessoas vinham aos albergues várias vezes por mês. Eles tinham influência na polícia e o "deputado" não podia excluí-los. É curioso como as pessoas assumem que têm o direito de vir pregar e orar para os outros tão logo o ganho dos outros se reduza abaixo de um certo padrão.

Nove dias depois, as duas libras de B. haviam se reduzido a uma libra e nove *pence*. Paddy e eu separamos dezoito *pence* para cama e gastamos três *pence* no costumeiro chá-com-duas-fatias, que dividíamos — mais um aperitivo do que uma refeição. À tarde já estávamos terrivelmente famintos e Paddy se lembrou da igreja perto da King's Cross Station, onde chá era oferecido de graça uma vez por semana aos andarilhos. Esse era o dia e decidimos ir até lá. Bozo, apesar do dia chuvoso e de ele não ter absolutamente nenhum dinheiro, não foi dizendo que as igrejas não eram seu estilo.

Do lado de fora da igreja uns bons cem homens estavam esperando, tipos sujos que tinham vindo de longe ao saberem do chá gratuito, como gaviões rondando um búfalo morto. Logo as portas se abriram e um clérigo e algumas moças nos guiaram por dentro de uma galeria no topo da igreja. Era uma igreja evangélica, sombria e deliberadamente feia, com textos sobre sangue e fogo exibidos nas paredes e um livro de hinos contendo mil duzentos e cinquenta e um hinos. Lendo alguns dos hinos, concluí que o livro serviria como uma antologia de versos ruins. Haveria um culto após o chá, e a congregação regular estava sentada no fundo da igreja abaixo. Era dia da semana e havia somente algumas dezenas de pessoas, a maioria velhas pegajosas que lembravam galinhas cozidas. Nos acomodamos nos bancos da galeria e recebemos o chá; equivalia a um pote de geleia de quatrocentos e cinquenta gramas para cada um, com seis fatias de pão e margarina. Assim que o chá acabou, uma dúzia de mendigos, parados perto da porta, sumiram correndo para evitar o culto. O resto ficou, nem tanto por gratidão, mas por não terem coragem de sair.

O órgão soltou alguns acordes iniciais e o culto começou. E instantaneamente, como se a um sinal, os mendigos começaram a se comportar da maneira mais ultrajante possível. Ninguém teria imaginado que tais cenas fossem possíveis em uma igreja. Na galeria toda, os homens, refestelados nos bancos, tagarelavam, debruçavam-se e atiravam bolinhas de pão na congregação. Tive de conter o homem ao meu lado, mais ou menos à força, para não acender um cigarro. Os mendigos encaravam o culto como um espetáculo puramente cômico. Era, de fato, um culto visivelmente ridículo — do tipo em que há gritos repentinos de "Aleluia!" e infindáveis preces improvisadas —, mas o comportamento deles ultrapassava qualquer limite. Havia um companheiro, velho, na congregação — Irmão Bootle ou algum nome assim — que era frequentemente chamado para nos conduzir na prece e, sempre que se levantava, os mendigos começavam a bater os pés como se estivessem em um teatro; eles diziam que, em uma ocasião anterior, ele havia feito uma prece improvisada de vinte e cinco minutos, até o ministro interrompê-lo. Certa hora, quando o Irmão Bootle ficou em pé, um andarilho gritou "Dois a um ele num bate sete minutos!" tão alto que a igreja inteira deveria ouvir. Não demorou muito para que estivéssemos fazendo muito mais barulho do que o ministro. Às vezes alguém embaixo mandava um "Quietos!", indignado, mas não impressionava. Nos propusemos a ridicularizar o culto e nada nos impedia.

Era uma cena estranha, um tanto repugnante. Abaixo estava um punhado de gente simples, bem intencionadas, tentando bravamente realizar a cerimônia e acima estavam centenas de homens, para quem haviam oferecido comida, deliberadamente atrapalhando o culto para que não acontecesse. Uma roda de rostos sujos e cabeludos olhou para baixo sorrindo ironicamente da galeria, obviamente em zombaria. O que algumas mulheres e alguns velhos poderiam fazer contra cem mendigos hostis? Tinham medo de nós e estávamos obviamente assediando-os. Era nossa vingança contra aqueles que nos haviam humilhado oferecendo-nos alimento.

O ministro era um homem corajoso. Ele pregava com firmeza um longo sermão sobre Josué e conseguia quase ignorar as risadas e o falatório de cima. Mas, no fim, talvez incitado além da resistência, ele anunciou em voz alta:

— Vou reservar os cinco últimos minutos do meu sermão para os pecadores *sem salvação*!

Ao dizer isso, virou o rosto para a galeria e assim se manteve por cinco minutos, para que não restasse dúvida sobre quem estava salvo e quem não estava. Mas muito nos importamos! Mesmo enquanto o ministro estava ameaçando o fogo do inferno, enrolávamos cigarros e no último amém voamos escada abaixo gritando, muitos concordando em voltar para outro chá de graça na semana seguinte.

A cena interessou-me muito. Era tão diferente da conduta comum dos mendigos — da abjeta gratidão servil com a qual eles normalmente aceitam caridade. A explicação, é claro, era que estávamos em número muito maior do que a congregação; então, não os temíamos. Um homem recebendo caridade praticamente sempre detesta seu benfeitor — é uma característica típica da natureza humana; e quando ainda tem cinquenta ou sessenta outros homens para o apoiarem, ele vai assim mostrar.

À noitinha, após o chá gratuito, Paddy, inesperadamente ganhou outros dezoito *pence* "vislumbrando". Era exatamente o suficiente para outra noite no albergue e guardamos o dinheiro e ficamos com fome até às nove horas da manhã seguinte. Bozo, que poderia ter-nos dado alguma coisa para comer, esteve fora o dia todo. As calçadas estavam molhadas e ele havia ido ao Elephant and Castle, onde sabia de um abrigo. Por sorte, eu ainda tinha algum fumo, então o dia poderia ter sido pior.

Às oito e meia Paddy me levou ao Calçadão, onde um clérigo era conhecido por distribuir vale-refeições uma vez por semana. Embaixo da Charing Cross Bridge, cinquenta homens esperavam, refletidos nas poças de água que tremiam. Alguns deles eram espécimes verdadeiramente terríveis — eles dormiam no Calçadão e o Calçadão desenterra tipos bem piores que os albergues. Um deles, eu me lembro, vestia um sobretudo sem botões, amarrado com uma corda, calças em farrapos e botas que deixavam os dedos para fora — nem um trapo a mais. Era barbado como um faquir e havia conseguido manchar o peito e os ombros com alguma coisa horrivelmente preta e suja, parecendo óleo de trem. O que se podia notar no seu rosto sob a sujeira e do cabelo era a pele muito branca, como papel, por causa de alguma doença maligna. Ouvi-o falar e ele tinha uma pronúncia boa, de um balconista ou comerciante.

Logo o clérigo apareceu e os homens se organizaram em fila pela ordem que haviam chegado. O clérigo era um homem bom, jovem e gordinho e, muito curiosamente, bem parecido com Charlie, meu amigo em Paris. Ele era tímido e acabrunhado e não falava a não ser um breve boa-noite. Ele simplesmente percorria a fila de homens, empurrando um vale para cada um, sem esperar agradecimentos. A consequência era que, uma vez, houve genuína caridade e todos diziam que o clérigo era um — bom companheiro. Alguém (o clérigo ouvindo, acredito) gritou: "Bem, *ele* nunca será um p — de um bispo!", cuja intenção era um caloroso elogio.

Os vales eram de seis *pence* cada um e deveriam ser usados em uma lanchonete não muito distante. Quando lá chegamos, descobrimos que o proprietário, sabendo que os mendigos não poderiam ir a nenhum outro lugar, enganava-nos servindo um lanche que valia quatro *pence* cada vale. Paddy e eu juntamos nossos vales e recebemos comida que poderíamos ter recebido por sete ou oito *pence* em grande parte das lanchonetes. O clérigo havia distribuído bem mais do que uma libra em vales, então o proprietário estava claramente enganando os mendigos em sete xelins ou mais por semana. Esse tipo de opressão é um aspecto comum na vida de um mendigo, e assim será enquanto as pessoas continuarem a distribuir vales em vez de dinheiro.

Paddy e eu voltamos ao albergue e, ainda famintos, vagamos pela cozinha e acendemos o mais quente dos fogos para substituir a comida. Às dez e meia Bozo chegou, exausto e abatido, porque sua perna mutilada fazia com que andar fosse uma agonia. Ele não fizera nem um *penny* pintando, todas as posições embaixo do abrigo já estavam tomadas, e por muitas horas ele mendigara abertamente, com um dos olhos nos policiais. Ele havia acumulado oito *pence* — um *penny* a menos do que o valor do albergue. Já passara muito da hora de pagar e ele havia conseguido entrar somente quando o funcionário não estava olhando. A qualquer momento ele poderia ser pego e expulso para dormir no Calçadão. Bozo tirou as coisas do bolso e as observou, pensando no que vender. Ele decidiu pela lâmina, levou-a para a cozinha e, em poucos minutos havia vendido por três *pence* — o suficiente para pagar pela sua acomodação, comprar uma xícara de chá e ainda ficar com meio *penny*.

Bozo pegou sua xícara de chá e se sentou ao fogo para secar a roupa. Enquanto ele bebia o chá, percebi que ele ria consigo mesmo como se risse de uma velha piada. Surpreso, perguntei do que estava rindo.

— É muito engraçado! — ele comentou. — É engraçado o bastante para ser o desfecho de uma piada. O que acha que eu fiz?

— O quê?

— Vendi minha lâmina sem ter feito a barba antes: que idiota!

Ele não havia comido desde aquela manhã, havia andado muitos quilômetros com uma perna torta, suas roupas estavam encharcadas e ele tinha meio *penny* que o separava da fome. Com tudo isso, ele conseguia rir ao ter perdido a lâmina. Era inevitável admirá-lo.

XXXIV

Na manhã seguinte, com nosso dinheiro quase acabando, Paddy e eu partimos para o albergue. Seguimos em direção ao sul pela Old Kent Road com destino a Cromley. Não podíamos ir a um albergue de Londres porque Paddy já havia estado em um recentemente e não queria arriscar ir novamente. Era uma caminhada de vinte e cinco quilômetros sobre o asfalto, fazendo bolhas nos calcanhares, e estávamos extremamente famintos. Paddy vasculhou a calçada, pegando um estoque de pontas de cigarro para o tempo no albergue.

No fim sua perseverança foi recompensada, pois ele pegou um *penny*. Compramos um grande pedaço de pão velho e o devoramos enquanto andávamos.

Quando chegamos a Cromley, era muito cedo para ir ao albergue, e andamos alguns quilômetros mais adiante, a uma plantação ao lado de um campo, onde conseguimos nos sentar. Era um caravançarai comum de mendigos — podia-se reconhecer pela grama gasta e o jornal encharcado e latas enferrujadas que haviam deixado para trás. Outros mendigos chegavam sozinhos ou em duplas. Era um agradável clima de outono. Ao redor, uma profunda relva de tanásias crescia; é como se até agora eu pudesse sentir o cheiro forte daquelas flores, em batalha com o fedor dos mendigos. No campo, dois potros de carroça, marrom-amarelados, com cauda e crina brancas, pastavam perto do portão. Estávamos espalhados pelo chão, suados e exaustos. Alguém conseguiu encontrar galhinhos secos e fazer fogo e tomamos chá sem leite em um tambor de lata que era passado de homem para homem.

Alguns dos mendigos começaram a contar histórias. Um deles, Bill, era um tipo interessante, um mendigo genuinamente forte da velha guarda, forte como Hércules e um sincero inimigo do trabalho. Ele se gabava de, com a força que tinha, poder conseguir um trabalho de marinheiro na hora que quisesse, mas, assim que recebia o primeiro pagamento, ficava tão bêbado que era demitido. Enquanto isso, ele "furtava", principalmente de lojistas. Ele falava assim:

— Num vou longe em Kent. Kent é um lugar duro, Kent é. Tem um monte lá já robando por lá. Os _____ padeiro fica tão bem que vão jogar os pão fora e dar pro'cê. Agora Oxford, lá é lugar pra robar, Oxford é. Quando tava em Oxford robava pão, e robava bacon, e robava carne, e toda noite eu robava uns troquinho pra num fica co's estudante. Ontem de noite faltou dois *pence* pra minha cama, então procurei um pároco e enrolei ele pra três *pence*. Ele me dá os três *pence* e logo depois ele vira e me entrega porque eu sô mendigo. "Cê tá mendigando", o polícia fala. "Não, num tô", eu falo, "eu tava perguntando aqui pro cavalheiro as hora", eu falo. O polícia começa a revista no meu casado e tira meio quilo de carne e dois pedaço de pão. "Bom, que que é isso, então?", ele fala. "Cê vem comigo pra delegacia", ele fala. O delegado me segura sete dias. Num roubo mais de nenhum ____ pároco. Mas, Deus! Por que me importo de ficar em cana sete dias?" etc. etc.

Parece que toda sua vida foi assim — uns tantos roubos, bebidas, prisão. Ele dava risada ao falar disso, levando tudo como se fosse uma tremenda brincadeira. Ele parecia conseguir pouca coisa ao mendigar, pois usava somente um terno de veludo cotelê, cachecol e boné — nenhum par de meias ou roupa de baixo. Ainda assim, era gordo e divertido e até cheirava a cerveja, o cheiro mais incomum entre os mendigos atualmente.

Dois dos mendigos já haviam estado no albergue Cromley recentemente, e nos contaram uma história de fantasma relacionada ao lugar. Anos antes, eles contaram, houve um suicídio lá. Um mendigo conseguiu contrabandear uma navalha para dentro da cela e lá cortou a própria garganta. Pela manhã, quando o Major Mendigo chegou, o corpo estava espremido contra a porta e para abri-la tiveram de quebrar o braço do homem. Por vingança, o morto assombrava a cela e qualquer um que lá dormisse certamente morreria em um ano. Houve vários casos, é claro. Se a porta de uma cela emperrasse ao tentar abri-la, aquela cela deveria ser evitada como uma praga, pois era a assombrada.

Dois mendigos, ex-marinheiros, contaram outra história pavorosa. Um homem (eles juraram que o conheceram) havia planejado fugir como clandestino em um navio com destino ao Chile. Estava carregado com mercadoria embalada em grandes caixotes de madeira, e com a ajuda de um estivador, o clandestino havia conseguido se esconder em um deles. Mas o estivador cometeu um engano na ordem em que os caixotes deveriam ser carregados no navio. A grua agarrou o clandestino, balançou-o no alto e o depositou — muito no fundo, embaixo de centenas de caixotes. Ninguém descobriu o que havia acontecido até o fim da viagem, quando descobriram o clandestino apodrecendo, morto por sufocamento.

Outro mendigo contou a história de Gilderoy, o ladrão escocês. Gilderoy era um homem que havia sido condenado à forca, escapou, capturou o juiz que o havia sentenciado e (camarada esplêndido!) o enforcou. Os mendigos gostavam da história, é claro, mas o interessante era ver que contavam tudo errado. A versão era que Gilderoy fugiu para a América, enquanto, na verdade, ele fora recapturado e levado à morte. A história tinha sido alterada, sem dúvida deliberadamente, assim como crianças alteram as histórias de Sansão e Robin Hood, fazendo-as mais alegres no final, que são muito fantasiosas.

Isso fez com que os mendigos começassem a cantar histórias, e um homem muito velho declarou que a "lei de uma mordida" era a sobrevivência dos dias em que nobres caçavam homens em vez de cervos. Alguns outros riam dele, mas ele tinha a ideia firme na cabeça. Ele ouvira também das Leis do Milho e do *jus primae noctis*[166] (acreditava que realmente tivesse existido); também da Grande Rebelião,[167] que ele acreditava ser uma revolta dos pobres contra os ricos — talvez ele tenha confundido com revoltas camponesas.[168] Duvido de que o velho soubesse ler e certamente não estava repetindo artigos de jornais. Seus fragmentos de histórias haviam sido passados de geração para geração de mendigos, talvez por séculos, em alguns casos. Era a tradição oral se perpetuando, como fraco eco da Idade Média.

Paddy e eu fomos ao albergue às seis da tarde, e saímos às dez da manhã seguinte. Era bem parecido com Romton e Edbury e não vimos nada do fantasma. Entre os habituais havia dois homens jovens chamados William e Fred, ex-pescadores de Norfolk, uma animada dupla que gostava de cantar. Eles tinham uma canção chamada "Pobre Bella" que vale a pena

---

[166] O direito da primeira noite, do latim. Também conhecido como direito do senhor ou direito da pernada, refere-se a uma suposta instituição que teria vigorado na Idade Média e que permitiria ao senhor feudal, no âmbito de seus domínios, desvirginar uma noiva na sua noite de núpcias.

[167] A Grande Rebelião ou Grande Revolta é um termo geralmente usado em inglês para diversas conflitos.

[168] Provável referência a *Peasants' Revolt* (Revolta dos camponeses), ocorrida na Inglaterra em 1381, também chamada de Rebelião de Wat Tyler.

transcrever. Eu os ouvi cantando uma meia dúzia de vezes nos dois dias seguintes e consegui decorar, exceto uma linha ou duas, mas suponho que era assim:

> Bella era jovem, doce como mel
> Cabelos de ouro, olhos azuis do céu,
> Ah, pobre Bella!
> De passos leves e alegre coração,
> Certo dia perdeu a razão
> Deixou-se levar por um enganador e carícia
> Que lhe forçou a ter uma família.
>
> Pobre Bella era jovem e não sabia
> Que os homens enganam e no mundo não cabia,
> Ah, pobre Bella!
> Ela disse: "Meu homem fará o que é justo,
> Casará comigo a todo custo;
> Seu coração era só confiança e amor
> Por um vil enganador, que só causava dor.
>
> Ela foi à casa dele; aquele imundo
> Tinha feito as malas e caído no mundo,
> Ah, pobre Bella!
> A dona da casa disse: "Sua vaca, vá embora,
> Não quero você na minha casa agora".
> Pobre Bella, era puro sofrimento
> Por um enganador que era puro fingimento.
>
> A noite toda ela vagou pela neve,
> O que ela passou, ninguém sabe nem de leve,
> Ah, pobre Bella!
> E quando veio a manhã fria que corta,

Ai, ai, pobre Bella estava morta,
Tão jovem, largada na cova
Por um enganador vil, sem coração.

Então, tu vês, faz o querer,
O fruto do pecado faz o sofrer,
Ah, pobre Bella!
No túmulo, lá embaixo, jaz,
Os homens cantam: "Ai, a vida assim faz",
As mulheres ecoam baixinho:
"São todos os homens, sujos e mesquinhos!"

Escrita, por uma mulher provavelmente.

William e Fred, que cantavam a canção, eram patifes perfeitos, o tipo de homens que trazem má fama aos mendigos. Eles, por acaso, sabiam que o Major Mendigo em Cromley tinha um estoque de roupas velhas, para ser doadas aos pobres, quando necessário. Antes de entrarem, William e Fred tiraram as botas, rasgaram as costuras e cortaram as solas em pedaços, mais ou menos as arruinando. Eles pediram dois pares de botas e o Major Mendigo, ao ver quão ruins estavam as botas deles, deu dois pares quase novos. William e Fred mal haviam saído do albergue de manhã quando venderam as botas por um xelim e nove *pence*. Parecia para eles uma boa quantia, um xelim e nove *pence*, terem feito as antigas botas praticamente inúteis.

Saindo do albergue, fomos todos para o sul, uma procissão longa e desleixada, para Lower Binfield e Ide Hill. No caminho houve uma briga entre dois dos mendigos. Eles haviam brigado na noite anterior (havia somente alguns *casus belli*[169] de um falando para o outro "besteira" que foi entendido como bolchevique[170] — um insulto mortal) e brigaram por isso fora do albergue. Uma dúzia de nós ficamos para observar. A cena não sai da minha cabeça por um motivo — o homem que perdeu, caindo, e seu boné saindo da cabeça, o que mostrava seu cabelo quase branco. Depois disso, alguns de nós interferiram e acabaram com a briga. Paddy estava, nesse meio-tempo, fazendo perguntas e descobriu que a causa verdadeira da briga foi, como sempre, alguns *pence* em comida.

Chegamos a Lower Binfield bem cedo e Paddy passou o tempo procurando trabalho, batendo em portas dos fundos. Em uma casa, ele recebeu algumas caixas para cortar e fazer lenha e, dizendo que tinha um amigo com ele, trouxe-me para dentro e fizemos o serviço juntos. Quando terminamos, o dono da casa mandou a empregada nos levar uma xícara de chá. Lembro-me do jeito assustado como ela nos trouxe o chá, e, então, perdendo a coragem, colocou as xícaras no caminho e correu de volta para dentro de casa, trancando-se na cozinha. Tão aterrorizante é a palavra "mendigo". Eles nos pagaram seis *pence* cada e compramos um pedaço de pão a três *pence* e um quarto de fumo, sobrando cinco *pence*.

---

[169] Na terminologia bélica, *casus belli* é uma expressão latina para designar um fato considerado suficientemente grave pelo Estado ofendido, para declarar guerra ao Estado supostamente ofensor.

[170] Aqui houve uma lamentável perda de tradução. No texto original temos *bull shit*, que pode ser "besteira", "merda". E logo depois *Bolshevic*. Em inglês o som das duas palavras é parecido, o que justifica a confusão que originou a briga. Em português esse efeito se perde em parte.

Paddy achou melhor enterrar os cinco *pence* porque o Major Mendigo em Lower Binfield tinha fama de tirano e poderia recusar que entrássemos se tivéssemos qualquer dinheiro conosco. É uma prática muito comum entre os mendigos enterrar o dinheiro que têm. Se pretendem contrabandear uma grande quantia para dentro do albergue, eles geralmente costuram o dinheiro nas roupas, o que significa prisão se forem descobertos, obviamente. Paddy e Bozo tinham uma boa história sobre isso. Um irlandês (Bozo dizia ser um irlandês; Paddy, um inglês), não um mendigo, que tinha trinta libras, estava largado em um pequeno vilarejo onde não conseguia arrumar um quarto. Ele perguntou a um mendigo, que o aconselhou ir a um albergue. É uma prática bem usual, se não é possível arrumar uma cama em nenhum lugar, ir a um albergue, pagando uma quantia razoável para isso. O irlandês, no entanto, pensou que poderia ser esperto e arranjar uma cama de graça, então chegou ao albergue como um mendigo comum. Ele havia costurado as trinta libras nas roupas. Enquanto isso, o mendigo que o tinha aconselhado percebeu a chance e, naquela noite, ele discretamente pediu ao Major Mendigo permissão para deixar o albergue logo cedo pela manhã, pois deveria ver um trabalho. Às seis da manhã, ele foi liberado e saiu — com as roupas do irlandês. O irlandês reclamou do roubo e foi detido por trinta dias por entrar em um albergue comum sob falsas alegações.

XXXV

Ao chegarmos em Lower Binfield, refestelamo-nos por um longo tempo na grama, com aldeões nos olhando dos portões. Um clérigo e a filha apareceram e olharam em silêncio para nós por uns instantes, como se fôssemos peixes em aquário, e, então, foram embora. Havia dúzias de nós esperando. William e Fred estavam lá, ainda cantando; e os homens que haviam brigado, e Bill, o ladrão. Ele vinha roubando de padeiros, e tinha bastante pão velho escondido entre o casaco e o próprio corpo. Ele dividiu tudo e ficamos bem satisfeitos. Havia uma mulher entre nós, a primeira mulher mendiga que já vira. Era uma mulher gordinha, mal-cuidada e muito suja, de sessenta anos, vestindo uma saia bem comprida que arrastava no chão. Ela assumia grandes ares de dignidade e, se alguém sentava perto dela, ela fungava o nariz e se afastava.

— Aonde a senhora tá indo, dona? — um dos mendigos se dirigiu a ela.

A mulher fungou e olhou para longe.

— Vamos, dona — ele continuou —, se anima. Seje boazinha. Tamo tudo no mesmo barco aqui.

— Brigada — disse a mulher, amarga —, quando eu quiser me misturar com um bando de *vagabundo*, eu falo.

Gostei da forma como ela disse *vagabundo*. Parecia mostrar em um lance toda sua alma; uma alma feminina, pequena e cega que não havia aprendido absolutamente nada na vida. Ela era, indubitavelmente, uma respeitável viúva que acabou se tornando mendiga por algum acidente grosseiro.

O albergue abriu às seis. Era um sábado e deveríamos ficar confinados durante o fim de semana, o que é comum. Não sei o porquê, a não ser uma leve impressão de que o domingo merece algo desagradável. Quando nos registramos, disse que minha profissão era "jornalista". Era mais verdadeiro do que "pintor", pois eu já havia feito algum dinheiro com artigos de jornal, mas era uma coisa idiota de dizer, o que provavelmente levaria a me fazerem perguntas. Assim que entramos no albergue e formamos fila para vistoria, o Major Mendigo chamou meu nome. Ele era um sujeito rígido, parecia um soldado, de quarenta anos, nada parecido com o valentão que ele representava, mas com a rudeza de um soldado. Ele disse, ríspido:

— Quem de vocês é Blank? (Eu esqueci o nome que havia informado.)

— Eu, senhor.

— Então você é jornalista?

— Sim, senhor — respondi, tremendo.

Algumas perguntas trairiam o fato de que estava mentindo, o que poderia significar ser preso. Mas o Major Mendigo apenas me olhou de cima a baixo e disse:

— Então, o senhor é um cavalheiro.

— Acho que sim.

Ele me olhou de novo longamente.

— Bom, é muito azar, dotor — ele comentou. — Muito azar, é sim.

E, depois disso, ele me tratava com um favoritismo injusto, e até com certa deferência. Ele não me revistou e, no banheiro, deu, na verdade, uma tolha limpa só para mim — um luxo sem precedentes. Tão poderosa é a palavra "cavalheiro" aos ouvidos de um soldado.

Mais ou menos às sete horas já tínhamos devorado o pão e chá e estávamos nas celas. Dormimos em uma cela e havia estrados e colchões de palha para conseguirmos ter uma boa noite de sono. Mas nenhum albergue é perfeito, e a deficiência curiosa de Lower Binfield era o frio. Os canos de água aquecida não estavam funcionando, e os dois cobertores que recebemos eram duas coisinhas finas de algodão, quase inúteis. Ainda era outono, mas o frio já era cortante. Passamos longas doze horas durante a noite nos virando de um lado para o outro, adormecendo por alguns minutos e acordando tremendo de frio. Não podíamos fumar, porque o tabaco que tínhamos — que havíamos dado um jeito de trazer para dentro — estava com as roupas e não podíamos pegá-las de volta até a manhã seguinte. Podiam-se ouvir gemidos por todo lugar e, às vezes, alguém praguejando. Ninguém, imagino eu, conseguiu dormir mais do que uma hora ou duas.

De manhã, após o café e o exame médico, o Major Mendigo nos levou até a sala de refeições e trancou a porta. Era uma sala caiada, de chão de pedra, indiscutivelmente sombria, com mobília de pinho e bancos e cheirando a prisão. As janelas continham barras e eram muito altas para olhar o lado de fora, e não havia enfeites a não ser um relógio e uma cópia das normas da casa. Grudados nos bancos, cotovelo com cotovelo, já estávamos entediados, embora nem fossem oito horas ainda. Não havia nada para fazer, nada para conversar, nem espaço para se mover. O único consolo era que podíamos fumar, com o que eram coniventes, contanto que ninguém nos pegasse no flagra. Scotty, um mendigo pequeno bem cabeludo com um maldito sotaque *cockney* de Glasgow, não tinha tabaco, sua lata de pontas de cigarro havia caído da bota enquanto era revistado e fora apreendida. Eu dei a ele fumo para enrolar um cigarro. Fumamos às escondidas, enfiando os cigarros no bolso como meninos na escola quando ouvimos o Major Mendigo se aproximando.

A maioria dos mendigos passou dez horas seguidas nessa sala desconfortável e lúgubre. Só Deus sabe como aguentaram. Eu tive mais sorte do que os outros porque às dez horas o Major Mendigo repreendeu alguns homens por causa de alguns pequenos serviços aqui outros lá e escolheu-me para ajudar na cozinha do albergue, o mais cobiçado de todos. Isso, assim como a toalha limpa, era o feitiço lançado pela palavra "cavalheiro".

Não havia serviço para fazer na cozinha, e fugi para um pequeno galpão usado para armazenar batatas, onde alguns pobres do albergue estavam se escondendo para se esquivar do culto do domingo. Havia alguns caixotes confortáveis para sentar e algumas edições antigas do *Family Herald* e até uma cópia do *Raffles* da biblioteca do albergue. Os pobres falavam coisas interessantes sobre a vida no albergue. Eles me contaram que, entre outras coisas, o que realmente odiavam no albergue, como um estigma de caridade, era o uniforme. Se pudessem usar as próprias roupas ou até mesmo seus bonés e cachecóis, eles não se importariam em ser pobres. Fiz minha refeição na mesa do albergue e era uma refeição digna de uma jiboia — a mais farta refeição que fiz desde meu primeiro dia no Hôtel X. Os pobres dizem que normalmente se empanturravam até o ponto de estourar aos domingos e eram mal alimentados no resto da semana. Após o jantar, o cozinheiro me designou para lavar a louça e disse para jogar fora a comida que sobrou. O desperdício era impressionante e, nas circunstâncias, apavorante. Pedaços de carne comidos pela metade e cestos com pedaços de pão e legumes eram jogados fora como lixo e, então, estragados com folhas de chá. Enchi cinco latas de lixo até a boca com comida ainda boa. E enquanto fazia isso cinquenta mendigos estavam sentados no albergue com a barriga ainda vazia depois do jantar servido no local a pão e queijo, e talvez duas batatas cozidas e frias para cada um em homenagem ao domingo. De acordo com os pobres, a comida era jogada fora mais por política deliberada, em vez de ser distribuída aos mendigos.

Às três voltei ao albergue. Os mendigos ainda estavam sentados lá desde às oito, com espaço para mal mover um cotovelo, e estavam já meio loucos de tanto tédio. Até fumar já não podiam, pois fumo de mendigo é ponta de cigarro, e morrem de fome se estão há mais de algumas horas longe das ruas. A maioria dos homens estava entediada demais até para conversar. Apenas ficavam lá, sentados, se acotovelando nos bancos, olhando para o nada, os rostos raquíticos divididos em dois por um enorme bocejo. A sala fedia a *ennui*.[171]

---

[171] Tédio.

Paddy, com a lateral do corpo doendo por causa do banco duro, estava choramingando e, para passar o tempo, eu conversava com um mendigo um tanto superior, um jovem marceneiro que usava camisa e gravata e estava nas ruas, assim disse, porque não tinha ferramentas. Ele se mantinha um pouco afastado dos outros mendigos e se comportava mais como um homem livre do que um mendigo comum do albergue. Ele também tinha gosto literário e carregava uma cópia de *Quentin Durward*[172] no bolso. Ele me contou que nunca fora a um albergue a não ser forçado, por estar morto de fome, preferindo dormir sob as cercas vivas e atrás de montes de palha. Na costa sul, certa vez, ele havia mendigado durante o dia e dormido em cabines de banho por semanas.

Conversávamos sobre a vida nas ruas. Ele criticava o sistema que força um mendigo a ficar catorze horas por dia em um albergue e as outras dez andando e fugindo da polícia. Ele falou do seu caso — seis meses à custa do governo por falta de ferramentas que valiam algumas libras. Foi estúpido, ele disse.

Contei-lhe sobre o desperdício de comida na cozinha do albergue e o que pensava sobre isso. E, sobre o assunto, ele mudou o tom instantaneamente. Percebi que havia acordado o frequentador de banco de igreja que vive em cada trabalhador inglês. Embora estivesse passando fome assim como os outros, ele imediatamente viu razões para que a comida fosse

---

[172] Romance histórico de Sir Walter Scott, publicado pela primeira vez em 1823. A história diz respeito a um arqueiro escocês a serviço do rei francês Louis XI, que desempenha um papel importante na narrativa.

jogada fora em vez de distribuída aos mendigos. Ele me advertiu severamente.

— Eles têm que fazer assim — ele disse. — Se deixam aquele lugar muito confortável, eles teriam a escória do país se aglomerando lá. É a comida ruim que mantém a escória longe. Esses mendigos aqui são muito preguiçosos para trabalhar, isso é tudo que tem de errado com eles. Ninguém quer encorajar esses mendigos. Eles são escória.

Dei argumentos para provar que ele estava errado, mas ele nem ouviu. Continuava repetindo:

— Você não vai querer ter nenhuma pena desses vagabundos — escória que são. Você não vai querer julgar esses homens com as mesmas regras para homens como eu e você. Eles são escória, só escória.

Era interessante ver a maneira sutil como ele se dissociava "desses vagabundos aqui". Ele estava nas ruas havia seis meses, mas aos olhos de Deus, ele parecia querer dizer, não era um mendigo. Imagino haver muitos mendigos que agradecem a Deus por não serem mendigos. São como os excursionistas baratos que dizem coisas grosseiras sobre excursionistas baratos.

Três horas se arrastaram. Às seis, o jantar chegou e estava bem difícil de comer. O pão, duro o suficiente de manhã (fora cortado em fatias no sábado de manhã) estava agora tão duro quanto biscoito seco. Por sorte estava besuntado de gordura e raspamos a gordura fora e comemos só o pão, que era melhor do que nada. Às seis e quinze fomos mandados para cama. Novos mendigos chegavam e, para não misturar mendigos de dias diferentes (por medo de doença infecciosa), os recém-chegados foram colocados nas celas e nós nos dormitórios. Nosso dormitório parecia um estábulo com trinta camas muito juntas umas às outras e uma banheira que servia como um penico comum. Fedia horrivelmente e os mais velhos tossiam e se levantavam a noite toda. Mas, havendo tanta gente junta, mantivemos o cômodo quente e conseguimos dormir um pouco.

Saímos às dez da manhã, depois de uma nova inspeção médica, com um pedaço de pão e queijo para um lanche mais tarde. William e Fred, posse de um xelim, espetaram o pão nas grades do albergue — como protesto, disseram. Esse era o segundo albergue em Kent em que eles não podiam mais aparecer, tamanha a má conduta deles, e achavam que era uma grande brincadeira. Para mendigos, eram almas alegres. O imbecil (sempre há um imbecil em cada grupo de mendigos) disse que estava muito cansado para andar e agarrou-se nas grades até que o Major Mendigo teve de expulsá-lo e chutá-lo fora. Paddy e eu fomos em direção ao norte, para Londres. A maioria foi para Ide Hill, dito o pior albergue na Inglaterra.[173]

Mais uma vez era um dia gostoso de outono e as ruas estavam calmas, com poucos carros circulando. O ar tinha um cheiro doce de roseira-brava, depois do cheiro fétido do albergue, uma mistura de suor, sabão e esgoto. Nós dois parecíamos os únicos mendigos na rua. Então ouvi passos apressados atrás de nós e alguém chamando. Era o pequeno Scotty, o

---

[173] Eu estive lá duas vezes e não é tão ruim. (N.A.)

mendigo de Glasgow, que vinha correndo atrás de nós, ofegante. Ele tirou uma lata enferrujada do bolso. Tinha um sorriso alegre no rosto, como alguém pagando uma dívida.

— Tá aqui, cara — ele disse gentilmente. — Tô devendo umas ponta de cigarro pr'cê. Cê me deu fumo ontem. O Major Mendigo me devolveu minha lata de ponta de cigarro quando a gente saiu de manhã. Uma boa ação merece outra — tá aqui.

E colocou quatro pontas de cigarro molhadas, estragadas e repugnantes nas minhas mãos.

XXXVI

Gostaria de fazer alguns comentários gerais sobre os mendigos. Quando se começa a pensar neles, os mendigos são um produto peculiar que merece ser analisado. É estranho que um grupo de homens, dezenas de milhares em número, devesse andar para cima e para baixo na Inglaterra como um bando de Judeus Errantes. Mas, embora o caso mereça consideração, não se pode começar a analisá-lo até que se tenha livrado de certos preconceitos. Tais preconceitos estão enraizados na ideia de que todo mendigo, *ipso facto*,[174] é um canalha. Na infância, aprendemos que mendigos são canalhas e, consequentemente, existe em nossas mentes um tipo de mendigo ideal ou típico — uma criatura repulsiva, muito perigosa, que preferiria morrer a trabalhar ou se lavar, e que não deseja nada a não ser mendigar, beber e roubar galinhas.

---

[174] Pelo fato em si.

Esse mendigo-monstro não é mais verdadeiro do que o sinistro china[175] das histórias de revistas, mas é muito persistente. O termo "mendigo" ou "vagabundo" me evoca essa imagem. E a crença nele obscurece as verdadeiras questões da vagabundagem.

Considerar uma questão fundamental sobre vagabundagem: porque os mendigos realmente existem? É curioso, mas poucas pessoas sabem o que leva um mendigo a ir para a rua. E, por causa da crença no mendigo-monstro, as mais fantásticas razões são sugeridas. Dizem, por exemplo, que os mendigos mendigam para fugir do trabalho, para mendigar mais facilmente, para procurar oportunidades para o crime, até — a menos provável das razões — porque gostam de mendigar. Cheguei até a ler em um livro de criminologia que o mendigo é um atavismo, um retrocesso aos estágios nômades da humanidade. E, no entanto, a causa óbvia da vagabundagem está bem na nossa cara. É claro que o mendigo não é um atavismo nômade — pode-se muito bem também dizer que um caixeiro viajante é um atavismo. Um mendigo mendiga não por gostar, mas pela mesma razão que um carro se mantém à esquerda; porque há uma lei compelindo-o para isso. Um homem destituído, se não é sustentado pela paróquia, somente consegue assistência em albergues e, como o albergue só vai aceitá-lo por uma noite, ele automaticamente se muda

---

[175] No original, *Chinaman*. É um termo frequentemente pejorativo que se refere a um homem ou pessoa chinesa, um cidadão chinês do continente ou, em alguns casos, uma pessoa nativa do Leste Asiático. Embora o termo não tenha conotações negativas em dicionários mais antigos, atualmente tem conotação pejorativa.

sempre. Ele é um vadio porque, de acordo com a lei, ou é assim ou ele passa fome. Mas as pessoas são criadas para acreditar no mendigo-monstro e, então, preferem pensar que deve haver, mais ou menos, motivos vis para mendigar.

Na verdade, muito pouco do mendigo-monstro sobreviverá a interrogatório. Pegue a ideia geral de que mendigos são figuras perigosas. Bem à parte da experiência, pode-se dizer *a priori*[176] que muito poucos mendigos são perigosos, porque se fossem, seriam tratados dessa forma. Um albergue comum vai admitir cem mendigos em uma noite e eles são atendidos por uma equipe de não mais do que três funcionários. Cem bandidos não poderiam ser controlados por três homens desarmados. De fato, quando se vê como os mendigos se deixam ser intimidados pelos funcionários do albergue, é óbvio que são as criaturas mais dóceis e de espírito enfraquecido imagináveis. Ou pegue a ideia de que todos os mendigos são bêbados — uma ideia realmente ridícula. Não há dúvidas de que muitos mendigos beberiam, se tivessem a oportunidade; na natureza das coisas, eles não têm essa chance. No momento, uma coisa sem cor e aguada chamada cerveja custa sete *pence*, por meio litro, na Inglaterra. Para se embebedar com cerveja custaria pelo menos meia coroa e um homem que pode pagar meia coroa absolutamente não é um mendigo. A ideia de que mendigos são parasitas sociais sem-vergonha ("pedintes resolutos") não é totalmente infundada, mas só é verdade em poucos casos. Parasitismo

---

[176] Em suposição.

deliberado e cínico, tal como se lê nos livros de Jack London sobre vagabundagem americana, não se encontra no caráter inglês. Os ingleses são uma raça dominada pela consciência, com um forte senso da pobreza como algo pecaminoso. Não se consegue imaginar o inglês, em geral, deliberadamente se tornando um parasita, e esse caráter nacional não necessariamente muda porque um homem é mandado embora do emprego. De fato, se alguém lembra que um mendigo é somente um inglês sem trabalho, forçado pela lei a viver como um vagabundo, então o mendigo-monstro desaparece. Obviamente não estou dizendo que muitos mendigos são personagens ideais; só estou dizendo que eles são seres humanos comuns e, se são piores do que outras pessoas, é o resultado e não a causa do modo de vida que levam.

Segue-se que a atitude do "muito bem-feito para eles", normalmente tomada em relação aos mendigos, não é mais justa do que seria em relação aos aleijados e inválidos. Quando se percebe isso, começamos a nos colocar no lugar dos mendigos e entender o que é a vida. É uma vida extraordinariamente fútil e extremamente desagradável. Descrevi o albergue comum — a rotina no dia de um mendigo — mas há três desgraças específicas nas quais é preciso insistir. A primeira é a fome, que é quase o destino geral dos mendigos. O albergue comum oferece-lhes uma ração que provavelmente nem é para ser suficiente e qualquer coisa além disso deve ser obtida mendigando — ou seja, fora da lei. O resultado é que quase todo mendigo definha por má nutrição. Como prova, apenas precisamos olhar para os homens formando fila do lado de fora de qualquer albergue comum. A segunda grande desgraça da vida de um mendigo — parece bem menor do que a primeira, mas é uma boa segunda coisa — é que ele está inteiramente desligado do contato com mulheres. Esse ponto precisa ser mais bem elaborado.

Mendigos são separados das mulheres, em primeiro lugar, porque há muito poucas mulheres no nível social deles. Pode-se imaginar que, entre os destituídos, os gêneros seriam tão igualmente equilibrados quanto em qualquer outro aspecto. Mas não é; na verdade, pode-se quase afirmar que, abaixo de certo nível social, há somente homens. Os números a seguir, publicados pelo L.C.C.[177] sobre um censo noturno feito em 13 de fevereiro de 1931, mostram o número relativo de homens e mulheres destituídos:

> Passando a noite nas ruas, 60 homens, 18 mulheres.[178]
> Em abrigos e asilos não licenciados como albergues comuns, 1.057 homens e 137 mulheres.
> Na cripta da St. Martin's-in-the-Fields Church, 88 homens, 12 mulheres.
> Nos albergues e leitos do L.C.C., 674 homens, 15 mulheres.

---

[177] London County Council (LCC) foi o principal órgão do governo local de Londres ao longo de sua existência, de 1889 a 1965, e a primeira autoridade municipal geral a ser eleita diretamente. Cobriu a área hoje conhecida como Inner London e foi substituída pelo Greater London Council. O LCC era a maior, mais significativa e mais ambiciosa autoridade municipal inglesa de sua época.

[178] O número deve estar subestimado. Ainda assim, as proporções provavelmente se mantêm. (N. A.)

Pode-se ver com esses dados que, em relação às obras de caridade, o número de homens é superior ao de mulheres em torno de dez para um. A causa é provavelmente que o desemprego afeta as mulheres menos do que os homens. Além disso, qualquer mulher apresentável pode, em último caso, se juntar a algum homem. O resultado, para um mendigo, é ele estar condenado ao celibato perpétuo. Pois é claro, nem é preciso dizer que, se um mendigo não encontra nenhuma mulher no seu nível social, aquelas de nível acima — até mesmo um pouquinho acima — estão tão fora do seu alcance quanto a lua. Não vale a pena discutir as razões, mas não há dúvidas de que as mulheres nunca, ou quase nunca, são condescendentes com homens bem mais pobres do que elas. Um mendigo, portanto, é um celibatário a partir do momento em que cai nas ruas. Ele não tem absolutamente nenhuma esperança de tomar uma esposa, uma amante ou qualquer tipo de mulher, exceto — muito raramente, quando consegue juntar alguns poucos xelins — uma prostituta.

É óbvio que o resultado disso deva ser: homossexualidade, por exemplo, e casos isolados de estupro. Mas, mais profundo do que isso, existe a degradação no homem, que sabe que não é nem considerado adequado para casar. O impulso sexual, para não dar mais importância a isso, é um impulso fundamental, e a sua abstinência pode ser quase tão desmoralizante quando a fome física. O mal da pobreza não é tanto que faça um homem sofrer como o faz apodrecer física e espiritualmente. E pode não haver nenhuma dúvida de que a abstinência sexual contribua para esse processo de decadência. Apartado de toda a espécie de mulheres, um mendigo se sente degradado ao nível de um aleijado ou um lunático. Nenhuma humilhação poderia causar mais dano ao amor-próprio de um homem.

A outra grande desgraça da vida de um mendigo é o ócio forçado. Pelas nossas leis de vadiagem, as coisas são organizadas de tal forma que, quando ele não está caminhando nas ruas, está sentado em uma cela; ou, nos intervalos, deitado no chão esperando o albergue comum abrir. É óbvio que isso é triste, um modo de vida desmoralizante, especialmente para um homem sem educação formal.

Além disso, poderíamos citar desgraças menos importantes — para citar algumas, desconforto, inseparável da vida nas ruas. Vale a pena lembrar que, em geral, os mendigos não têm roupas a não ser as que vestem, calçam botas que mal lhes cabem e não se sentam em cadeiras por vários meses. Mas o ponto importante é que o sofrimento de um mendigo é completamente inútil. Ele vive uma vida totalmente desagradável, e a vive para nenhum propósito. Não seria possível, de fato, inventar uma rotina mais fútil do que andar de prisão em prisão, gastando talvez dezoito horas por dia em uma cela e nas ruas. Deve haver pelo menos várias dezenas de milhares de mendigos na Inglaterra. Todos os dias eles gastam inúmeros pés-libras de energia — suficiente para arar milhares de acres, construir quilômetros de estradas, levantar dezenas de casas — meramente em caminhada inútil. Todo dia eles perdem juntos possivelmente dez anos de tempo encarando as paredes das celas. Eles custam ao país pelo menos uma libra por semana cada um e não oferecem nada em retorno. Circulam e circulam, em um entediante e infindável jogo das cadeiras, que não tem utilidade nenhuma, nem serve para absolutamente ninguém. A lei mantém esse processo acontecendo e já estamos tão acostumados que já não nos surpreendemos mais. Mas tudo isso é muito idiota.

Dada a futilidade da vida de um mendigo, a questão é se qualquer coisa poderia ser feita para melhorá-la. Obviamente seria possível, por exemplo, tornar os albergues comuns um pouco mais habitáveis, e isso, na verdade, está sendo feito em alguns casos. Durante o ano passado, alguns dos galpões de albergues foram melhorados — não eram mais reconhecíveis, se os relatos estiverem corretos — e há previsão para que a mesma coisa seja feita em todos eles. Mas essa ação não chega ao cerne da questão. O problema é como transformar o mendigo de um vadio entediado e semimorto em um ser humano que respeite a si mesmo. Um mero conforto a mais não consegue esse feito. Mesmo se os galpões comuns ficarem positivamente luxuosos (isso nunca acontecerá),[179] a vida de um mendigo ainda continuaria desperdiçada. Ele ainda seria um pobre, impossibilitado de se casar e de ter uma vida em família, e um fiasco para a comunidade. O que é preciso é tirá-lo da pobreza e isso só pode ser feito oferecendo-lhe um emprego — não trabalhar apenas por trabalhar, mas um trabalho de que ele goste e

---

[179] Com justiça, deve ser acrescentado que alguns dos galpões foram melhorados recentemente, pelo menos em relação às acomodações para dormir. Mas muitos deles estão como sempre foram, e não houve nenhuma melhoria na comida. (N. A.)

do qual possa se beneficiar. No momento, na grande maioria dos albergues comuns, os mendigos não trabalham em absolutamente nada. Há um tempo eles eram obrigados a cortar pedras para receber comida, mas essa prática foi descontinuada quando já haviam cortado pedras suficientes para anos e acabaram com o emprego dos cortadores de pedra. Hoje em dia, eles ficam ociosos, porque aparentemente não há nada para fazerem. Ainda assim, há uma maneira óbvia de torná-los úteis, ou seja: cada albergue poderia ter um pequeno sítio, ou pelo menos uma horta, e cada mendigo fisicamente capaz que se apresentasse poderia fazer um dia de trabalho importante. O produto de cada sítio ou horta poderia ser usado para alimentar os mendigos e, na pior das hipóteses, seria melhor do que a dieta indecente à base de pão e margarina e chá. É claro que os galpões comuns nunca poderiam ser autossustentáveis, mas poderiam caminhar bastante nessa direção, e as taxas seriam provavelmente melhores a longo prazo. Devemos nos lembrar de que, com o sistema atual, mendigos são tão desastrosos ao país quanto poderiam ser, pois não só não trabalham, mas sobrevivem a refeições que provavelmente arruinarão a saúde desses homens. O sistema, portanto, perde vidas assim como dinheiro. Um esquema que os alimentasse decentemente e os fizesse produzir pelo menos parte da comida que comem seria uma boa tentativa.

Um sítio ou até mesmo uma horta poderiam ser criticados por não poderem ser levados com trabalho casual. Mas não há nenhuma razão verdadeira para que os mendigos devam ficar somente um dia em cada albergue; eles podem permanecer um mês ou até mesmo um ano, se houvesse trabalho a fazer. A constante circulação de mendigos é algo bem artificial. No momento, um mendigo é uma despesa sobre o imposto devido ao governo e o objetivo de cada albergue é, consequentemente, empurrá-lo para outro. Por conseguinte, a regra de que só se pode ficar uma noite. Se ele retorna em um mês, é penalizado e fica confinado por uma semana e, como é o mesmo que ficar na prisão, naturalmente, ele vai andando. Mas, se ele significasse trabalho para o albergue e o albergue significasse a ele comida boa, seria outra história. Os albergues evoluiriam para instituições parcialmente autossustentáveis, e os mendigos, estabelecendo-se aqui ou ali de acordo com suas necessidades, deixariam de ser mendigos. Eles fariam alguma coisa comparativamente útil, recebendo comida decente, e vivendo uma vida estabelecida. Aos poucos, se o esquema funcionasse bem, eles até deixariam de ser considerados pobres e poderiam casar e tomar um lugar respeitável na sociedade.

Essa é apenas uma ideia geral, e há óbvias objeções a ela. No entanto, tal ideia sugere, de fato, uma forma de melhorar a condição dos mendigos sem acumular mais ônus aos impostos pagos. E a solução deve, em qualquer caso, ser algo nesse sentido, pois a questão é o que fazer com homens que são mal alimentados e ociosos. E a resposta — fazê-los plantar a própria comida — se impõe automaticamente.

XXXVII

Uma palavra sobre as acomodações para dormir oferecidas a um morador de rua em Londres. No momento, é impossível conseguir uma *cama* em qualquer instituição, que não seja de caridade, por menos de sete *pence* a noite. Se uma pessoa não consegue pagar sete *pence* por uma cama, deve se adaptar a uma das seguintes soluções alternativas:

1. O Aterro da Margem do Rio.[180] Aqui está o relato que Paddy me fez sobre dormir no Calçadão:

— A coisa toda c'o Calçadão é conseguir ir dormir cedo. Cê tem que tá na margem do rio umas oito horas porque lá num tem muito banco e às vezes eles já tá tudo ocupado. E cê tem que tentar dormir logo de uma vez. É muito frio pra dormir depois da meia-noite e a polícia te arranca de lá às quatro horas da manhã. Mas num é fácil dormir, com aqueles maldito bonde passando na tua cabeça toda hora e os letreiro sobre o rio piscando nos olho. O frio é cruel. Eles pra dormir lá geralmente se embrulha em jornal, mas num adianta muito. Tem que ter muita sorte pra dormir umas três horas.

Dormi no Calçadão e verifiquei que correspondia à descrição dada por Paddy. É, no entanto, muito melhor do que não dormir nada, que é a alternativa se passamos a noite na rua, em qualquer lugar que não no Calçadão. De acordo com a lei em Londres, você pode se sentar para passar a noite, mas a polícia deve levar você, se vir que está dormindo. O Calçadão

---

[180] Aqui optamos simplesmente por Calçadão, conforme nota 150.

e um ou dois outros cantos curiosos (há um atrás do Lyceum Theatre) são exceções especiais. Essa lei é evidentemente uma ofensa intencional. Seu objetivo, segundo consta, é evitar que as pessoas morram de frio, mas, claramente, se um homem não tem casa e vai morrer de frio, então morrerá, dormindo ou acordado. Em Paris, não há lei assim. Lá as pessoas dormem aos montes sob as pontes do Sena e nas partes cobertas das portas e nos bancos das praças e em volta dos poços de ventilação do Metrô, e até mesmo dentro das estações de Metrô. Não causam nenhum mal aparente. Ninguém vai passar a noite na rua se puder evitar, e, se vai ficar fora, pode ao menos dormir.

2. A Corda de Dois *Pence*.[181] Já é um pouco melhor do que o Calçadão. Na Corda de Dois *Pence*, as pessoas se sentam lado a lado em um banco, formando uma fileira. Há uma corda que passa na frente e elas podem se debruçar nela como se estivessem se debruçando sobre uma cerca. Um homem, curiosamente chamado de valete, corta a corda às cinco da manhã. Eu nunca estive lá, mas Bozo esteve várias vezes. Perguntei a ele se era possível alguém conseguir dormir de tal forma e ele me disse que era mais confortável do que parecia — de qualquer forma, melhor do que no chão duro. Há abrigos semelhantes em Paris, mas o preço é somente vinte e cinco cêntimos (meio *penny*) em vez de dois *pence*.

3. O Caixão,[182] a quatro *pence* por noite. No Caixão, dorme-se em uma caixa de madeira, com um encerado

---

[181] *The Twopenny Hangover*, no original em inglês.
[182] *The Coffin*, no original em inglês.

para se cobrir. É frio e o pior do Caixão são os insetos, dos quais, por ser apertado, não se pode escapar.

Acima disso vêm os abrigos comunitários com taxas que variam entre sete *pence* e um xelim e um *penny* por noite. Os melhores são os Rowton Houses, onde a taxa é um xelim, pela qual se recebe um cubículo e o direito de usar excelentes banheiros. Também é possível pagar meia coroa por um "especial", que é praticamente acomodação de hotel. Os Rowton Houses são edifícios esplêndidos e a única objeção a eles é a disciplina rígida, com regras contra cozinhar, carteado etc. Talvez a melhor propaganda para os Rowton Houses seja o fato de que estão sempre cheios a superlotados. Os Bruce Houses, a um xelim e um *penny*, também são excelentes.

O próximo melhor, em termos de limpeza, são os albergues do Exército da Salvação, a sete ou oito *pence*. Eles variam (estive em um ou dois que não eram muito diferentes dos abrigos ou albergues comuns), mas muitos deles são limpos e têm bons banheiros. No entanto, deve-se pagar um extra por um banho. Consegue-se um cubículo por um xelim. Nos dormitórios de oito *pence*, as camas são confortáveis, mas há muitas delas (via de regra, pelo menos quarenta em um quarto), e tão juntas que é impossível passar uma noite tranquila. As inúmeras restrições fedem a prisão e caridade. Os albergues do Exército da Salvação são ótimos para aqueles que prezam pela limpeza acima de qualquer outra coisa.

Além disso, há os albergues comuns. Pagando sete *pence* ou um xelim, não importa, eles são abafados e barulhentos e as camas são todas igualmente sujas e desconfortáveis. O que os redime é que têm uma atmosfera *laissez-faire*[183] e cozinhas quentes, que parecem de casa, onde é possível ficar por horas durante o dia ou à noite. São abrigos minúsculos, mas algum tipo de vida social é possível acontecer por lá. Os abrigos femininos têm pior fama do que os masculinos, e existem poucas casas com acomodação para casais. Na verdade, não é nada fora do comum para um mendigo dormir em um abrigo e a esposa em outro.

No momento, pelo menos quinze mil pessoas em Londres vivem em abrigos comuns. Para um homem solteiro e sozinho ganhando duas libras por semana, ou menos, um abrigo é muito conveniente. Ele mal poderia conseguir uma casa mobiliada tão barata, e o abrigo lhe oferece gás de graça, banheiros de vários tipos, e muita vida social. Quanto à sujeira, ela é um mal menor. O que realmente é ruim nos abrigos é que são lugares nos quais se paga para dormir e, em cada um, dormir bem é impossível. Tudo o que se consegue pelo dinheiro gasto é uma cama medindo um metro e setenta por oitenta centímetros com um colchão duro e torto, com um travesseiro que mais parece um bloco de madeira e uma colcha de algodão e dois lençóis cinza e fedidos. No inverno há cobertores, mas nunca o suficiente. E essa cama fica em um quarto onde nunca há menos do que cinco, e às vezes cinquenta ou sessenta camas, a noventa centímetros ou um metro e oitenta de distância umas das outras. É claro que ninguém consegue dormir profundamente em tais

---

[183] Pode-se fazer o que quiser.

condições. Os únicos outros lugares onde as pessoas ficam amontoadas como gado desse jeito são quartéis e hospitais. Nas alas públicas de um hospital, ninguém nem sonha em dormir bem. Nos quartéis os soldados ficam aglomerados, mas há boas camas e os homens são saudáveis. Em um abrigo comum, quase todos os ocupantes têm tosse crônica e um grande número deles tem doenças da bexiga, o que os faz levantar todas as horas durante a noite. O resultado é barulho constante, o que torna dormir impossível. Até onde consigo observar, ninguém em um abrigo dorme mais do que cinco horas por noite — um grande engodo quando se tem de pagar sete *pence* ou mais.

Aqui a legislação poderia fazer algo. No momento, existem todas as formas de legislação pelo L.C.C. sobre abrigos, mas não servem aos interesses dos donos dos abrigos. O L.C.C. somente se esforça para proibir bebida, jogatina, briga etc. etc. Não há nenhuma lei dizendo que as camas em um abrigo devem ser confortáveis. Isso seria muito fácil fazer — muito mais fácil, por exemplo, do que as restrições para jogo. Os donos dos abrigos deveriam ser obrigados a providenciar roupas de cama adequadas e colchões melhores e, mais importante ainda, dividir os dormitórios em cubículos. Não importa quão pequeno um cubículo seja, o importante é que um homem deveria estar sozinho ao dormir. Essas poucas mudanças, aplicadas severamente, fariam uma enorme diferença. Não é impossível fazer com que um abrigo seja razoavelmente confortável com as mesmas taxas usualmente pagas. No abrigo municipal em Croydon, onde a taxa é somente nove *pence*, há cubículos, boas camas, cadeiras (um luxo muito raro em abrigos), e cozinhas no subsolo em vez de uma adega. Não há razão por que um abrigo de nove *pence* não deva chegar a esse padrão.

Obviamente, os donos dos abrigos seriam *en bloc*[184] contra qualquer melhoria, pois o negócio como está é altamente lucrativo. Uma casa em média faz cinco ou dez libras em uma noite, sem nenhuma despesa (crédito é expressamente proibido), e exceto pelo aluguel, os custos são pequenos. Qualquer melhoria significaria menos aglomeração e, portanto, menos lucro. Ainda assim, o excelente abrigo municipal em Croydon mostra como *é possível* servir bem a nove *pence*. Umas poucas leis bem direcionadas poderiam fazer com que tais condições fossem a regra. Se as autoridades vão realmente se preocupar com os abrigos, elas deveriam começar por fazê-los mais confortáveis, não com restrições idiotas que nunca deveriam ser toleradas em um hotel.

XXXVIII

Depois que saímos do albergue em Lower Binfield, Paddy e eu ganhamos meia coroa tirando mato e varrendo o jardim de alguém, passamos a noite em Cromley e caminhamos de volta a Londres. Separei-me de Paddy um dia ou dois depois. B. me emprestou as duas últimas libras e, como eu ainda tinha mais oito dias para esperar, foi o fim dos meus problemas. O imbecil manso do qual eu ia cuidar mostrou-se pior do que eu esperava, mas não ruim o suficiente para me fazer voltar ao albergue ou ao Auberge de Jehan Cottard.

---

[184] Em bloco, todos eles juntos.

Paddy partiu para Portsmouth, onde tinha um amigo que provavelmente arranjaria um emprego para ele, e eu nunca mais o vi desde então. Há pouco tempo soube que ele fora atropelado e morrera, mas talvez quem me deu a informação estivesse confundindo-o com outra pessoa. Tive notícias de Bozo somente três dias atrás. Ele está em Wandsworth — catorze dias por mendigar. Não acredito que a prisão o preocupe muito.

Minha história termina aqui. É uma história bem trivial e só espero que tenha sido interessante da mesma forma como um diário de viagem é interessante. Posso pelo menos dizer, "Aqui está o mundo que o espera se você estiver sem nenhum dinheiro". Algum dia, quero explorar esse mundo mais profundamente. Gostaria de conhecer pessoas como Mario e Paddy e Bill, o ladrão, não em encontros casuais, mas intimamente. Gostaria de entender o que realmente há no íntimo de *plongeurs* e mendigos e no íntimo das pessoas que dormem no Calçadão. No momento, não sinto que vi mais do que apenas uma ponta da pobreza.

Ainda assim, posso apontar uma ou duas coisas que definitivamente aprendi estando muito duro. Nunca mais vou considerar que todos os mendigos são canalhas bêbados, nem vou esperar que um mendigo seja grato quando eu lhe der uma moeda, nem ficarei surpreso se desempregados ficarem sem energia, nem farei assinatura do Exército da Salvação, nem vou penhorar minhas roupas, nem recusar um folheto, nem apreciar uma refeição em um restaurante chique. Isso é um começo.

© *Copyright* desta tradução: Editora Martin Claret Ltda., 2020.

Direção
MARTIN CLARET

Produção editorial
CAROLINA MARANI LIMA / MAYARA ZUCHELI

Direção de arte
JOSÉ DUARTE T. DE CASTRO

Diagramação
GIOVANA QUADROTTI

Capa e guardas
RAFAEL NOBRE

Preparação
SOLANGE PINHEIRO

Revisão
ALEXANDER BARUTTI A. SIQUEIRA

Impressão e acabamento
GEOGRÁFICA EDITORA

A ortografia deste livro segue o novo Acordo Ortográfico da Língua Portuguesa.

Dados Internacionais de Catalogação na Publicação (CIP)
(Câmara Brasileira do Livro, SP, Brasil)

Orwell, George, 1903-1950.
No fundo do poço em Paris e Londres / George Orwell; tradução e notas Ana Lúcia da Silva Kfouri. – São Paulo: Martin Claret, 2022.

Título original: Down and out in Paris and London.
ISBN: 978-65-5910-200-6.

1. Ficção autobiográfica 2. Ficção inglesa 3. Jornalismo 4. Londres (Inglaterra) – Condições sociais 5. Paris (França) – Condições sociais 6. Pobres – França – Paris 7. Pobres – Inglaterra – Londres I. Kfouri, Ana Lúcia da Silva. II. Título.

22-115012   CDD-823

Índices para catálogo sistemático:

1. Ficção autobiográfica: Literatura inglesa: 823
Cibele Maria Dias – Bibliotecária – CRB-8/9427

EDITORA MARTIN CLARET LTDA.
Rua Alegrete, 62 – Bairro Sumaré – CEP: 01254-010 – São Paulo – SP
Tel.: (11) 3672-8144 – www.martinclaret.com.br
Impresso – 2022

CONTINUE COM A GENTE!

- Editora Martin Claret
- editoramartinclaret
- @EdMartinClaret
- www.martinclaret.com.br

IMPRESSO EM PAPEL
Pólen®
mais prazer em ler